문

門(1911)
夏目漱石

나쓰메 소세키 소설 전집 9
문

초판 1쇄 발행 2015년 8월 28일
초판 7쇄 발행 2024년 6월 10일

지은이 | 나쓰메 소세키
옮긴이 | 송태욱
펴낸이 | 조미현

편집주간 | 김현림
교정교열 | 장미향
디자인 | 나윤영

펴낸곳 | (주)현암사
등록 | 1951년 12월 24일 · 제10-126호
주소 | 04029 서울시 마포구 동교로12안길 35
전화 | 365-5051 · 팩스 | 313-2729
전자우편 | editor@hyeonamsa.com
홈페이지 | www.hyeonamsa.com

ISBN 978-89-323-1746-5 04830
ISBN 978-89-323-1674-1 04830(세트)

이 도서의 국립중앙도서관 출판예정도서목록(CIP)은 서지정보유통지원시스템(http://seoji.nl.go.kr)과
국가자료종합목록시스템(http://www.nl.go.kr/kolisnet)에서 이용하실 수 있습니다.
(CIP제어번호 CIP2015021404)

나쓰메 소세키 소설 전집 ⑨

문

송태욱 옮김

Ꮹ현암사

소세키의 책 중에 작은 판형으로
제작된 책들이 있는데, 장식성이
뛰어나다.(1914~1918)

4

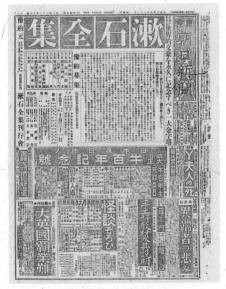

소세키 전집 발간 기사(《아사히 신문》)

소세키 사후 1주년 기념으로 출간된
최초의 소세키 전집(이와나미쇼텐, 1917)

소세키 산방 서재에서(1907). 소세키는 이곳에서 『우미인초』, 『산시로』, 『마음』 등을 집필했다.

도쿄제국대학 강사 시절. 졸업생과 함께(1906)

다섯 살 무렵의 소세키(1872)

도쿄제국대학 재학
시절의 소세키(1892)

1889년 발매된 마사오카 시키의 시문집《나나쿠사슈》에 비평과 함께
9편의 칠언절구 시를 덧붙이면서 처음으로 '소세키'라는 호를 사용한다.

소세키가 『나는 고양이로소이다』와 『도련님』을 집필한 집(1903~1906년 거주)

소세키는 슬하에 2남 5녀를
두었다.(1915)

두 아들과 소세키(1914)

소세키 산방의 서재 모습(1917)

소세키 산방에서(1912)

소세키가 애용한 문방구와 특별히
디자인한 원고용지 판목

『문』을 집필하던 시기의 소세키.
1910년 4월경의 사진이다.

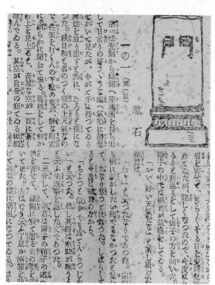

『문』 연재 지면

1911년 1월 출간된 『문』. 표지 가운데의
다람쥐 형상이 금박으로 강조되어 있다.

1910년대 도쿄 간다 풍경.『문』의 주인공 소스케는 전차를 타고 관청으로 출퇴근한다.

소세키의 아내 나카네 교코. 교코도『문』의 주인공 아내처럼 유산한 적이 있다.

1880~1890년대의 엔가쿠지. 1894년 폐결핵에 걸린 소세키는 가마쿠라의 엔가쿠지에서 참선을 하며 치료에 전념했다. 이때의 체험이『문』에도 반영되어 있다.

사카이 호이쓰의 〈달에 가을풀 그림병풍(月に秋草図屛風)〉. 『문』의 주인공은 사카이 호이쓰의
병풍을 유산으로 받는다. 『문』에 등장하는 병풍이 실재하는지는 알 수 없지만, 위의 그림과 비
슷하게 묘사되고 있다.

차례

1

　조금 전부터 소스케는 볕이 잘 드는 툇마루로 방석을 내와 마음 편히 책상다리를 하고 앉아 있었으나 이내 손에 들고 있던 잡지를 내던지고 벌렁 드러누웠다. 맑게 갠 가을날이라고 할 만큼 쾌청한 날씨인데다 조용한 동네라 길 가는 사람들의 게다 소리가 경쾌하게 들려온다. 팔베개를 하고 처마 위를 올려다보니 깨끗한 하늘이 온통 말갛고 파랗다. 자신이 누워 있는 비좁은 툇마루에 비하니 하늘이 무척이나 광활하다. 모처럼의 일요일, 이렇게 느긋하게 하늘을 바라보는 것만으로도 기분이 썩 다르구나, 하고 생각하면서 미간을 모으고 반짝이는 해를 잠깐 뚫어지게 바라보았다. 눈이 부셔 장지문 쪽으로 몸을 뒤쳤다. 장지문 안에서는 아내가 바느질을 하고 있다.

　"이봐, 날씨가 좋은데" 하고 아내에게 말을 걸었다. 아내는,

　"네에"라고 할 뿐이다. 소스케도 그다지 말하고 싶지 않은 모양인지 그대로 입을 다물었다. 잠시 후 이번에는 아내가,

　"잠깐 산보라도 다녀오시지 그래요?" 하고 말한다. 하지만 소스케는

그저 "응" 하고 건성으로 대꾸할 뿐이다.

이삼 분 지나 아내는 장지문 유리에 얼굴을 가까이 들이대고 툇마루에 드러누워 있는 남편을 내다봤다. 남편은 무슨 생각인지 두 무릎을 새우처럼 구부린 거북한 자세를 하고 있다. 그리고 깍지 낀 두 손 안에 까만 머리를 집어넣어 얼굴은 팔꿈치에 가려 하나도 보이지 않는다.

"여보, 그런 데서 자면 감기 걸려요" 하고 아내가 주의를 준다. 아내의 말은 도쿄 말인 것 같기도 하고 아닌 것 같기도 한, 요즘 여학생들 말투다.

소스케는 두 팔꿈치 사이에서 커다란 눈을 깜박거리며,

"자진 않으니까 괜찮아" 하고 조그만 소리로 대답한다.

다시 조용해졌다. 바깥을 지나는 고무바퀴 인력거[1]의 벨 소리가 두세 번 울리고 멀리서 때를 알리는 닭 울음소리가 들려온다. 소스케는 방적사 옷감으로 새로 지은 옷 등짝에 자연스럽게 스며드는 따스한 햇볕을 속옷 아래로 탐하듯이 즐기며 멍하니 바깥 소리를 듣고 있다가, 갑자기 뭔가 생각난 것처럼 장지문 너머의 아내에게,

"오요네, 근래(近來)의 근 자 어떻게 쓰더라?" 하고 묻는다. 아내는 별로 어이없어하는 기색도 내비치지 않고 젊은 여자 특유의 요란한 웃음소리도 내지 않으며,

"오우미(近江)의 근 자 아니에요?" 하고 대답한다.

"그 오우미의 근 자를 모르겠거든."

---

1 1907년경부터 인력거의 바퀴가 고무로 바뀌어 일반적으로 이렇게 불렸는데 승차감이 좋아졌고 속도도 빨라졌다. 유행에 관심이 많은 소세키는 1909년에 발표한 『그 후』에 이미 고무바퀴 인력거를 등장시켰다.

아내는 꼭 닫은 장지문을 반쯤 열어 문지방 너머로 긴 자를 내밀고는 그 끝으로 툇마루에 근(近) 자를 써 보이며,

"이거잖아요" 하고만 말하고 자 끝을 글자가 멈춘 곳에 그대로 놔둔채 한동안 맑게 갠 하늘을 유심히 바라본다. 소스케는 아내의 얼굴도 보지 않고,

"역시 그렇군" 하고 말했는데, 농담이 아니었던 모양인지 별로 웃지도 않는다. 아내도 근 자는 신경 쓰지 않는 듯,

"정말 날씨 좋네요" 하며 반쯤 혼잣말처럼 말하고는 장지문을 열어둔 채 다시 바느질을 시작한다. 그러자 소스케는 팔꿈치 사이에 끼운 머리를 살짝 쳐들고,

"글자라는 게 참 신기하단 말이야" 하며 비로소 아내의 얼굴을 쳐다본다.

"왜요?"

"왜냐고? 아무리 쉬운 글자라도 이거 이상한데, 하고 의심하기 시작하면 통 알 수 없게 되거든. 요전에도 금일(今日)의 금 자를 놓고 엄청 헤맸다니까. 종이에 제대로 써놓고, 가만히 들여다봤더니 어쩐지 아닌 것 같더란 말이지. 나중에는 보면 볼수록 금 자가 아닌 것 같더라고. 당신은 그런 일 없어?"

"설마요."

"나만 그런가?"

소스케는 머리에 손을 얹었다.

"당신, 어떻게 된 거 아니에요?"

"역시 신경쇠약 탓인지도 모르지."

"맞아요" 하며 아내는 남편의 얼굴을 쳐다본다. 드디어 남편이 일어

난다.

가랑이를 벌리고 뛰어넘듯이 반짇고리와 실보무라지 위를 넘어 거실 미닫이문을 열자 바로 객실이다. 남쪽이 현관으로 막혀 있어 양지에서 갑자기 들어온 눈동자에는 맨 끝의 장지문이 으스스하게 추워 보인다. 그 문을 열면 차양에 닿을 듯이 깎아지른 절벽이 툇마루 끝에서 우뚝 솟아 있어 아침만이라도 들어야 할 햇빛도 쉬이 들지 않는다. 절벽에는 풀이 자라고 있다. 아래에서부터 돌을 하나도 쌓지 않아 언제 무너질지 모르는 염려가 있긴 하지만 신기하게도 아직까지 무너진 적이 없다고 하는데, 그 때문인지 집주인도 오랫동안 옛날 그대로 방치하고 있었다. 하지만 원래는 온통 대숲이었는데 개간할 때 뿌리를 파내지 않고 그대로 묻어두어서 땅은 의외로 단단하다고, 이 동네에서 20년째 살고 있는 채소 가게 영감이 부엌문에서 일부러 설명해준 적이 있다. 그때 소스케는, 그래도 뿌리가 남아 있으면 대나무가 자라 다시 숲이 되는 게 아닐까요, 라고 되물었다. 그러자 영감은, 그게 말이네, 그렇게 개간되고 나면 쉽게 그리되는 건 아니라네, 하지만 절벽일랑 걱정 말게, 무슨 일이 있어도 무너지진 않을 테니까, 하고 마치 자기 것을 변호하는 양 힘주어 말하고 돌아갔다.

가을에 접어들어도 절벽은 물들 기미가 별로 없다. 푸른 풀만 냄새가 사라지고 수북하게 뒤엉켜 있을 뿐이다. 참억새며 담쟁이덩굴 같은 멋진 것은 하나도 보이지 않는다. 그 대신 옛날의 흔적인 죽순대가 중간쯤에 두 그루, 위쪽에 세 그루쯤 우뚝 서 있다. 그 죽순대가 살짝 누렇게 물들어 햇빛이 줄기에 비칠 때는 처마 밑으로 고개를 내밀면 절벽 위로 가을의 따사로움을 볼 수 있을 것 같은 기분이 든다. 소스케는 아침에 나가 오후 4시가 지나서야 돌아오기 때문에 해가 짧아진 요즘에는 좀처럼 절벽 위를 내다볼 여유가 없다. 어둑어둑한 변소에서 나와 손을 씻으려고 손에 물을 받으며 문득 차양 위를 올려다볼 때야 비로소 대나무가 떠오른다. 줄기 꼭대기에 작은 잎사귀가 모여 있어 마치 중대가리처럼 보인다. 살포시 겹친 잎사귀는 가을 해에 취해 묵직하게 밑으로 늘어진 채 조금도 움직이지 않는다.

소스케는 장지문을 닫고 객실로 돌아와 앉은뱅이책상 앞에 앉았다. 객실이라고는 하지만 손님을 맞기 때문에 그렇게 부를 뿐이고, 사실은 서재나 거실이라고 해야 마땅하다. 북쪽에 도코노마[2]가 있어 명색뿐인 이상한 족자를 걸어놓았으며 그 앞에는 졸렬한 적갈색 화병이 장식되어 있다. 란마[3]에는 액자도 뭣도 없다. 오직 놋쇠 못 두 개만 빛나고 있다. 그 밖에는 유리문이 달린 책장 하나가 있을 뿐이다. 하지만 안에는 눈에 띌 만큼 근사한 책은 들어 있지 않다.

소스케는 은장식이 달린 책상 서랍을 열고 열심히 안을 뒤적거리다 아무것도 찾아내지 못하자 포기하고 탁 닫아버렸다. 그러고 나서 벼룻집 뚜껑을 열고 편지를 쓰기 시작했다. 한 통을 쓰고 나서 봉투에 넣고는 잠깐 생각하더니,

"이봐, 작은집이 나카로쿠반초 몇 번지더라?" 하고 미닫이문 너머에 있는 아내에게 묻는다.

"25번지 아니에요?" 하고 아내가 대답했는데 소스케가 수신인 주소를 다 쓸 때쯤에는,

"편지로는 안 돼요. 가서 잘 말씀드리고 와야죠" 하고 덧붙였다.

---

2 일본식 다다미방 한쪽 바닥을 한 층 높게 만들어 벽에는 족자를 걸고 바닥에는 꽃이나 장식물을 꾸며놓는 곳.
3 문이나 미닫이 위의 상인방과 천장 사이에 통풍과 채광을 위해 교창을 낸 부분.

"안 되더라도 일단 편지를 보내놓지 뭐. 그래서 안 되면 찾아가는 거고" 하고 딱 잘라 말했으나 아내가 대꾸를 하지 않자,

"이봐, 그러면 되겠지?" 하고 거듭 확인한다.

아내는 실례라고 말하기가 거북했는지 더 이상 실랑이를 하지 않는다. 소스케는 편지를 들고 객실에서 바로 현관으로 나갔다. 아내는 남편의 발소리를 듣고서야 자리에서 일어나 거실 툇마루를 따라 현관으로 나갔다.

"잠깐 산보나 하고 올게."

"다녀오세요" 하고 아내는 웃으며 대답한다.

30분쯤 지나 현관 격자문이 드르륵 열려 오요네가 바느질하던 손을 멈추고 툇마루를 따라 현관으로 나가보니, 돌아온 거라고 생각한 소스케 대신에 고등학교 제모를 쓴 시동생 고로쿠가 들어온다. 하카마[4] 자락이 15센티미터에서 18센티미터 정도밖에 보이지 않을 만큼 긴 검정색 나사 망토의 단추를 풀면서 고로쿠는,

"아, 더워" 하고 말한다.

"그야 그렇겠죠. 이런 날씨에 그렇게 두툼한 옷을 입고 나오다니."

"날이 저물면 추울 것 같아서요" 하고 고로쿠는 변명 삼아 말하며 형수의 뒤를 따라 거실로 들어가더니 바느질감인 기모노를 보면서,

"여전히 열심이시네요" 하고 말하고는 바로 직사각형 목제 화로 앞에 책상다리를 하고 앉는다. 형수는 바느질거리를 구석으로 치워놓고는 고로쿠 맞은편으로 와서 잠깐 쇠 주전자를 내려놓고 숯을 더 넣기 시작한다.

---

4 기모노 위에 덧입는 주름 폭이 넓은 하의.

"차는 됐습니다" 하고 고로쿠가 말한다.

"싫다고요?" 하고 여학생 투로 확인한 오요네는,

"그럼 과자는요?" 하며 웃는다.

"있어요?" 하고 고로쿠가 묻는다.

"아뇨, 없어요" 하고 솔직하게 대답했는데, 무슨 생각이라도 난 것처럼 "잠깐만요, 있을지도 모르겠어요" 하며 일어나더니 옆에 있던 숯 그릇을 치우고 벽장을 연다. 고로쿠는 오요네의 뒷모습, 그러니까 하오리[5]가 오비[6] 때문에 불룩해진 모습을 바라보고 있다. 뭘 찾는지 꽤 시간이 걸릴 것 같아서,

"그럼 과자는 그만두죠. 그보다 오늘 형님은 어디 가셨어요?" 하고 묻는다.

"형님은 잠깐 나갔어요" 하고 오요네는 뒤를 향한 채 대답하고 여전히 벽장 속을 뒤지고 있다. 얼마 후 문을 탁 닫더니,

"없네요. 어느새 형님이 다 먹어버렸나 본데요" 하면서 다시 화로 맞은편으로 돌아온다.

"그럼 저녁에 맛있는 거나 만들어주세요."

"네, 그럴게요" 하며 벽시계를 보니 벌써 4시가 다 되었다. 오요네는 "4시, 5시, 6시" 하며 시간을 헤아린다. 고로쿠는 잠자코 형수의 얼굴을 보고 있다. 그는 사실 형수의 요리에는 그다지 기대를 하지 않는다.

"형수님, 형님은 작은집에 갔다 왔나요?" 하고 묻는다.

"얼마 전부터 간다, 간다, 말은 하고 있어요. 하지만 형님도 아침에 나가서 저녁이나 돼야 돌아오잖아요. 돌아오면 녹초가 돼서 목욕탕에

---

5 기모노 위에 입는 짧은 겉옷.
6 기모노를 입을 때 허리 부분을 감고 조여 묶는 좁고 긴 천으로, 등 쪽을 불룩하게 장식한다.

가는 것도 귀찮아하는 것 같고요. 그러니 그렇게 다그치는 것도 사실 딱하거든요."

"그야 형님도 분명히 바쁘긴 하겠지만 저도 그게 결정되지 않으면 신경이 쓰여서 차분히 공부할 수가 없어서요" 하면서 고로쿠는 놋쇠 부젓가락을 들고 화로의 재에 뭔가 열심히 쓰기 시작한다. 오요네는 부젓가락 끝이 움직이는 것을 보고 있다.

"그래서 조금 전에 편지를 부쳤어요" 하고 위로하듯이 말한다.

"뭐라고 썼는데요?"

"그건 저도 못 봤어요. 하지만 아마 그 일일 거예요. 곧 형님이 돌아올 테니까 물어보세요. 분명히 그럴 거예요."

"만약 편지를 보냈다면 그 일인 건 분명하겠지요."

"네, 정말 부쳤어요. 방금 형님이 그 편지를 들고 나간 참이거든요."

고로쿠는 변명 같기도 하고 위로 같기도 한 형수의 말에 더 이상 귀 기울이고 싶지 않다. 산보하러 나갈 틈이 있다면 편지를 보낼 게 아니라 직접 가주었으면 좋았을 거라는 생각이 들자 기분이 그다지 좋지 않다. 객실로 가서 책장에 꽂혀 있는 붉은 표지의 양서를 꺼내 페이지를 여기저기 넘겨본다.

2

그런 줄도 모르고 동네 모퉁이까지 온 소스케는 같은 가게에서 우표와 고급 담배 '시키시마'[1]를 사고 편지는 바로 부쳤지만, 그길로 다시 집으로 돌아가는 것이 어쩐지 허전해서 입에 문 담배 연기를 가을 햇살에 흩날리며 어슬렁어슬렁 걷다가, 어디 먼 곳까지 가서 도쿄는 이런 곳이라는 인상을 확실히 머릿속에 새겨두고 그것을 일요일인 오늘의 선물로 삼아 집으로 돌아가 자야지, 하고 생각했다. 그는 몇 해전부터 도쿄의 공기를 마시며 살고 있을 뿐 아니라 매일 관청에 출퇴근할 때는 전차를 이용해서 번화한 시내를 반드시 두 번씩 오가는 것이 습관이 되었지만, 몸과 머리가 편치 않아 언제나 건성으로 그냥 지나쳤으므로 근래에는 자신이 그 번화한 도회에 살고 있다는 자각을 해본 적이 전혀 없었다. 물론 평소에는 시간에 쫓겨 별로 신경도 쓰지 않다가 일주일에 한 번 휴일이 찾아와 마음을 느긋하게 가라앉힐 기

---

1 1904년 7월 전매법이 실시되어 관제담배가 일제히 발매되었다. '시키시마'는 '야마토', '아사히', '야마자쿠라', '카나리아' 등과 함께 등장한 물부리가 달린 지궐련의 이름.

회가 생기면 평소의 생활이 갑자기 안절부절못하고 경조부박(輕佻浮薄)한 것으로 여겨진다. 필경 자신은 도쿄에 살면서 여태 도쿄를 제대로 본 적이 없구나, 하는 결론에 도달할 때면 그는 늘 묘한 쓸쓸함을 느꼈다.

그럴 때면 그는 갑자기 무슨 생각이라도 난 것처럼 거리로 나간다. 게다가 주머니 사정에 다소 여유라도 생겼을 때는 그것으로 한바탕 호사스럽게 놀아볼까 하는 생각을 한 적도 있다. 하지만 그의 쓸쓸함은 그를 대담한 극단으로 내몰 만큼 강렬한 것이 아니어서 그가 거기까지 돌진하기 전에 그것도 한심해져서 그만두고 만다. 그뿐 아니라 평소처럼 대개는 지갑 속이 경거망동을 제지할 만큼 얄팍했기 때문에 귀찮은 궁리를 하기보다는 품속에 양손을 넣은 채 어슬렁어슬렁 집으로 돌아가는 것이 더 편하다. 그러므로 소스케의 쓸쓸함은 그저 산보를 하거나 간코바²를 구경하며 어슬렁어슬렁 걷는 것 정도로 다음 일요일까지는 그럭저럭 위안을 받는 것이다.

어찌 되었든 이날도 소스케는 전차³에 올랐다. 그런데 날씨 좋은 일요일인데도 평소보다 승객이 적어 여느 때와 달리 기분이 좋았다. 게다가 승객이 다들 평화로운 얼굴에 느긋하고 차분해 보인다. 소스케는 자리에 앉으면서 매일 아침 똑같은 시간에 앞다투어 자리 쟁탈전을 벌이며 마루노우치 방면으로 향하는 자신의 운명⁴을 돌아보았다. 출근 시간대에 같이 전차를 타고 가는 사람들의 모습만큼 살풍경한

2 메이지, 다이쇼 시대에 몇몇 상점이 모여 조합을 만들고 주로 일용품, 잡화, 완구 등을 진열하여 판매하던 곳으로, 오늘날의 백화점 비슷한 점포를 말한다.

3 노면전차를 말한다. 1906년 전차철도, 시가철도(가철), 전기철도 등 세 회사가 합병하여 도쿄철도주식회사가 탄생한다. 이후 교통이 더욱 편리해졌으며 도시 교통의 기능은 비약적으로 증대했다.

것도 없다. 가죽 손잡이에 매달려 있든, 벨벳 의자에 앉아 있든 인간
적인 자상한 마음이 일었던 적은 일찍이 한 번도 없다. 자신도 어쩔
수 없다고 생각하고 기계나 다름없는 것과 무릎을 맞대고 어깨를 나
란히 하고 목적지까지 같이 앉아 가다가 훌쩍 내리면 그만이었다. 앞
에 앉은 할머니가 여덟 살쯤 되어 보이는 손녀의 귀에 입을 가까이 대
고 뭐라고 말하는 것을 옆에서 보고 있던 서른쯤 되어 보이는 가게 여
주인 같은 사람이 아이를 귀여워하며 나이를 묻기도 하고 이름을 물
어보기도 하는 모습을 바라보고 있으니 새삼스레 딴 세상에 온 것 같
은 기분이 들었다.

　머리 위에는 온통 틀에 끼워진 갖가지 광고가 걸려 있다. 소스케는
평소 그것이 있는지조차 몰랐다. 아무 생각 없이 첫 번째 광고를 읽어
보니 이사를 쉽게 할 수 있다는 이삿짐센터의 전단지였다. 다음 광고
에는 경제를 아는 사람은, 위생에 주의하는 사람은, 불조심을 하는 사
람은, 하고 세 줄로 늘어놓고 그 밑에는 가스풍로[5]를 사용하라고 쓰고
가스풍로에서 불이 나오는 그림까지 덧붙여놓았다. 세 번째 광고에는
러시아 문호 톨스토이의 걸작 〈천고의 눈〉[6]과 반칼라[7] 희극 고다쓰(小
辰) 오이치자(大一座)가 빨간 바탕에 흰색 글씨로 쓰여 있다.

---

　4 『문』의 시대 배경은 1909~1910년경인데, 그 무렵 마루노우치에는 근대적인 사무실 거리가
형성되고 있었다. 히로시마, 후쿠오카를 전전하던 소스케가 동창생 스기하라의 연줄로 도쿄로 올
라온 후 하급관리로 근무하던 관청도 그 부근에 있었을 것으로 추정된다.
　5 열을 이용하는 가스 기구 국산화의 효시로서 널리 선전되었다. 도쿄가스에서 개발해 1892
년에는 전매특허까지 얻었다.
　6 〈천고의 눈(千古の雪)〉은 『부활』을 각색한 영화 〈시베리아의 눈〉의 다른 이름으로 보인다.
　7 서양풍의 옷차림이나 생활양식을 뜻하는 하이칼라를 비튼 말이다. 메이지 시대에 하이칼라
에 대한 안티테제로 만들어낸 것이다. 일반적으로는 언동이 거친 것, 또는 일부러 그렇게 행동하
는 사람을 말한다.

소스케는 10분가량 모든 광고를 세 번쯤 주의 깊게 거듭 읽었다. 특별히 가서 보고 싶은 것도, 사서 보고 싶은 것도 없었다. 다만 이런 광고가 확실히 자신의 머리에 비쳤고 그것을 하나하나 다 읽을 시간이 있었다는 것, 그것을 모조리 이해할 수 있었다는 마음의 여유가 소스케에게는 적잖은 만족감을 주었다. 이만큼의 여유마저 긍지로 느낄 만큼 일요일 이외에 오갈 때는 차분히 있을 수 없는 것이 그의 생활이었다.

소스케는 스루가다이시타에서 전차를 내렸다. 그러자 바로 오른쪽 유리창 안에 아름답게 진열되어 있는 양서가 눈에 띄었다. 소스케는 잠시 그 앞에 서서 빨간 것, 파란 것, 줄무늬, 무늬 위에 선명하게 새겨져 있는 금박 문자를 바라보았다. 물론 제목의 의미는 알지만 집어 들고 안을 살펴보고 싶은 호기심은 전혀 일지 않는다. 소스케가 책방 앞을 지날 때면 꼭 안으로 들어가 보고 싶어지거나 안으로 들어가면 반드시 뭔가 사고 싶어지는 것은 10년도 더 된 옛날 일이다. 다만 한가운데 장식되어 있는 『History of Gambling(도박의 역사)』이라는 책이 유난히 아름다운 장정이라 얼마간 그의 머리에 야릇한 신선함을 더해주었을 뿐이다.

소스케는 웃음을 지으며 분주한 길을 건너 이번에는 시계방을 들여다보았다. 금시계며 금줄이 여러 개 진열되어 있는데 그의 눈동자에는 그것들도 그저 아름다운 색이나 모양으로 비칠 뿐 사고 싶은 생각이 일지는 않았다. 그런데도 그는 하나하나 비단실로 달아놓은 가격표를 보고 물건과 비교해본다. 그리고 금시계 가격이 참으로 싼 것에 놀란다.

우산 가게 앞에서도 잠깐 멈춰 섰다. 서양 방물 가게 앞에서는 실크해트 옆에 걸려 있는 넥타이에 눈이 갔다. 자신이 매일 매고 다니는 것보다 무늬가 훨씬 마음에 들어 가격을 물어볼까 하고 가게 안으로 반쯤 들어섰는데 내일부터 넥타이를 바꿔 매는 것이 쓸데없는 일이라는 생각이 들자 갑자기 지갑을 여는 게 싫어져 지나쳤다. 포목전에서도 한참이나 서서 구경했다. 지금까지 몰랐던 우즈라오메시(鶉御召)니 고키오리(高貴織)니 세이료오리(淸凌織)니 하는 옷감 이름을 많이 외웠다. 교토의 에리신(襟新)이라는 가게의 지점 앞에서는 유리창에 모자챙이 닿을 만큼 얼굴을 들이대고 정교한 자수가 들어간 여성용 한에리[8]를 한참이나 바라보았다. 그중 마침 아내에게 어울릴 만한 고상한 것이 있었다. 사다 줄까 하는 마음이 살짝 일자마자 그것도 5, 6년 전의 일이라는 생각이 뒤따라 모처럼의 기분 좋은 생각을 바로 지워버렸다. 소스케는 쓴웃음을 지으면서 유리창에서 떨어져 다시 걷기 시작했다. 어쩐지 한심하다는 생각이 들어 거기서부터 50여 미터는 거리에도 가게에도 별다른 주의를 기울이지 않았다.

문득 정신을 차리고 보니 모퉁이에 커다란 잡지 가게가 있고, 그 가게 앞에 신간 서적을 광고하는 커다란 활자가 나붙어 있다. 사다리처럼 가늘고 긴 틀에 종이를 붙이고 페인트칠을 한 널빤지에 도안처럼 색을 입히기도 했다. 소스케는 그것 하나하나를 다 읽었다. 저자의 이름도 저작의 제목도, 한번쯤 신문 광고에서 본 것 같기도 하고 전혀 본 적이 없는 것 같기도 하다.

이 가게 모퉁이의 그림자 진 곳에서는 까만 중절모자를 쓴 서른 살쯤으로 보이는 사내가 땅바닥에 태평하게 책상다리로 앉아 착한 아

---

8 기모노는 겉옷의 옷깃 밖으로 속옷의 옷깃이 들여다보이기 때문에 거기에 예쁜 천을 덧대어 장식을 하고 더러워지는 것도 피하는 장식용 깃.

이들의 오락거리, 하면서 커다란 고무풍선을 불고 있다. 다 불고 나면 자연스럽게 달마[9] 모양이 되었는데 적당한 곳에 눈과 입까지 먹으로 그려져 있는 것에 소스케는 혀를 내둘렀다. 게다가 한번 불면 언제까지나 그대로 부풀어 있었다. 또한 손가락 끝이나 손바닥 위에도 자유롭게 세울 수 있었다. 그런데 밑바닥의 바람 넣는 구멍을 이쑤시개처럼 가느다란 것으로 찌르면 피시식 하는 소리와 함께 단숨에 쪼그라들었다.

길을 오가는 바쁜 사람들은 얼마든지 있었으나 멈춰 서서 구경하려는 사람은 하나도 없다. 번잡한 길모퉁이에 냉정하게 책상다리를 하고 앉아 있는 중절모자를 쓴 사내는 주변에서 무슨 일이 일어나고 있는지 느끼지 못하는 사람처럼 착한 아이들의 오락거리, 하고 외치고는 달마를 불고 있다. 소스케는 1전 5리를 꺼내 풍선을 하나 사서 바람을 빼달라고 하고 소맷자락에 넣었다. 깨끗한 이발소에 가서 머리를 깎고 싶었으나 그런 이발소가 어디에 있는지 쉽사리 찾지 못하는 사이에 해가 기울기 시작하여 다시 전차를 타고 집으로 향했다.

소스케가 전차 종점까지 가서 운전수에게 표를 건넸을 때는 이미 하늘의 색이 빛을 잃기 시작하고 축축한 거리에 점차 어두운 그림자가 드리워질 무렵이었다. 내리려고 쇠기둥을 잡자 갑자기 아주 차갑게 느껴졌다. 함께 내린 사람들은 모두 뿔뿔이 흩어지며 무슨 일이라도 있는 듯 바쁘게 걸어갔다. 동네 변두리 쪽을 보니 좌우에 늘어선 집들 처마에서 지붕에 걸쳐 희읍스름한 연기가 대기 속으로 움직이고 있는 것 같다. 소스케도 잰걸음으로 나무가 우거진 쪽으로 걸었다. 이

---

9 달마 대사의 모습을 본뜬 모양의 오뚝이 인형. 일본에는 연초에 한쪽 눈만 까맣게 칠해진 달마 인형을 사두었다가 연말에 소원이 이루어지면 다른 쪽 눈도 까맣게 그려 넣는 풍습이 있다.

제 일요일도, 한가로운 기분도 끝났다고 생각하니 조금은 허무한 것 같기도 하고 쓸쓸한 것 같기도 하다. 그리고 내일부터는 별로 달라진 것도 없이 다시 여느 때와 마찬가지로 부지런히 일해야 하는 신세라고 생각하니 오늘 한나절의 생활이 갑자기 아쉬워지고 앞으로 남아 있는 엿새 한나절의 비정신적인 활동이 너무나도 지겹게 느껴졌다. 걸어가는 동안에도, 볕이 잘 들지 않고 창이 적은 커다란 사무실의 모습이나 옆에 앉는 동료의 얼굴, 노나카 씨 잠깐만, 하고 부르는 상사의 모습만 떠올랐다.

우오가쓰(魚勝)라는 생선 가게 앞을 지나 그 대여섯 집 앞의, 통로라고 할 수도 없고 골목이라고 할 수도 없는 곳으로 꺾어 들면 막다른 곳이 높은 절벽이고 그 좌우에 구조가 같은 셋집[10] 네다섯 채가 늘어서 있다. 바로 얼마 전까지만 해도 드문드문 삼나무가 둘러 심어진 울타리 안쪽에는 오랫동안 하급 무사라도 살아온 듯한 고색창연한 집 한 채가 부지 안에 섞여 있었는데, 절벽 위의 사카이라는 사람이 이곳을 사들이자마자 띠로 이은 지붕을 허물고 삼나무 울타리를 뽑아내 지금과 같은 새로운 건물로 개축해버렸다. 소스케의 집은 골목의 막다른 곳인 가장 안쪽의 왼쪽 집이었다. 절벽 바로 밑이라 다소 음침하기는 하지만 그 대신 거리에서 가장 멀리 떨어져 있는 만큼 조용할 거라고 해서 아내와 의논하여 특별히 고른 집이다.

소스케는 7일에 한 번 있는 일요일도 이제 저물기 시작했으므로 얼

10 칸을 막아서 여러 가구가 살 수 있도록 길게 만든 나가야(長屋)형 셋집과는 달리 대문과 담장, 그리고 좁긴 해도 앞뜰이 있어 어느 정도 사생활을 보장할 수 있는 독립적인 셋집이다. 중류 샐러리맨층을 대상으로 한 이러한 셋집은 러일전쟁 후 도쿄로 인구 유입이 급증하자 시가지의 택지를 개발하여 많이 지어졌다.

른 목욕을 하고, 여유가 있으면 머리를 깎고 나서 느긋하게 저녁을 먹어야겠다고 생각하며 서둘러 현관 격자문을 열었다. 부엌 쪽에서 그릇 소리가 났다. 들어가려고 하다가 모르고 고로쿠가 벗어던진 게다를 밟았다. 쭈그리고 앉아 신발을 정리하고 있는데 고로쿠가 나왔다. 부엌 쪽에서 오요네가,

"누구예요? 형님이에요?" 하고 묻는다. 소스케는,

"어, 왔어?" 하고 고로쿠에게 말하면서 객실로 들어갔다. 조금 전에 편지를 부치고 나서 간다를 산보하고 전차에서 내려 집으로 돌아올 때까지 소스케의 머리에는 고로쿠의 '고' 자도 들어 있지 않았다. 소스케는 고로쿠의 얼굴을 보자 어쩐지 나쁜 일이라도 저지른 사람처럼 멋쩍었다.

"오요네, 오요네" 하고 소스케는 부엌에 있는 아내를 부르고는,

"고로쿠가 왔으니까 맛있는 거라도 좀 만들어봐" 하고 말했다. 아내는 바쁜 듯이 부엌의 장지문을 열어둔 채 나와 객실 입구에 서 있다가 그 뻔한 주문을 듣자마자,

"네, 지금 바로 준비할게요" 하고 대답하고는 바로 돌아가려고 하다가 다시 돌아와서는,

"그 대신 도련님, 미안하지만 객실 문을 닫고 남포등에 불 좀 켜주시겠어요? 지금 저도 기요도 손을 뗄 수가 없거든요" 하고 부탁했다. 고로쿠는 간단히,

"예" 하며 일어섰다.

부엌에서는 기요의 도마질 소리가 들려온다. 뜨거운 물인지 찬물인지를 개수대에 쏟는 소리가 들려온다. "사모님, 이건 어디에 담을까요?" 하는 소리가 들린다. "형수님, 남포등 심 자르는 가위는 어디 있

어요?" 하는 고로쿠의 목소리가 들린다. 물이 보글보글 끓고 있는 것으로 보아 풍로에 불을 붙인 모양이다.

소스케는 어둑한 객실에서 말없이 작은 화로에 손을 쬐었다. 재 위로 드러난 불덩어리만 벌겋게 보인다. 그때 뒤쪽의 절벽 위 주인집 딸이 피아노를 치기 시작했다. 소스케는 뭔가 생각난 듯이 벌떡 일어나 객실 덧문을 닫으러 툇마루로 나갔다. 죽순대가 거무스름하게 하늘의 색을 어지럽히는 가운데 별이 하나둘 반짝이고 있다. 피아노 소리는 죽순대 뒤에서 들려왔다.

3

소스케와 고로쿠가 수건을 차고 목욕탕에서 돌아왔을 때는 객실 한 가운데에 놓인 정사각형의 밥상[1] 위에 오요네가 직접 요리한 음식이 솜씨 좋게 차려져 있었다. 손을 쬐는 작은 화로의 불도 나갈 때보다 짙은 색으로 타오르고 있다. 남포등 불빛도 환하다.

소스케가 앉은뱅이책상 앞의 방석을 끌어당겨 그 위에 책상다리로 편하게 앉았을 때 수건과 비누를 받아 든 오요네가,

"목욕탕 물은 좋던가요?" 하고 묻는다. 소스케는 한마디로,

"응" 하고 대답할 뿐이었는데, 그것은 쌀쌀맞다기보다는 오히려 목욕을 하고 나서 정신이 이완된 기색으로 보인다.

"꽤 좋던데요" 하고 고로쿠가 오요네 쪽을 보며 장단을 맞췄다.

"하지만 그렇게 북적대서야 견딜 재간이 없지" 하고 소스케가 앉은

---

1 메이지 30년대부터 40년대에 걸쳐 도시 거주자의 가정에 급속하게 보급된 '자부다이(ちゃ ぶ台)'를 말한다. 네다섯 명이 앉을 수 있는 크기로 두꺼운 판자 아래에 네 다리가 달려 있다. 원형과 사각형이 있는데, 다리를 접었다 폈다 할 수 있는 것도 있었다.

뱅이책상 끝에 팔꿈치를 괴고는 나른한 듯이 말한다. 소스케가 목욕탕에 가는 것은 언제나 관청 일을 끝내고 집으로 돌아오고 나서라 마침 사람들이 붐비는 저녁 시간 전의 황혼 무렵이다. 그는 지난 두세 달 동안 한 번도 햇빛 아래 목욕탕 물을 본 적이 없다. 그건 그런대로 괜찮지만 자칫하면 사나흘이나 목욕탕 물 구경조차 못 하고 지나가기도 한다. 일요일이면 아침 일찍 일어나 제일 먼저 깨끗한 목욕물에 목까지 푹 담가야지 하고 늘 생각은 하지만, 막상 일요일이 되면 느긋하게 잘 수 있는 것도 오늘뿐이라는 생각이 들어 그만 잠자리에서 꾸물대느라 시간은 가차 없이 지나가고 에이, 귀찮다, 오늘은 그만두고 다음 일요일에 가자, 하고 마음을 고쳐먹는 것이 거의 타성처럼 되어 있었다.

"어떻게든 아침 일찍 목욕탕에 가봤으면 좋겠어" 하고 소스케가 말한다.

"그러면서 아침 일찍 갈 수 있는 날이면 꼭 늦잠을 잔다니까요" 하고 아내는 놀리는 듯한 어투로 말한다. 고로쿠는 속으로 이게 형의 타고난 약점이라고 생각했다. 고로쿠는 자신이 학교에 다니고 있으면서도 형에게 일요일이 얼마나 소중한지를 이해하지 못했다. 엿새 동안의 어두운 정신 활동을 이날 단 하루에 따뜻하게 회복하기 위해 형은 많은 희망을 24시간 안에 투입하고 있다. 그러므로 하고 싶은 일이 너무 많아 열 가지 중에서 두세 가지도 실행할 수 없다. 아니, 그 두세 가지조차 막상 실행하려고 하면 오히려 그 때문에 허비할 시간이 아깝다는 생각이 들어 그만 다시 물러나 가만히 있다 보면 어느덧 일요일은 저물어버리는 것이다. 자신의 기분전환이나 휴식, 오락 또는 취미에 대해서조차 이렇게 절제를 해야 하는 처지에 놓인 소스케가 고로쿠를 위해 애쓰지 않는 것은, 애쓰지 않는 게 아니라 애쓸 여유가 없다는 것을 고로쿠는 도저히 이해할 수 없다. 형은 그저 제멋대로인 사람이고 시간만 있으면 빈둥빈둥 아내와 놀 뿐이며 전혀 미덥지도 못하고 힘이 되어주지도 않는, 천상 배려심이 부족한 사람 정도로 생각하고 있다.

하지만 고로쿠가 그렇게 느끼기 시작한 것은 바로 최근의 일로, 실은 작은집과의 교섭이 시작되고 나서의 일이다. 나이가 어린 만큼 모든 일에 성급한 고로쿠는 형에게 부탁하면 오늘내일이라도 당장 해결이 될 것으로 믿고 있었는데 언제까지고 결말이 나지 않을 뿐 아니라 아직 그쪽에 찾아가지도 않았기 때문에 상당히 불만스러웠던 것이다.

그런데 오늘 돌아오기를 기다려 만나고 보니, 그런 것이 형제인 모양인지 특별히 겉치레 말을 하지 않아도 어딘가 따뜻함이 묻어나는 태도가 보여 그만 하고 싶은 말도 뒤로 미루고 함께 목욕탕에 들어가 차분히 마음을 털어놓고 이야기를 나눌 수 있었다.

형제는 편하게 밥상에 둘러앉았다. 오요네도 스스럼없이 밥상 한구석을 차지했다. 소스케도 고로쿠도 작은 사기잔의 술을 두세 잔씩 비웠다. 밥을 먹기 전에 소스케는 웃으면서,

"음, 재미있는 게 있었지" 하고 말하고는 소맷자락에서 고무풍선 달마를 꺼내 큼지막하게 불었다. 그리고 달마를 그릇 뚜껑 위에 올려놓고 그 특색을 설명해주었다. 오요네도 고로쿠도 재미있어하며 부풀어 오른 풍선을 보았다. 마지막에는 고로쿠가 후 하고 불자 달마가 밥상 위에서 다다미 바닥으로 떨어졌다. 그래도 뒤집히지 않았다.

"거봐" 하고 소스케가 말했다.

오요네는 여자인지라 소리를 내서 웃었는데, 밥통 뚜껑을 열고 남

편의 밥을 퍼 담으며,

"형님도 참 한가하지요?" 하고 고로쿠를 보고 반쯤 남편을 변호하듯이 말했다. 소스케는 아내에게서 밥그릇을 받아 들고 변명 한마디 없이 밥을 먹기 시작했다. 고로쿠도 본격적으로 젓가락을 들었다.

달마는 더 이상 화제에 오르지 않았지만, 그것이 실마리가 되어 세 사람은 밥을 다 먹을 때까지 천진난만하게 한가로이 이야기를 계속했다. 결국에는 고로쿠가 분위기를 바꿔,

"그런데 이토 씨도 뜻밖의 일을 당했네요" 하는 말을 꺼냈다. 소스케는 오륙일 전 이토 히로부미가 암살당했다²는 호외를 봤을 때 오요네가 일하고 있는 부엌으로 가서 "이봐, 큰일 났어. 이토 씨가 암살을 당했어" 하고 말하고는 손에 든 호외를 오요네의 앞치마 위에 올려놓고 곧바로 서재로 들어갔는데, 말투는 오히려 차분했다.

"당신은 큰일이라고 하면서 큰일 같은 목소리가 전혀 아니던데요" 하고 오요네가 나중에 농담 삼아 일부러 말했을 정도였다. 그 후 신문에는 연일 이토 히로부미에 대한 기사가 대여섯 단씩 실리기는 했지만, 소스케는 그걸 훑어본 것인지 아닌지도 알 수 없을 만큼 암살 사건에 대해서는 별로 개의치 않는 듯 보였다. 저녁에 돌아온 남편의 식사 시중을 들며 오요네가 "오늘도 이토 씨 사건에 대해 나온 게 좀 있어요?" 하고 물은 일이 있는데 그때는 "응, 꽤 나왔어" 하고 대답한 정도여서 남편의 호주머니 속에 접혀 있는, 오늘 아침에 읽고 난 신문을

2 1909년 10월 26일 러시아 재무상과 회담하기 위해 러시아로 가던 중 하얼빈 역에서 하차한 이토 히로부미가 안중근에 의해 사살되었다. 소스케와 오요네 부부의 평범한 일상 안에 끼어든 거의 유일한 역사적 대사건이다. '소스케는 오륙일 전 이토 히로부미가 암살당했다는 호외를 봤다'는 기술에 따르면, 소설 『문』의 첫머리에 나오는 일요일은 1909년 10월 31일이라는 것을 알 수 있다.

나중에라도 꺼내서 읽어보지 않으면 그날의 기사를 알 수 없었다. 오요네도 결국은 남편이 집에 돌아온 후 화제로 이토 사건을 꺼냈을 뿐이라 굳이 소스케가 내켜하지 않는 방향으로 이야기를 끌어가고 싶지는 않았다. 그래서 이 부부 사이에서는 호외가 발행된 당일 이후 오늘 밤 고로쿠가 그 이야기를 꺼내기까지, 밖에서는 천하를 뒤흔들고 있는 문제라도 특별히 흥미로운 일로 받아들여지지 않았던 것이다.

"어떻게 해서 살해당한 걸까요?" 하고 오요네는, 호외를 봤을 때 소스케에게 물었던 것과 똑같은 질문을 고로쿠에게도 던졌다.

"권총을 탕탕 연발한 게 명중된 거죠" 하고 고로쿠가 솔직히 대답했다.

"그런데 말이에요, 어떻게 해서 살해당한 걸까요?"

고로쿠는 요령부득인 표정이었다. 소스케는 차분한 어조로,

"역시 운명이겠지" 하며 찻잔의 차를 맛있다는 듯이 마셨다. 오요네는 그래도 납득할 수 없는 모양인지,

"왜 또 만주 같은 데는 갔을까요?" 하고 물었다.

"그러게 말이야" 하며 소스케는 배가 불러 아주 만족스러운 것 같았다.

"듣자니 러시아에 비밀 용무가 있었다던데요" 하고 고로쿠가 진지한 얼굴로 말했다. 오요네는,

"그래요? 하지만 싫네요, 살해당하다니" 하고 말했다.

"나 같은 가난한 월급쟁이는 살해당하는 게 싫지만 이토 씨 같은 사람은 하얼빈에 가서 살해당하는 게 나아" 하고 소스케가 비로소 우쭐해하며 말했다.

"어머, 그건 왜요?"

"왜라니, 이토 씨는 살해당했으니까 역사적으로 위대한 사람이 될 수 있는 거거든. 그냥 죽어보라고, 그렇게는 안 되지."

"역시 그럴지도 모르겠네요" 하고 고로쿠는 다소 감탄한 듯했지만, 잠시 후,

"아무튼 만주든 하얼빈이든 뒤숭숭한 곳이네요. 전 어쩐지 아주 위험한 곳이라는 생각이 들어요" 하고 말했다.

"그야 잡다한 사람들이 모여드는 데니까."

이때 오요네는 묘한 얼굴로, 이렇게 대답한 남편의 얼굴을 쳐다봤다. 소스케도 그걸 눈치챈 모양인 듯,

"자, 이제 밥상은 치워도 되겠는데" 하고 아내를 재촉하고는 조금 전의 달마를 다시 다다미 바닥에서 집어 들어 집게손가락 끝에 올려놓으며,

"정말 묘하단 말이야. 정말 요령 좋게 잘도 만들었다는 생각이 들거든" 하고 말했다.

부엌에 있던 기요가 와서 어질러진 그릇을 밥상째 내가고, 오요네도 차를 새로 내오려고 옆방으로 물러가자 형제는 다시 마주 보고 앉았다.

"이야, 이제야 깨끗해졌군. 아무래도 밥을 먹은 후에는 지저분해지는 법이라" 하며 소스케는 밥상에 전혀 미련이 없는 표정을 지었다. 부엌 쪽에서 기요가 자꾸만 웃고 있다.

"뭐가 그리 우스운 거야, 기요?" 하고 오요네가 장지문 너머로 말하는 소리가 들려온다. 기요는 예에, 하며 다시 웃음을 터뜨린다. 형제는 아무 말도 하지 않고 기요의 웃음소리에만 귀를 기울이고 있다.

잠시 후 오요네가 과자를 담은 접시와 찻잔을 얹은 쟁반을 양손에 들고 다시 들어왔다. 등나무 덩굴로 휘감긴 손잡이의 찻주전자에서 위에도 머리에도 자극을 주지 못하는 질 낮은 차를 찻잔만큼 큰 찻종

에 따라 두 사람 앞에 놓았다.

"왜 저렇게 웃는 거야?"하고 소스케가 물었다. 하지만 오요네의 얼굴은 보지도 않고 오히려 과자 접시 안만 들여다보고 있다.

"당신이 저런 장난감을 사와서 재미있다는 듯이 손가락 끝에 올려놓으니까 그렇잖아요. 애도 없으면서."

소스케는 개의치 않는다는 듯이 가볍게 "그래?"했는데, 나중에 천천히,

"이래 봬도 원래는 애가 있었는데 말이야"하고 자못 자신의 말을 스스로 음미하는 듯 덧붙이고는 흐리멍덩한 눈을 들어 아내를 보았다. 오요네는 입을 꼭 다물고 말았다.

"도련님, 과자 안 드세요?"하고 잠시 후 고로쿠에게 말을 걸었지만,

"예, 먹을게요"하는 고로쿠의 대답을 흘려듣고는 불쑥 거실로 가버렸다. 형제는 다시 둘만이 마주 보게 되었다.

전차 종점에서 걸어 20분 가까이나 걸리는 고지대 주택지구 안쪽인 만큼 아직 초저녁인데도 주위는 의외로 조용하다. 이따금 밖을 지나는 굽 낮은 게다 소리가 산뜻하고, 늦가을 밤 추위가 차츰 심해진다. 소스케는 양손을 품속에 넣고,

"낮에는 따뜻했는데 밤이 되니까 갑자기 추워지네. 기숙사에는 벌써 스팀이 들어오겠구나?"하고 물었다.

"아뇨, 아직 안 들어와요. 학교에서는 웬만큼 춥지 않으면 스팀 같은 건 안 틀어주거든요."

"그래? 그럼 춥겠구나?"

"예. 하지만 추운 것 정도야 아무래도 상관없지만"하고만 말하고 잠시 말을 머뭇거리다가 드디어 과감하게,

"형님, 작은집 일은 대체 어떻게 된 건가요? 아까 형수님한테 들었는데 오늘 편지를 부쳤다고요."

"그래, 부쳤지. 이삼일 안에 무슨 연락이 오겠지. 그런 다음에 또 내가 가든지 어쩌든지 해야지 뭐."

고로쿠는 속으로 형의 태평한 태도를 못마땅하게 여기며 소스케를 바라보았다. 하지만 소스케의 태도에는 이렇다 하게 남을 자극하는 날카로운 구석도, 스스로를 비호하려는 비겁한 구석도 없어서 도무지 대들 용기가 나지 않는다. 다만,

"그럼 오늘까지 그대로 두었단 말인가요?" 하고 단순히 사실만 확인했다.

"응, 미안하지만 실은 아직 그대로야. 편지도 오늘에야 간신히 썼을 정도니까. 도무지 무슨 도리가 있어야지. 요즘은 신경도 약해져서 말이야" 하고 진지하게 말했다. 고로쿠는 쓴웃음을 지었다.

"만약 안 된다면 전 학교를 그만두고 차라리 당장이라도 만주나 조선으로 가볼까 합니다."

"만주나 조선? 너 굉장히 대담해졌구나? 하지만 아까까지만 해도 만주는 뒤숭숭해서 싫다고 했잖아?"

이런 식으로 오간 용건에 관한 이야기는 끝내 요령부득이었다. 마지막에는 소스케가,

"뭐 그렇게 걱정하지 않아도 괜찮을 거야, 어떻게든 되겠지 뭐. 아무튼 답이 오는 대로 바로 알려줄게. 그때 다시 의논하기로 하자" 하고 말해서 이야기는 매듭지어졌다.

고로쿠가 돌아가려고 거실을 들여다보니 오요네는 아무것도 하지 않고 목제 화로에 기대고 있다.

"형수님, 안녕히 계세요" 하고 말을 걸자 "어머, 벌써 가시게요?" 하면서 오요네는 그제야 일어나 나왔다.

4

고로쿠가 걱정하고 있던 작은집에서는 예상대로 이삼일 지나 답장이 왔는데, 아주 간단한 내용이어서 엽서로도 족한 것을 정중히 봉투에 넣어 3전짜리 우표를 붙인 숙모의 자필에 지나지 않았다.

관청에서 돌아온 소스케는 통소매의 갑갑한 근무복을 벗고 화로 앞에 앉자마자 일부러 3센티미터쯤 보이게 서랍에 꽂아둔 봉투에 눈이 가서 오요네가 따라준 차를 한 모금 마시고 바로 봉투를 뜯었다.

"허어, 야스노스케가 고베에 갔다는데" 하고 편지를 읽으면서 말했다.

"언제요?" 하고 오요네는 찻잔을 남편 앞으로 내밀었을 때의 자세 그대로 물었다.

"언제라고는 안 쓰여 있어. 아무튼 조만간 도쿄로 돌아올 거라고 하니까 곧 돌아오겠지."

"조만간이라니, 역시 숙모님답네요."

소스케는 오요네의 비평에 찬성도 반대도 하지 않았다. 다 읽은 편지를 둘둘 말아 아무렇게나 내던지고는 면도한 지 사오일 된 까칠까

칠한 턱을 언짢은 듯이 손바닥으로 여기저기 어루만졌다.

　오요네는 바로 그 편지를 집어 들었으나 특별히 읽으려고 하지는 않았다. 편지를 무릎 위에 올려놓고 남편의 얼굴을 보며,

　"조만간 도쿄로 돌아올 거라는 게 어떻다는 건가요?" 하고 물었다.

　"일간 야스노스케가 돌아오면 의논해서 어떻게든 답을 하겠다는 거 겠지."

　"조만간이라는 게 애매하네요. 언제 돌아온다는 말은 없었어요?"

　"응."

　오요네는 확인하기 위해 무릎 위에 있는 편지를 그제야 펼쳐보았다. 그러고 나서 다시 원래대로 접어서는,

　"그 봉투 좀 주실래요" 하며 남편에게 손을 내밀었다. 소스케는 자신과 화로 사이에 놓여 있는 파란 봉투를 집어 아내에게 건넸다. 오요네는 훅 하고 봉투에 바람을 불어 넣은 다음 편지를 넣었다. 그러고는 부엌으로 나갔다.

　소스케는 더 이상 편지에 대해 신경 쓰지 않았다. 얼마 전 영국에서 온 키치너 원수[1]를 관청의 동료가 오늘 신바시 근처에서 봤다는 이야기를 떠올리고, 그런 사람이 되면 전 세계 어디를 가나 세상을 떠들썩하게 하는 것 같은데 실제로 그는 그런 사람으로 타고난 것일지도 모른다고 생각했다. 자신의 과거로부터 질질 끌고 온 운명이나 또 그 연속으로서 앞으로 자신의 눈앞에 전개될 미래를, 키치너라는 사람의 미래와 비교해보니 도저히 같은 인간이라고 여길 수 없을 만큼 차이

---

　1 호레이쇼 허버트 키치너(Horatio Herbert Kitchener, 1850~1916). 영국의 군인으로 보어 전쟁에서 공을 세웠으며 나중에 인도군 총사령관 등을 지냈다. 제1차 세계대전 때는 육군 장관으로 활약했고, 1909년 11월 1일 일본 육군을 시찰하기 위해 일본을 방문했다.

가 현격했다.

이런 생각을 하며 소스케는 연거푸 담배를 피웠다. 밖은 저녁부터 바람이 불기 시작하더니 일부러 멀리서 덮쳐온 것 같은 소리가 났다. 때때로 바람이 그치면, 그동안은 쥐 죽은 듯 조용해서 사납게 불어댈 때보다 더 쓸쓸했다. 소스케는 팔짱을 낀 채 이제 슬슬 화재를 알리는 경종이 울리기 시작하는 계절이라는 생각도 했다.

부엌으로 나가 보니 아내는 풍로에 벌건 불을 붙여놓고 생선 토막을 굽고 있다. 절여놓은 음식을 꺼내온 기요는 개수대 앞에 쭈그리고 앉아 씻고 있다. 두 사람은 묵묵히 자신이 해야 할 일을 열심히 하고 있다. 소스케는 장지문을 열자마자 잠시 생선에서 나오는 즙이나 기름이 지글거리는 소리를 듣고 있다가 말없이 장지문을 닫고 원래의 자리로 돌아왔다. 아내는 생선에서 눈도 떼지 않았다.

식사를 마치고 부부가 화로를 사이에 두고 앉았을 때 오요네는 다시,

"작은집 일은 곤란하게 되었네요" 하고 말을 꺼냈다.

"뭐 어쩔 수 없지. 야스노스케가 고베에서 돌아올 때까지 기다리는 수밖에 다른 도리가 없으니까."

"그 전에 잠깐 숙모님을 만나 이야기를 해두는 게 낫지 않을까요?"

"글쎄, 뭐 조만간 무슨 말이든 해오겠지. 그때까지 그냥 내버려두자고."

"고로쿠 도련님이 화낼 텐데, 괜찮겠어요?" 하고 오요네는 일부러 확인을 해두고 웃음을 지었다. 소스케는 눈을 내리뜨고 손에 든 이쑤시개를 기모노 옷깃에 꽂았다.

다다음 날 소스케는 드디어 작은집에서 온 답을 고로쿠에게 알려주었다. 그때도 여느 때처럼 편지 말미에, 뭐 조만간 어떻게든 되겠

지, 라는 의미의 말을 덧붙였다. 그리고 당분간 그 일에 대해서는 책임을 면한 것처럼 생각하는 것 같았다. 일이 되어가는 형편이 다시 옹색하게 눈앞에 닥칠 때까지는 잊고 사는 것이 귀찮지 않아서 좋다는 얼굴로 매일 관청으로 나갔다가 돌아왔다. 퇴근도 늦었지만, 돌아오고 나서도 번거롭게 외출하는 일은 좀처럼 없었다. 손님은 거의 찾아오지 않았다. 볼일이 없을 때는 기요를 10시도 안 된 시간에 자게 하는 일조차 있었다. 부부는 매일 밤 같은 화로를 마주하고 앉아 식후에 한 시간쯤 이야기를 나누었다. 화제는 그들의 생활 형편에 걸맞은 것 정도였다. 하지만 쌀집 외상값을 이달 30일까지는 갚을 수 있을까, 하는 괴로운 살림 이야기는 아직 한 번도 입에 오르내리지 않았다. 그렇다고 해서 소설이나 문학 비평은 물론이고 남녀 사이를 아지랑이처럼 날아다니는 화려한 말을 주고받는 일도 거의 없었다. 그들은 아직 그럴 만한 나이도 아닌데, 이미 그런 시기를 지나 날마다 조용히 살아가는 사람들처럼 보이기도 했다. 또는 처음부터 색채가 옅은 극히 통속적인 사람이 습관적으로 부부 관계를 맺기 위해 같이 사는 것처럼 보이기도 했다.

겉에서 보면 부부 모두 물질에 연연해하는 기색은 없다. 그들이 고로쿠의 일에 보이는 태도를 봐도 그것은 대충 상상할 수 있다. 그래도 여자인지라 오요네는 한두 번,

"야스노스케 도련님은 아직 안 돌아왔을까요? 당신, 이번 일요일쯤에는 나카로쿠반초에 한번 가보세요" 하고 말한 적이 있지만, 소스케는,

"응, 가보지 뭐" 하는 정도로만 대답할 뿐이고, 막상 가보겠다는 일요일이 되어도 까맣게 잊어먹은 것처럼 시치미를 떼고 있다. 오요네

도 그런 남편을 다그칠 생각이 없다. 날씨가 좋으면,

"잠깐 산보라도 다녀오세요" 한다. 비가 내리거나 바람이 불면,

"오늘은 일요일이라 다행이네요" 한다.

다행히 고로쿠는 그 후 한 번도 찾아오지 않았다. 이 청년은 철저하게 하지 않고는 직성이 안 풀리는 신경질적인 성격인데, 한번 마음먹으면 끝까지 해내는 점이 학창 시절의 소스케와 무척 닮았다. 그 대신 갑자기 마음이 바뀌기라도 하는 날엔 어제 일이라도 까맣게 잊어버린 듯이 천연덕스럽게 딴청을 피우곤 한다. 형제라서 그런지 그것도 예전의 소스케와 판박이다. 그리고 두뇌가 비교적 명석해서 논리에 감정을 쏟아붓는 건지 아니면 감정에 이치의 틀을 끼우는지는 모르겠지만, 아무튼 일에 논리가 서지 않으면 인정하지 않고, 한번 논리가 서면 반드시 그 논리를 살려야겠다며 열중하려고 한다. 게다가 체질에 비해 정력이 따라주어서 대부분의 일은 젊은 혈기로 해낸다.

소스케는 동생을 볼 때마다 예전의 자신이 되살아나 눈앞에서 움직이고 있는 것만 같다. 때로는 조마조마한 적도 있다. 또한 씁쓸한 생각이 들 때도 있다. 그런 때에는 마음속으로 당시 외곬으로 행동했던 자신의 씁쓸한 기억을 가능한 한 자주 환기시켜주기 위해 특별히 하늘이 고로쿠를 자기 눈앞에 데려다놓은 게 아닐까, 하고 생각한다. 그러면 굉장히 무서워진다. 고로쿠도 어쩌면 자신과 같은 운명에 빠지기 위해 태어난 것이 아닐까, 하는 생각을 하면 몹시 걱정이 되기도 한다. 경우에 따라서는 걱정되기보다는 불쾌해진다.

하지만 오늘날까지 소스케는 고로쿠에게 훈계 같은 것을 해본 적이 없을 뿐 아니라 미래에 대해 충고를 해준 적도 없다. 그는 동생을 그저 평범하게 대했을 뿐이다. 지금 그의 생활이 그러한 과거를 가진 사

람이라고는 생각되지 않을 정도로 가라앉아 있는 것처럼, 그가 동생을 대하는 모습에서도 과거라는 이름을 붙일 만한 경험을 가진 연장자의 태도는 쉽게 비치지 않는다.

소스케와 고로쿠 사이에는 형제가 둘 있었는데 모두 일찍 세상을 떠나 형제라고는 해도 열 살이나 터울이 진다.[2] 게다가 소스케는 어떤 사정으로 대학 1학년 때 교토로 전학을 갔기 때문에[3] 한집에서 생활한 것은 고로쿠가 열두세 살 때까지였다. 소스케는 아직도 고로쿠를 고집 세고 말 안 듣는 개구쟁이로만 기억하고 있다. 그 무렵에는 아버지도 살아 계시고 집안 형편도 나쁘지 않아서 행랑채에 거주하는 고용 인력거꾼[4]까지 두면서 편하게 살았다. 그 인력거꾼에게 고로쿠보다 세 살 아래 아이가 있어 늘 고로쿠와 함께 놀았다. 어느 여름날 한낮에 둘이서 긴 장대 끝에 과자봉지를 매달아 커다란 감나무 밑에서 매미를 잡고 있는 것을 보고 소스케가 "겐, 그렇게 머리에 햇볕을 쐬면 일사병 걸려. 자 이걸 써" 하며 고로쿠의 낡은 밀짚모자를 꺼내주었다. 그러자 고로쿠는 자기 물건을 허락도 받지 않고 남에게 준 형이 못마땅했는지 갑자기 겐이 받아 든 모자를 낚아채서 땅바닥에 내동댕이치고는 바로 그 위로 뛰어올라 밀짚모자를 으스러지게 짓밟아버렸다. 소스케는 툇마루에서 맨발로 뛰어내려가 고로쿠의 머리를 쥐어박았다. 그때부터 소스케의 눈에는 고로쿠가 얄미운 꼬맹이로만 비쳤다.

---

2 9장에 '죽은 누이'라고 기술되어 있는 것으로 보아 소스케의 형제자매는 모두 4명이라는 것을 알 수 있다.

3 소스케가 왜 교토 대학으로 전학을 갔는지 그 이유는 밝혀져 있지 않다.

4 자가용 인력거를 끌게 하기 위해 고용한 인력거꾼.

대학 2학년 때 소스케는 학교를 그만둘 수밖에 없었다.[5] 도쿄의 집으로 돌아갈 수도 없게 되었다. 교토에서 바로 히로시마로 가서 반년쯤 살았을 때 아버지가 세상을 떠났다. 어머니는 아버지보다 6년쯤 전에 돌아가셨다. 그래서 집에는 스물대여섯 먹은 아버지의 첩과 열여섯 살인 고로쿠만 남았다.

　사에키 숙부의 전보를 받고 오랜만에 도쿄로 간 소스케는 장례식을 마치고 나서 집 안을 정리하려고 차근차근 살펴보다 꽤 있을 거라고 생각했던 재산은 의외로 적고, 오히려 없을 거라고 생각했던 빚이 상당히 많아 놀랐다. 사에키 숙부에게 의논했더니[6], 어쩔 수 없으니 당장 집을 내놓는 게 좋을 것 같다고 했다. 첩에게는 상당한 돈을 쥐여주고 당장 내보내기로 했다. 고로쿠는 당분간 숙부가 맡아 보살펴주기로 했다. 하지만 정작 중요한 집이 금방 팔릴 리 없었다. 어쩔 수 없이 우선 숙부에게 돈을 마련해달라고 부탁하여 급한 일을 처리했다. 숙부는 사업가로 여러 가지 일에 손을 댔다가 실패한, 이른바 투기적 모험심이 강한 사람이었다. 소스케가 도쿄에 있을 때도 숙부는 돈벌이가 되는 일이 있다며 소스케의 아버지를 꼬드겨 돈을 우려냈다. 소스케의 아버지에게도 욕심이 있었는지 모르지만, 그런 수법에 넘어가 숙부의 사업에 쏟아부은 돈이 적지 않았다.

　아버지가 돌아가셨을 때도 숙부의 형편은 예전과 별로 다르지 않은 것 같았지만 생전의 의리도 있고 또 이런 사람이 늘 그렇듯이 유사시에는 비교적 융통성이 생기는 모양인지 숙부는 흔쾌히 일처리를 떠맡아주었다. 그 대신 소스케는 자신의 집 매각에 대한 일체의 일을 숙부

　5 오요네와의 사건이 암시되어 있다.
　6 아버지의 유산을 처분할 때 숙부에게 속은 일은 『마음』(1914)에도 나온다.

에게 일임해버렸다. 간단히 말하면 급한 대로 임시변통할 돈을 마련해준 것에 대한 보수로 토지와 가옥을 제공한 것이나 다름없었다. 숙부는,

"아무튼 이런 것은 매수자를 잘 보고 팔지 않으면 손해거든" 하고 말했다.

가재도구도 자리만 차지하고 값이 나가지 않는 것은 모조리 팔아치웠으나 대여섯 폭짜리 족자와 골동품 열두세 점만은 아무래도 느긋하게 원하는 사람을 찾지 않으면 손해라는 숙부의 의견에 따라 숙부에게 보관해달라고 했다. 모든 것을 제하고 수중에 남은 돈은 대략 2천 엔쯤이었는데, 소스케는 그중 얼마쯤을 고로쿠의 학비로 써야 한다는 데에 생각이 미쳤다. 하지만 불확실한 당시의 처지로서는 다달이 송금하는 것이 무척 어려워질 것 같아, 괴롭기는 했지만 아무쪼록 고로쿠를 잘 부탁한다며 과감히 절반을 떼어 숙부에게 건넸다. 자신이 도중에 공부를 포기했으니 적어도 동생만은 쓸모 있는 사람으로 만들어주고 싶은 마음이 있었기 때문이다. 그 천 엔이 없어진 다음에는 또 어떻게 될까 하는 걱정을 하기는 했지만 어떻게든 해주겠지 하는 정도의 막연한 희망을 남겨두고 다시 히로시마로 돌아왔다.

그러고 나서 반년쯤 지나 드디어 집이 팔렸으니 안심하라는 숙부의 자필 편지가 왔다. 그러나 얼마에 팔렸는지는 전혀 쓰여 있지 않았기 때문에 곧장 물어보니 2주쯤 지나서 온 답장에 전에 빌려간 돈을 갚기에 충분한 금액이니 걱정하지 않아도 된다고 쓰여 있었다. 소스케는 그 답장에 적잖은 불만을 느끼기는 했지만, 자세한 이야기는 언제 한번 만나서 하자고 쓰여 있어 당장이라도 도쿄로 달려가고 싶은 생각이 들어 의논 삼아 아내에게 사실은 여차여차하다고 말했더니 오요

네는 딱하다는 얼굴로,

"하지만 갈 수 없으니 어쩔 수 없겠네요" 하며 여느 때처럼 희미하게 웃었다. 그때야 비로소 소스케는 아내로부터 선고를 받은 사람처럼 잠시 팔짱을 끼고 생각해봤으나 아무리 궁리해본들 빠져나갈 수 없는 위치와 사정에 속박되어 있어 그대로 내버려둘 수밖에 없었다.

어쩔 수 없어서 편지를 서너 번 주고받기는 했으나 결과는 늘 같아서, 언제 한번 만나자는 판에 박은 얘기만 되풀이할 뿐이었다.

"이래서야 어쩔 도리가 없겠어" 하고 소스케는 화난 듯한 얼굴로 오요네를 쳐다봤다. 석 달쯤 지나 드디어 여유가 생겨 오랜만에 오요네를 데리고 도쿄로 가려는 참에 그만 감기에 걸려 드러눕게 되었고, 그것이 원인이 되어 장티푸스로 진행되는 바람에 두 달을 꼼짝없이 자리에 누워 지낸 데다 그 뒤로도 한 달이나 일을 제대로 할 수 없을 만큼 몸이 쇠약해지고 말았다.

몸이 회복되고 얼마 지나지 않아 소스케는 다시 히로시마를 떠나 후쿠오카로 가야 하는 처지가 되었다. 후쿠오카로 떠나기 전에 좋은 기회이니 잠깐 도쿄에 가보려고 생각하던 중에 이번에도 여러 가지 사정이 생겨 결국 그렇게 하지도 못한 채 하행선 열차가 달리는 방향에 자신의 운명을 맡기고 말았다. 그 무렵에는 도쿄의 집을 정리할 때 수중에 갖고 나온 돈이 거의 바닥난 상태였다. 2년 안팎의 후쿠오카 생활은 그에게 상당한 고투였다. 교토에서 학교를 다닐 때 갖가지 구실을 만들어 아버지로부터 수시로 큰 액수의 학자금을 받아내 멋대로 써버린 옛날 일을 떠올리며 지금의 처지와 비교하니 인과응보의 속박이 몹시 무서웠다. 어떤 때는 지나간 봄을 회고하며 그때가 가장 영화로운 시절이었다는 것을 처음으로 깨달은 눈으로 남몰래 멀리 안개를

바라보는 일도 있었다. 생활이 더욱 어려워졌을 때,

"오요네, 오랫동안 내버려두었지만 다시 도쿄로 가서 담판을 지어 볼까?" 하는 말을 꺼냈다. 오요네는 물론 반대하지 않았다. 다만 고개를 내려뜨리고,

"소용없어요. 숙부님한테 완전히 신용을 잃었는걸요" 하고 불안한 듯이 대답했다.

"그쪽에 신용을 잃었을지 모르지만, 그쪽도 우리한테 신용을 잃었어" 하고 소스케는 으스대며 말했지만, 눈을 내리뜨고 있는 오요네를 보자 갑자기 용기가 꺾이는 것 같았다. 이런 대화를 처음에는 한 달에 한두 번쯤 했지만 나중에는 두 달에 한 번이 되었다가 석 달에 한 번이 되고 결국에는,

"됐어, 고로쿠만 어떻게 해준다면야. 나머지 일은 언제 도쿄에 가게 되면 만나서 하지 뭐. 오요네, 그렇게 하는 게 어떨까?" 하고 말했다.

"그러는 게 좋겠네요" 하고 오요네는 대답했다.

소스케는 사에키 숙부와의 일을 그대로 내버려두었다. 단순히 돈을 요구하는 일은 자신의 과거를 봐서도 숙부에게 할 수 있는 일이 아니라고 생각했다. 따라서 그런 일의 담판은 지금까지 한 번도 편지에 쓴 적이 없었다. 고로쿠에게서는 이따금 편지가 왔지만 아주 짧고 형식적인 경우가 대부분이었다. 소스케는 아버지가 돌아가셨을 때 도쿄에서 만난 고로쿠를 기억하고 있을 뿐이라서 아직도 미덥지 못한 어린 애로만 생각하고 있었고, 그래서 자기 대신 숙부와 교섭하게 할 생각 같은 것은 아예 하지도 않았다.

소스케 부부는 세상의 햇빛을 보지 못하는 사람이 견딜 수 없는 추위에 서로 껴안아 몸을 녹이는 식으로 서로를 의지하며 살았다. 어려

울 때에는 언제든지 오요네가 소스케에게,

"하지만 어쩔 수 없어요"하고 말했다. 소스케는 오요네에게,

"참아야지 뭐"하고 말했다.

두 사람 사이에는 체념이나 인내가 끊임없이 움직이고 있었으나 미래나 희망의 그림자는 거의 비치지 않는 듯이 보였다. 그들은 과거의 일을 그리 자주 말하지는 않았다. 때로는 약속이나 한 듯이 피하는 분위기조차 있었다. 오요네가 때로,

"머지않아 또 좋은 일이 있을 거예요. 그렇게 나쁜 일만 계속되라는 법은 없으니까요"하고 남편을 위로하듯이 말하는 일이 있었다. 그러면 그것이 소스케에게는 진심 어린 아내의 입을 빌려 자신을 농락하는 운명의 독설처럼 느껴졌다. 소스케는 그런 경우 아무 대답도 하지 않고 그저 쓸쓸하게 웃을 뿐이었다. 그래도 눈치를 채지 못한 오요네가 뭔가 말을 계속하면,

"우리는 그런 좋은 일을 기대할 권리가 없는 사람들 아닐까?"하는 말을 과감히 내뱉는다. 아내는 그제야 눈치를 채고 입을 다물어버린다. 그렇게 두 사람이 묵묵히 마주 보고 있으면 어느새 자신들은 스스로가 만든 과거라는 어둡고 커다란 구렁텅이 속에 빠져 있다.

그들은 자업자득으로 자신들의 미래를 덧칠해버렸다. 그러므로 자신들이 걷고 있는 앞길에서는 화려한 색채를 볼 일이 없을 거라며 체념하고, 오직 둘이서 손을 잡고 나아갈 생각이었다. 숙부가 팔아치웠다는 토지와 집에 대해서도 처음부터 많은 기대를 하지 않았다. 이따금 생각난 듯이,

"그래도 요즘 시세라면 밑지고 팔아도 그때 숙부가 마련해준 돈의 배는 될 텐데. 너무 어이가 없어서 말이야"하고 소스케가 말하면 오

요네는 쓸쓸한 듯이 웃으며,

"또 땅 얘기예요? 언제까지고 그 일만 생각하고 있네요. 하지만 당신이 숙부님께 모든 일을 잘 부탁드린다고 말한 거잖아요?" 하고 말했다.

"그야 어쩔 수 없었지. 그때는 그렇게라도 하지 않으면 달리 방법이 없었으니까" 하고 소스케가 말했다.

"그러니까 말이에요. 숙부님은 돈 대신에 집과 토지를 받은 거라고 생각했을지도 모르잖아요" 하고 오요네가 말했다.

그 말을 듣고 보니 소스케도 숙부가 처리한 일에 일리가 있는 것처럼 생각되어 입으로는,

"그렇게 생각하는 게 안 좋은 거 아냐?" 하고 대답했지만, 이 문제는 그때마다 점차 배경 저편으로 멀어져갈 뿐이었다.

부부가 이렇게 쓸쓸하고 의좋게 생활해온 지 2년째 되는 해가 저물어갈 무렵, 소스케는 우연히 학창 시절에 무척 친하게 지냈던 동창생 스기하라를 만났다. 스기하라는 졸업 후 고등문관시험[7]에 합격하여 그때 이미 어떤 성(省)에 근무하고 있었는데, 공무상 후쿠오카와 사가로 출장을 오게 되어 도쿄에서 일부러 찾아온 것이었다. 소스케는 고장 신문을 통해 스기하라가 언제 도착하고 어디에 머무는지 잘 알고 있었지만, 실패한 사람인 자신을 돌아보고 성공한 사람 앞에 머리를 숙이는 대조적인 모습을 부끄럽게 생각한 데다 학창 시절의 오랜 친구를 피하고 싶은 특별한 이유도 있었기 때문에 그가 머물고 있는 여관으로 찾아갈 생각은 털끝만치도 하지 않았다.

7 구(舊)제도에서 고급관리가 되기 위한 자격시험으로 고등시험이라고도 한다. 행정과(외교과를 포함한다)와 사법과(판검사, 변호사 자격시험)가 따로 있었는데 1948년에 폐지되었다.

그런데 스기하라는 묘한 계기로 소스케가 이곳에서 썩고 있다는 이야기를 듣고 굳이 만나고자 했기 때문에 소스케도 어쩔 수 없이 고집을 꺾었다. 소스케가 후쿠오카에서 도쿄로 옮기게 된 것은 바로 이 스기하라 덕분이었다. 드디어 일이 성사되었다는 스기하라의 편지가 왔을 때 소스케는 젓가락을 놓고,

"오요네, 드디어 도쿄로 갈 수 있게 됐어" 하고 말했다.

"어머, 잘됐네요" 하며 오요네가 남편의 얼굴을 쳐다봤다.

도쿄에 도착하고 나서 이삼 주는 눈이 팽팽 돌아갈 만큼 정신없이 지나갔다. 새로이 살림을 꾸리고 새로운 일을 시작하는 사람에게 있을 법한 분주함과 자신들을 감싸고 있는 대도회의 공기가 밤낮으로 거세게 흔들어대는 자극에 쫓겨 만사를 가만히 생각해볼 여유가 없었고 또 차분히 자기가 할 일을 분별할 수도 없었다.

밤기차로 신바시[8]에 도착했을 때 오랜만에 숙부 부부의 얼굴을 봤는데, 불빛 탓인지 소스케의 눈에는 부부 모두 밝아 보이지 않았다. 도중에 흔치 않은 사고가 있어 도착 시간이 30분쯤 늦어진 것이 마치 소스케의 잘못이나 된 것처럼 기다림에 지친 기색이 역력했다.

그때 소스케가 숙모에게서 들은 말은,

"어머, 안 보는 사이에 많이 늙어버렸네"라는 한마디였다. 그때 처음으로 숙부 부부에게 오요네를 소개했다.

"이 사람이 그……" 하고 숙모는 머뭇거리며 소스케를 쳐다봤다. 오요네는 뭐라 인사해야 좋을지 몰라 그저 말없이 고개만 숙였다.

물론 고로쿠도 숙부 부부와 함께 두 사람을 마중하러 나와 있었다.

8 1889년 도카이도 선(신바시에서 고베 간)이 완성된 이후 도쿄 역이 완성되는 1914년 12월까지 약 반세기 동안 명실공히 도쿄의 종착역이었다.

소스케는 한눈에 어느새 자신을 능가할 만큼 훌쩍 커버린 동생을 보고 무척 놀랐다. 고로쿠는 그때 중학교를 졸업하고 이제 고등학교에 들어가기 직전이었다. 소스케를 보고 "형님"이라고도, "오셨어요"라고도 하지 않고 멋쩍은 듯이 그저 고개만 꾸벅 숙일 뿐이었다.

소스케와 오요네는 일주일쯤 여관에서 지내고 나서 지금의 집으로 이사했다. 그때는 숙부 부부가 여러 가지로 애를 써주었다. 자질구레한 부엌살림 같은 것은 살 필요가 없을 거고, 낡은 거라도 괜찮다면, 하면서 적은 식구에게 필요한 만큼의 살림살이를 대충 보내주었다. 게다가,

"너도 새살림이니까 이것저것 돈 쓸 일이 많을 기다"하며 60엔을 주었다.

집을 장만하고 이래저래 정신없이 지내다 보니 벌써 보름 넘게 지났지만, 지방에 있을 때는 그렇게나 신경 썼던 집 문제를 숙부에게 아직 꺼내지도 못하고 있었다. 어느 날 오요네가,

"당신, 숙부님께 그 일 말씀드렸어요?"하고 물었다. 그래서 소스케는 갑자기 생각난 듯이,

"어? 아직 못 했어"하고 대답했다.

"별일이네요? 그렇게나 신경을 쓰던 사람이"하고 오요네는 희미하게 웃었다.

"그거야 차분히 그런 얘기를 할 틈이 없었으니까"하고 소스케가 변명했다.

다시 열흘쯤 지났다. 그러자 이번에는 소스케가,

"오요네, 그 일은 아직 말하지 못했어. 아무래도 말하는 게 귀찮고 싫어졌어"하고 말했다.

"싫으면 억지로 말하지 않아도 돼요" 하고 오요네가 대답했다.

"그래도 괜찮겠어?" 하고 소스케가 반문했다.

"괜찮다니요? 원래 당신 일 아니에요? 저는 전부터 아무래도 상관없었어요" 하고 오요네가 대답했다.

그때 소스케는,

"그럼 그럴싸하게 점잔 빼며 말을 꺼내는 것도 이상하니까 조만간 기회를 봐서 물어보지 뭐. 머지않아 물어볼 기회가 꼭 생길 테니까" 하며 미뤄버렸다.

고로쿠는 작은집에서 아무런 부족함 없이 지내고 있었다. 시험을 보고 고등학교에 들어가면 기숙사에 들어가야 하기 때문에 숙부와는 그 문제까지 이미 얘기가 된 모양이었다. 새로 도쿄로 올라온 형으로부터는 특별히 학비를 받지도 않은 탓인지 자신의 신상 문제에 대해서는 숙부에게 하는 것만큼 살갑게 의논하지 않았다. 사촌동생인 야스노스케와는 그때까지도 사이가 아주 좋았다. 오히려 야스노스케가 더 친형제 같았다.

소스케는 자연스레 작은집에는 발길이 뜸해졌다. 어쩌다 간다고 해도 형식적인 방문에 그치는 일이 많아서 돌아올 때는 늘 한심한 생각이 들어 견딜 수가 없었다. 나중에는 날씨 얘기 등 형식적인 인사를 마치면 곧바로 돌아오고 싶어지는 일도 있었다. 그런 때는 30분쯤 세상 이야기를 이어나가는 것조차 고역이었다. 숙부 부부도 어쩐지 마음이 쓰이는지 거북해하는 것 같았다.

"아니, 좀 더 있다 가지" 하고 숙모가 말리는 것이 상례인데, 그렇게 되면 더욱 있기가 힘들었다. 그래도 가끔 찾아가지 않으면 양심에 찔리는 것 같은 불안감이 들어 다시 가게 되었다. 이따금,

"정말 고로쿠가 신세를 많이 져서"하고 이쪽에서 머리를 숙이고 고맙다는 인사를 한 일도 있었다. 하지만 그 이상은, 그러니까 앞으로 동생의 학비에 대한 이야기나 자신이 숙부에게 처분해달라고 한 토지와 집에 대한 이야기도 꺼내기가 귀찮아졌다. 그러나 소스케가 귀찮아하면서도 마음이 가지 않는 숙부의 집에 이따금 찾아가는 것은, 단지 숙부와 조카라는 혈연관계를 남 못지않게 이어가기 위한 의무감에서가 아니라 언젠가 기회가 되면 정리하고 싶은 어떤 것을 가슴속에 간직하고 있어서일 뿐이라는 것은 분명했다.

"소스케도 정말 완전히 변했네요"하고 숙모가 숙부에게 말한 일이 있었다. 그러자 숙부는,

"그런 것 같군. 역시 그런 일이 있으면 오래까지 영향을 미치는 법이니까"하고 대답하고는 인과응보란 참으로 무서운 거라는 듯한 표정을 지었다. 숙모는 거듭,

"정말 무서운 거네요. 원래는 저렇게 활기 없는 애가 아니었는데, 너무 까불 정도로 활발했었는데 말이에요. 이삼 년 안 본 사이에 아주 딴사람처럼 늙어가지고, 지금은 당신보다 더 영감 같아요"하고 말했다.

"설마"하고 숙부가 다시 대답했다.

"아니, 머리나 얼굴이 아니라 분위기가요"하고 숙모가 다시 변명했다.

소스케가 도쿄로 올라오고 나서 노부부 사이에 이런 대화가 오간 것은 한두 번이 아니었다. 실제로 그는 작은집에 가면 숙모의 눈에 비친 그대로의 사람으로 보였다.

오요네는 신바시에 도착했을 때 노부부에게 인사한 이래 어찌 된 일인지 지금껏 작은집 문턱을 넘은 적이 없다. 그쪽에서 찾아오면 숙부님, 숙모님 하며 정성껏 대접하지만 돌아갈 때,

"어떠냐, 잠깐 놀러 오기도 해라"하고 말하면 그저,

"고맙습니다"하고 머리를 숙일 뿐 여태 한 번도 찾아간 적이 없다. 소스케조차도 한번은,

"숙부님 댁에 한번 가보는 게 어때?"하고 권한 적이 있는데,

"하지만"하고 이상한 표정을 지어서 그 뒤로 소스케는 절대 그런 말을 꺼내지 않았다.

두 가족은 그런 상태로 1년쯤 보냈다. 그런데 소스케보다 마음이 젊다는 숙부가 돌연 세상을 떠났다. 이삼일 감기 기운이 있어 누워 있었는데 변소에 갔다가 돌아오면서 손을 씻으려고 물 뜨는 바가지를 든 채 졸도했고 그대로 하루를 못 넘기고 숨을 거두고 말았다. 중증의 척수뇌막염이었다고 한다.

"오요네, 숙부님은 결국 이야기도 하지 않고 돌아가셨어"하고 소스케가 말했다.

"아직도 그 일을 물어볼 생각이었어요? 당신도 참 집념이 강하네요"하고 오요네가 말했다.

그러고 나서 다시 1년이 지나자 숙부의 아들 야스노스케는 대학을 졸업하고 고로쿠는 고등학교 2학년이 되었다. 숙모는 야스노스케와 함께 나카로쿠반초로 이사했다.

도쿄로 올라온 지 3년이 되는 해 여름방학에 고로쿠는 보슈(房州)[9] 반도로 해수욕을 갔다. 그곳에서 한 달쯤 머물다가 9월이 다가왔으므로 호타(保田)[10]에서 반도를 가로질러 가즈사 해안의 구주쿠리 해변을 따라 조시까지 갔는데, 거기에서 무슨 생각이라도 난 듯이 갑자기

---

9 소세키가 제일고등학교에 재학 중이던 1889년 8월 상순부터 3주 남짓 몇몇 친구와 보슈 반도를 여행했는데 여기에는 그때의 체험이 반영되어 있다.

도쿄로 돌아왔다. 소스케의 집에 온 것은 도쿄로 돌아오고 나서 채 이삼일밖에 지나지 않은, 늦더위가 기승을 부리던 어느 날 오후였다. 새까맣게 탄 얼굴에 눈만 반짝이는, 그래서 몰라볼 정도로 촌스러워진 그는 비교적 해가 덜 드는 객실로 들어가자마자 벌렁 드러누워 형이 돌아오기를 기다렸다. 그런데 소스케의 얼굴을 보자마자 벌떡 일어나서는,

"형님, 이야기할 게 있어 왔어요"하며 정색을 하고 나왔으므로 소스케는 다소 놀란 표정으로 숨 막힐 듯이 더운 양복조차 갈아입지 못하고 고로쿠의 이야기를 들었다.

고로쿠의 말에 따르면, 이삼일 전에 그가 가즈사에서 돌아온 날 밤 숙모로부터, 안됐지만 학비는 올해 말[11]까지만 대주고 그 이상은 대줄 수 없다는 말을 들었다고 한다. 고로쿠는 아버지가 돌아가시고 곧바로 숙부에게 맡겨진 뒤로 학교에도 갈 수 있었고 옷도 저절로 생겼으며 용돈도 적당히 받았기 때문에 아버지가 살아 계실 때와 마찬가지로 무엇 하나 부족한 것 없이 생활해온 타성에서 그날 밤까지만 해도 학비 문제를 고민해본 적이 없었다. 그러므로 숙모가 그런 선고를 내렸을 때는 이렇다 저렇다 대답조차 하지 못하고 그저 멍하니 있었다고 한다.

숙모는 여자인 만큼 한 시간이나 들여 딱하다는 듯이 고로쿠를 더 이상 돌봐줄 수 없게 된 이유를 자세히 말해주었다고 한다. 거기에는

---

10 휴양지로 유명한 곳으로, 근처에 해발 329미터의 노코기리야마(鋸山)가 있다. 호타는 보슈 반도의 왼쪽 해안에 있고 구주쿠리 해변은 오른쪽 해안에 있다. 고로쿠는 호타에서 해안을 따라 구주쿠리 해변으로 간 것이 아니라 반도를 곧장 가로질러 간 것이다.

11 당시에는 9월에 새 학기가 시작되었으므로 3학년 1학기까지만 학비를 대주겠다고 한 것이다.

숙부가 돌아가신 일, 이어서 일어난 경제적인 변화, 그리고 야스노스케의 졸업과 그 후에 앞두고 있는 결혼 문제 등이 포함되어 있었다고 한다.

"할 수만 있다면 적어도 고등학교를 졸업할 때까지만이라도 어떻게 해보려고 지금까지 여러 가지로 애를 써왔다만……."

숙모가 이렇게 말했다고 고로쿠는 되풀이해서 말했다. 고로쿠는 그때 문득 형이 아버지 장례식 때 도쿄로 올라와 모든 일을 정리한 후 히로시마로 돌아갈 때 자신에게 학비는 숙부한테 맡겨두었으니, 하고 말했던 일을 떠올리며 처음으로 숙모에게 그 일을 물어보자 숙모는 뜻밖이라는 표정을 지으며,

"그거야 그때 소스케가 얼마간 맡겨두고 가긴 했지. 하지만 그 돈은 진작 없어졌어. 숙부가 살아 계실 때부터 네 학비는 거기서 융통해왔으니까" 하고 대답했다.

고로쿠는 형이 자신의 학비를 몇 년에 얼마쯤으로 계산해서 숙부에게 맡겨두었는지 자세한 내용을 듣지 못했으므로 숙모로부터 그런 말을 들었을 때는 한마디도 되물어볼 수 없었다.

"너도 혼자가 아니고 형이 있으니까 잘 의논해보면 좋겠다. 그 대신 나도 소스케를 만나서 차분히 사정을 이야기할 테니까. 요즘에는 소스케도 통 오지 않고 나도 오랫동안 연락도 못 하고 있어서 네 문제는 얘기할 기회가 없었구나" 하고 숙모는 마지막으로 이렇게 덧붙였다고 한다.

고로쿠로부터 자초지종을 들었을 때 소스케는 그저 동생의 얼굴만 바라보다가,

"난감하군" 하고 한마디 했을 뿐이다. 옛날처럼 발끈해서 곧장 숙모

에게 담판하러 달려갈 기색도 보이지 않을 뿐 아니라 지금까지 자신에게 신세 지지 않아도 될 사람처럼 데면데면하게 대해온 동생의 태도가 갑자기 바뀐 것을 얄밉게 생각하는 기색도 보이지 않았다.

자기 멋대로 만들어낸 아름다운 미래가 반쯤 무너져 내리기 시작한 것이 마치 남 탓이라도 되는 양 혼란스러워하며 돌아가는 고로쿠의 뒷모습을 지켜보던 소스케는 어둑한 현관 문턱에 선 채 격자문 밖에 비치는 석양을 잠시 바라보고 있었다.

그날 밤 소스케는 뒤란에서 커다란 파초 잎 두 장을 잘라와 객실 툇마루에 깔고 오요네와 나란히 그 위에 앉아 더위를 식히면서 고로쿠 이야기를 했다.

"숙모님은 우리한테 도련님을 보살피라고 할 생각 아닐까요?" 하고 오요네가 물었다.

"그거야 만나서 들어보기 전에는 무슨 생각인지 알 수 없지" 하고 소스케가 말하자 오요네는,

"아마 그럴 거예요" 하고 대답하며 어둠 속에서 팔랑팔랑 부채질을 했다. 소스케는 아무 말도 하지 않고 고개를 빼고 차양과 절벽 사이로 가늘게 드러난 하늘빛을 바라보았다. 두 사람은 한동안 말없이 그대로 있었다. 얼마쯤 있다가,

"그래도 그건 무리예요" 하고 오요네가 다시 말했다.

"한 사람을 대학까지 졸업시키다니, 내 재주로는 도저히 안 되지" 하고 소스케는 자신의 능력만을 분명히 밝혔다.

대화는 거기서 다른 화제로 넘어갔고 다시는 고로쿠나 숙모 이야기로 돌아가지 않았다. 그로부터 이삼일 지나자 마침 토요일이어서 소스케는 관청에서 돌아오는 길에 나카로쿠반초의 작은집에 들렀다. 숙

모는,

"아이구 이런, 참 희한한 일도 다 있구나" 하며 평소보다 붙임성 있게 소스케를 환대해주었다. 그때 소스케는 싫은 것을 참고 숙모에게 지난 사오 년간 담아둔 질문을 그제야 처음으로 했다. 물론 숙모는 어떻게든 변명을 하지 않을 수 없었다.

숙모의 말에 따르면 소스케의 집을 처분했을 때 숙부의 손에 들어온 돈은 정확히 기억하고 있지 않지만, 잘은 몰라도 소스케에게 급하게 변통해준 돈을 제하고 4천5백 엔인가 4천3백 엔쯤 남았다고 한다. 그런데 숙부의 의견은, 그 집은 소스케가 자신에게 주고 간 것이라 설사 얼마쯤 남았다고 해도 그것은 자신의 소득이라고 간주해도 지장이 없다, 하지만 소스케의 집을 처분하고 한몫 잡았다는 소리를 듣는 것은 기분이 좋지 않으니 그건 고로쿠 명의로 보관해두고 고로쿠의 재산으로 해두자, 소스케는 그런 일을 저지르고 폐적(廢嫡)될 처지[12]까지 간 녀석이니까 한 푼도 받을 권리가 없다는 것이었다.

"소스케, 화내면 안 돼. 그냥 숙부가 말한 그대로 이야기했을 뿐이니까" 하고 숙모가 양해를 구했다. 소스케는 그다음 이야기를 물었다.

고로쿠의 명의로 보관되어야 할 재산은 불행히도 숙부의 수완으로 곧바로 간다의 번화가에 있는 가옥으로 변했다. 그런데 보험[13]도 들기 전에 화재로 다 타버렸다. 고로쿠에게는 처음부터 하지 않은 이야기라 일부러 알리지 않고 그대로 두었다.

---

12 당시의 민법에는 집안의 명예를 더럽히는 일을 저지르면 상속권을 박탈할 수 있다는 조항이 있어 나온 이야기일 것이다.

13 화재보험을 말한다. 메이지 20년대에는 이미 3대 보험회사(도쿄화재보험회사, 메이지화재보험회사, 일본화재보험주식회사)가 설립되어 있었다.

"그렇게 된 거니까 소스케 너한테는 정말 안됐지만, 아무튼 돌이킬 수 없는 일이니 어쩔 수가 없구나. 운이 없었다고 생각하고 포기해. 물론 숙부가 살아 계신다면 또 어떻게든 되었겠지. 고로쿠 하나쯤은 문제없었을 거야. 설사 숙부가 안 계시는 지금도 이쪽 사정만 괜찮다면 불타버린 집에 해당하는 돈을 고로쿠에게 갚든가, 그게 아니라도 고로쿠가 졸업할 때까지는 어떻게든 보살피든가 하겠지만 말이다" 하고 말하고 숙모는 다시 다른 속사정 이야기를 들려주었다. 그것은 야스노스케의 직업에 대한 이야기였다.

야스노스케는 숙부의 외동아들로 올여름 대학을 막 졸업한 청년이다. 가정에서 따뜻한 보살핌을 받으며 자란 데다 다른 동급생 외에는 교제가 없는 아이라 세상 물정에는 어둡다고 해도 좋은데, 그렇게 세상 물정에 어두운 구석 어딘가에 대범한 데가 있어 사회에 얼굴을 내민 모양이다. 전공은 공과대학의 기계학이라 아무리 기업 열기가 한 풀 꺾인 시기라고는 하나 일본 전역에 있는 수많은 회사 중에 걸맞은 자리 한두 개쯤 있었다. 그런데 부모에게 물려받은 투기적 모험심이 어딘가에 숨어 있었던 모양인지 무척이나 자기 사업을 해보고 싶어 했는데, 마침 쓰키시마 부근에 소규모 공장을 세워 독립적으로 경영하고 있는 같은 학과 출신의 선배를 만났다. 그것이 인연이 되어 그 선배와 의논했고, 자신도 얼마간 자금을 투자해서 함께 사업을 해보자는 생각에 이르렀다. 숙모의 속사정 이야기는 이런 것이었다.

"그래서 조금 있던 주식을 모두 그쪽으로 돌려서 지금은 정말 한 푼도 없는 형편이나 마찬가지야. 세상 사람들이 보기에는 식구도 적고 집도 있으니까, 뭐 유복하게 보이는 것도 무리는 아니겠지. 요전에도 하라(原) 어머님이 오셔서, 당신처럼 마음 편한 사람도 없다, 언제 와도 만년청(萬年靑)[14] 잎만 정성껏 닦고 있다고 하더라. 아무렴 그럴까, 그렇지도 않은데 말이야" 하고 숙모가 말했다.

소스케가 숙모의 설명을 들었을 때는 멍해서 제대로 된 대답이 쉽게 나오지 않았다. 마음속으로 이건 신경이 쇠약해진 결과 예전처럼 곧바로 기민하고 명쾌한 판단을 내릴 수 있는 두뇌를 상실한 증거일 거라고 생각했다. 숙모는 자신이 하는 말을 소스케가 진정으로 받아들이지 않는 것에 마음이 쓰이는지 야스노스케가 가져간 자본의 액수까지 말했다. 그것은 5천 엔 정도였다. 야스노스케는 당분간 쥐꼬리만 한 월급과 이 5천 엔에 대한 배당금으로 생활해야 한다고 했다.

"그 배당이라는 것도 어떻게 될지 아직은 몰라. 잘돼야 10퍼센트나 15퍼센트 정도일 거고, 또 자칫 잘못하다가는 다 날리는 수도 있는 거니까" 하고 숙모가 덧붙였다.

소스케는 숙모의 처사에 이렇다 하게 눈에 띄는 뻔뻔한 구석도 보이지 않아 마음속으로는 적잖이 난감했지만, 고로쿠의 장래에 대해 한마디 흥정도 해보지 못하고 돌아가는 것이 너무나도 한심스러웠다. 그래서 지금까지의 문제는 덮어두고 자신이 당시 고로쿠의 학비로 숙부에게 맡겨두고 간 천 엔은 어떻게 되었느냐고 물어보니 숙모는,

"소스케, 그거야 고로쿠가 다 썼지. 고로쿠가 고등학교에 들어가고 나서도 그럭저럭 7백 엔은 들었으니까" 하고 대답했다.

14 백합과의 상록 여러해살이풀로 잎이 길고 두꺼우며 언제나 푸른색을 띠고 있어 이런 이름이 붙었다. 일본에서 재배한 지는 3, 4백 년도 더 되었다고 한다. 에도 시대에는 주로 고위 무사인 다이묘(大名)들이 재배했고 1700년을 전후한 시기에는 일반 서민에게까지 퍼졌다고 한다. 그러나 메이지 시대에 들어 재배의 중심은 무사계급에서 부유층으로 이동했다. 메이지 10년경에는 교토를 중심으로 크게 유행해 화분 하나에 천 엔(현재의 1억 엔)을 호가한 예도 있다. 그 후에도 몇 번 유행했다.

이왕 이야기가 나온 김에 소스케는 돈과 함께 숙부에게 맡겨둔 서화나 골동품이 어떻게 되었는지를 확인했다. 그러자 숙모는,

"그건 뜻하지 않은 봉변을 당해서"라고 말을 꺼냈지만 소스케의 눈치를 살피며,

"소스케, 아직 그 이야기 못 들은 거냐?" 하고 물었다. 소스케가 못 들었다고 하자,

"아이고 저런, 그럼 숙부가 깜빡한 모양이구나" 하면서 그 일의 전말을 들려주었다.

소스케가 히로시마로 돌아가고 얼마 되지 않아 숙부는 그 처분을 사나다(眞田)라는 잘 아는 사람에게 의뢰했다. 그 사람은 서화나 골동품에 밝아서 평소 그런 물건의 매매를 주선하며 여기저기 출입한다고 했는데, 숙부의 의뢰를 받자마자 곧바로 아무개가 뭘 갖고 싶어 하니 잠깐 보여주겠다, 아무개가 이런 물건을 희망하니 보여주겠다, 하며 물건을 가져가서는 돌려주지 않았다. 돌려달라고 재촉하자 그쪽에서 아직 돌아오지 않았다는 둥 변명만 늘어놓을 뿐 전혀 일이 진척될 가망이 없었는데, 결국 더 이상 버틸 수 없었는지 어디론가 행방을 감추고 말았다.

"하지만 아직 병풍 하나는 남아 있어. 얼마 전에 이사할 때 보여서, 이거 소스케 형 거니까 다음에 갈 기회가 있으면 가져다주면 될 거라고 야스노스케가 말하기도 했는데."

숙모는 소스케가 맡기고 간 물건에는 전혀 무게를 두지 않는 듯이 말했다. 소스케도 지금까지 방치해두었을 정도로 그 방면에는 그다지 흥미가 없었기 때문에, 조금도 양심의 가책을 느끼는 기색이 없는 숙모를 봐도 별로 화가 나지 않았다. 그래도 숙모가,

"소스케, 어차피 우리 집에서는 쓰지도 않으니까 원한다면 가져가는 게 어떻겠니? 요즘은 그런 게 아주 값이 많이 나간다더라" 하고 말했을 때는 정말 가지고 갈 마음이 들었다.

세간을 넣어두는 방에서 꺼내온 것을 환한 데서 보니 분명히 본 적이 있는 두 폭짜리 병풍이었다. 아래쪽에는 싸리, 도라지, 참억새, 칡, 마타리를 빈틈없이 그려놓고 동그란 달은 은박으로 처리했으며 그 옆의 빈 곳에 "들길, 그리고 하늘에 뜬 달 속의 마타리, 기이치[15]"라는 하이쿠 한 수가 쓰여 있었다. 소스케는 무릎을 꿇고 은색이 거무스름하게 그을린 부분, 바람에 뒤집혀 있는 마른 칡잎의 색깔, 찹쌀떡만 한 크기의 동그란 붉은색 윤곽 속에 행서로 호이쓰(抱一)[16]라고 쓰인 낙관을 눈여겨보면서 아버지가 살아 계실 당시의 일을 떠올리지 않을 수 없었다.

설날이면 아버지는 반드시 어둑한 창고에서 이 병풍을 꺼내와 현관에 칸막이로 세워놓았으며 그 앞에 자단으로 된 네모난 명함 통을 놓고 새해 인사를 받곤 했다. 그때는 경사스럽다고 해서 객실 도코노마에는 꼭 호랑이가 그려진 족자 한 쌍을 걸었다. 이는 간구[17]가 아니라 간타이[18]의 그림이라고 아버지가 말해준 일을 소스케는 아직도 기

---

15 스즈키 기이치(鈴木其一, 1796~1858). 일본 화가. 사카이 호이쓰의 제자로 화조(花鳥)를 잘 그렸다.

16 사카이 호이쓰(酒井抱一, 1761~1828). 일본 화가. 교토에 살며 방탕한 문인 생활을 했으며 오가타 고린(尾形光琳, 1658~1716)을 사숙하여 그의 장식성을 계승하였고 섬세하고 예민한 감각을 발휘하여 새로운 화풍을 만들어냈다.

17 사에키 간구(佐伯岸駒, 1749~1838). 에도 후기의 일본 화가. 산수, 화조, 동물, 특히 호랑이 그림에 뛰어났다.

18 사에키 간타이(佐伯岸岱, 1782~1865). 사에키 간구의 장남으로 아버지의 뒤를 이었지만 그림은 아버지에 비해 떨어져 그림의 가치도 낮다. 아버지와 마찬가지로 호랑이 그림이 특기였다.

억하고 있다. 그 호랑이 그림에는 먹이 묻어 있었다. 혀를 내밀고 계
곡물을 마시고 있는 호랑이의 콧마루가 약간 더럽혀져 있는 것을 아
버지가 무척 신경을 써서 소스케를 볼 때마다, 네가 여기에 먹을 칠한
일을 기억하고 있느냐, 이건 네가 어렸을 때 장난을 친 거다, 하며 우
습다는 듯한, 원망스럽다는 듯한 표정을 지었다.

소스케는 병풍 앞에 단정히 앉아 자신이 도쿄에 있던 옛날 일을 떠
올리며,

"숙모님, 그럼 이 병풍은 가져가겠습니다" 하고 말했다.

"그래, 그래, 가져가야지. 뭣하면 사람을 시켜서 보내줄까?" 하고 숙
모는 호의의 말을 덧붙였다.

소스케는 그렇게 해달라고 숙모에게 부탁하고 그날은 일단 돌아왔
다. 저녁을 먹은 후 오요네와 함께 하얀 바탕의 유카타[19]를 입고 다시
어두운 툇마루로 나가 나란히 더위를 식히며 그림 이야기를 나눴다.

"야스노스케 도련님은 만나지 못했나요?" 하고 오요네가 물었다.

"어, 야스노스케는 토요일에도 저녁때까지 공장에 있다나 봐."

"꽤 힘들겠네요."

오요네는 이렇게만 말하고 숙부나 숙모의 처사에 대해서는 한마디
의 비평도 하지 않았다.

"고로쿠 일은 어떻게 된 걸까?" 하고 소스케가 묻자,

"글쎄요" 하고 말할 뿐이었다.

"이치를 따지자면 우리한테도 할 말이야 있지만, 말을 꺼내면 결국
재판까지 갈 텐데, 증거고 뭐고 아무것도 없으니까 이길 리도 만무하

---

19 일본의 무명 홑옷으로 주로 잠잘 때나 목욕한 뒤에 입는다.

고 말이야" 하고 소스케가 극단적인 일을 예상하자,

"재판 같은 걸 해서 이기지 않아도 돼요" 하고 오요네가 곧바로 말했기 때문에 소스케는 쓴웃음을 지으며 그만두었다.

"결국은 내가 그때 도쿄로 올라올 수 없어서 벌어진 일이야."

"그리고 도쿄로 나올 수 있었을 때는 이미 그런 일은 어떻게 되든 상관없게 되었고요."

부부는 이런 이야기를 나누면서 다시 차양 아래로 좁은 하늘을 올려다보며 내일 날씨 이야기를 하다가 모기장 안으로 들어갔다.

다음 일요일에 소스케는 고로쿠를 불러 숙모가 한 말을 하나도 빠짐없이 전해주며,

"숙모님이 너한테 자세한 설명을 안 한 것은 성급한 네 성격을 알고 있어서인지 아니면 아직 어린애라고 생각해서 일부러 말하지 않은 건지는 나도 잘 모르겠지만, 아무튼 사실은 지금 말한 대로다"라고 말했다.

고로쿠는 아무리 상세한 설명을 들어도 도무지 납득이 되지 않았다. 다만,

"그래요?"라고 말하며 못마땅하고 불만스러운 얼굴로 소스케를 쳐다봤을 뿐이다.

"어쩔 수 없어. 숙모님도, 야스노스케도 그렇게 나쁜 마음을 갖고 있는 건 아니니까."

"그거야 알고 있어요" 하고 동생은 험악한 투로 말했다.

"그럼 내가 잘못했다고 하겠지. 물론 내가 잘못했어. 옛날부터 지금까지 잘못투성이인 사람이니까."

소스케는 드러누워 담배를 피우면서 더 이상 아무 말도 하지 않았

다. 고로쿠도 잠자코 객실 구석에 세워져 있는 두 폭짜리 호이쓰 병풍을 바라보고 있었다. 잠시 후,

"너, 저 병풍 기억하고 있지?" 하고 형이 물었다.

"예" 하고 고로쿠가 대답했다.

"그제 숙모님이 보내준 거야. 아버지가 갖고 있던 건데, 이제 내 손에 남은 건 저것뿐이다. 저게 네 학비가 될 수 있다면 당장이라도 주겠지만, 다 벗겨진 병풍 하나로 대학을 졸업할 수도 없는 노릇이고 참" 하고 소스케가 말했다. 그러고 나서 쓴웃음을 지으면서,

"이렇게 더운데 저런 걸 세워두는 것은 미친 짓 같지만, 넣어둘 데가 없으니 어쩔 수 없지 뭐" 하고 털어놓았다.

고로쿠는 자신과는 너무나도 달라 그저 마음 편하고 굼뜨기만 한 형이 늘 어딘가 불만스러웠지만, 막상 그럴 때도 결코 싸움을 벌일 수는 없었다. 이때도 갑자기 울화통이 터지는 것을 꾹 참는 표정으로,

"병풍이야 아무래도 좋지만, 앞으로 저는 어떻게 되는 건가요?" 하고 물었다.

"그게 문제야. 아무튼 올해 말까지 정하면 되는 일이니까 잘 생각해 봐. 나도 생각해볼 테니까" 하고 소스케가 말했다.

동생은 성격상 그런 어중간한 상태가 싫었다. 학교에 가도 차분히 공부를 할 수가 없고 예습도 손에 잡히지 않는 상황을 도저히 견딜 수 없다고 간절히 호소해봤으나 소스케의 태도는 여전히 변하지 않았다. 고로쿠가 아주 신경질적으로 불평을 늘어놓자,

"그 정도 일로 그렇게까지 불평을 늘어놓을 수 있다면 넌 어디를 가도 괜찮을 거다. 학교를 그만둬도 전혀 지장이 없겠어. 네가 나보다 훨씬 낫구나" 하고 형이 말해서 이야기는 거기서 끊기고 말았고, 고로

쿠는 결국 혼고로 돌아갔다.

목욕을 한 소스케는 저녁을 마치고 밤에는 오요네와 함께 근처 신사에 참배하러 갔다. 그리고 작은 화분 두 개를 사서 부부가 하나씩 들고 돌아왔다. 밤이슬을 맞히는 게 좋을 거라고 해서 절벽 쪽 덧문을 열고 뜰에 두 개를 나란히 놓았다.

모기장으로 들어가자 오요네가,

"고로쿠 도련님 일은 어떻게 되었어요?" 하고 남편에게 물어,

"아직 정해진 건 없어" 하고 소스케가 대답했는데, 10분쯤 뒤에는 부부 모두 새근새근 잠이 들었다.

이튿날 아침이 되고 관청의 일이 시작되자 소스케는 이미 고로쿠의 일을 생각할 여유가 없었다. 집에 돌아와 느긋하게 있을 때도 그 문제를 눈앞에 똑똑히 떠올리고 확실히 생각해보는 것을 꺼렸다. 머리카락 안에 싸여 있는 그의 두뇌는 그 번거로움을 견디지 못했다. 옛날에는 수학을 좋아해서 상당히 복잡한 기하학 문제를 머릿속으로 명료하게 도형화할 만큼의 끈기가 있었던 일이 떠오르자 세월의 흐름에 비해 너무나도 심한 이런 변화가 자신에게조차 두렵게 느껴졌다.

그래도 하루에 한 번쯤은 고로쿠의 모습이 어렴풋이 머릿속에 떠오르는 일이 있었고, 그때만은 녀석의 장래에 대해 어떻게든 생각해두어야 한다는 마음도 들었다. 그러나 곧바로 뭐 서두를 필요야 없겠지, 하는 정도로 스스로 부정해버리는 것이 보통이었다. 그리고 가슴의 힘줄이 갈고리에 걸린 듯한 마음으로 하루하루를 보냈다.

그러는 사이에 어느덧 9월 말이 되었고, 밤마다 은하수가 짙게 보이는 어느 날 저녁이었다. 하늘에서 뚝 떨어진 것처럼 야스노스케가 찾아왔다. 소스케에게도 오요네에게도 생각지도 못할 만큼 뜻밖의 손님

이라 두 사람 다 무슨 볼일이 있어 찾아온 걸 거라고 추측했는데, 아니나 다를까 고로쿠에 관한 일이었다.

얼마 전 고로쿠가 쓰키시마의 공장으로 불쑥 찾아와 형에게서 자신의 학비에 대한 자세한 이야기를 들었다며 지금까지 학문을 해왔는데 대학에 들어가지 못하고 끝내는 것은 너무나도 아쉬운 일이라 빚을 내서라도 하는 데까지 해보고 싶다, 무슨 좋은 수가 없겠느냐고 의논을 해왔다는 것이다. 야스노스케가 소스케 형과 이야기해보겠다고 대답하자 고로쿠는 곧 말을 막으며, 형은 도저히 의논을 해줄 위인이 아니다, 자신이 대학을 졸업하지 않았으니까 남도 도중에 그만두는 것쯤 당연한 일로 여긴다, 원래 이번 일도 따지고 보면 형에게 책임이 있는데도 저 모양으로 무사태평이라 무슨 말을 해도 제대로 상대해주지 않는다, 그러니 믿을 만한 사람은 야스노스케 형뿐이다, 숙모에게 정식으로 거절을 당했지만 그래서 형에게 다시 부탁하는 것도 우습지만 형이 숙모보다는 이야기가 통할 거라고 생각해서 찾아왔다며 좀처럼 가려고 하지 않더라는 것이다.

야스노스케는, 그렇지 않다, 소스케 형도 네 일이라면 무척 걱정하고 있고 조만간 다시 우리 집으로 의논하러 오기로 되어 있다며 달래서 고로쿠를 돌려보냈다고 한다. 돌아갈 때 고로쿠는 옷소매에서 반지(半紙) 몇 장을 꺼내 결석계가 필요하니 거기에 도장을 찍어달라고 하며 자신은 학교를 그만둘지 계속 다닐지 확실히 정해질 때까지 공부를 할 수 없기에 매일 학교에 갈 필요가 없다고 했다는 것이다.

야스노스케는 바쁘다며 채 한 시간도 이야기를 나누지 못하고 돌아갔는데, 두 사람 사이에서는 특별히 고로쿠 문제에 대한 구체적인 안이 나오지 않았다. 언제 다 같이 모여서 차분히 결정하자, 사정이 되면 고로쿠도 참석하는 게 좋을 것이라는 게 헤어질 때의 말이었다. 남편과 둘만 남았을 때 오요네는 소스케에게,

"무슨 생각을 하고 있어요?" 하고 물었다. 소스케는 두 손을 허리띠 사이에 넣고는 살짝 어깨를 올린 채,

"나도 다시 한번 고로쿠처럼 되어보고 싶어" 하고 말했다. "난 녀석이 나 같은 운명에 빠지면 어쩌나 하고 걱정하고 있는데, 녀석은 형 같은 건 안중에도 없으니 대단하지."

오요네는 다기(茶器)를 부엌으로 내갔다. 부부는 그것으로 이야기를 마치고 다시 잠자리를 깔고 누웠다. 꿈 위로 높다란 은하수가 시원하게 걸렸다.

그다음 주에는 고로쿠도 오지 않고 작은집에서도 소식이 없어 소스케 부부는 다시 평온한 나날로 돌아갔다. 매일 아침 부부는 이슬이 반짝일 무렵에 일어나 차양 위로 아름다운 해를 보았다. 밤에는 그을려서 검붉어진 받침대를 단 남포등 양쪽에 긴 그림자를 드리우며 앉아 있었다. 이야기가 끊어졌을 때는 쥐 죽은 듯이 조용하여 괘종시계의 추 소리만 들리는 일도 드물지 않았다.

그래도 부부는 일전에 고로쿠 문제를 의논했다. 고로쿠가 무슨 일이 있어도 공부를 계속할 생각이라면 물론이고, 그렇지 않더라도 지금 하숙하고 있는 곳에서 나와야 한다는 것은 알고 있었다. 하지만 그렇게 되면 다시 작은집으로 들어가든가 아니면 소스케의 집에 있게 할 수밖에 없다. 작은집에서는 일단 그렇게 말은 했어도 부탁해보면 당분간 데리고 있는 정도의 호의는 베풀어줄 것이다. 하지만 학업을 계속하게 되면 학비나 용돈 같은 것은 소스케가 부담하지 않으면 체면이 안 설 것이다. 그런데 소스케는 그것을 감당할 형편이 못 되었

다. 매달의 수입과 지출을 꼼꼼하게 계산해본 두 사람은,

"도저히 안 되겠는데."

"아무래도 무리겠어요." 하고 말했다.

부부가 앉아 있는 거실 옆이 부엌이고 부엌 오른쪽에 하녀 방이 있으며 왼쪽에는 다다미 여섯 장짜리 작은방이 있다. 하녀를 포함하여 세 식구뿐이라 별 필요가 없는 작은방의 동쪽 창가에 오요네는 자신의 경대를 놓아두고 있었다. 소스케도 아침에 일어나 세수를 하고 밥을 먹고 나면 그 방에서 옷을 갈아입었다. "그보다는 저 방을 치우고 오게 하면 안 될까요?" 하고 오요네가 말했다. 오요네의 생각은 이렇게 자신들이 방과 끼니를 제공하고 나머지는 매달 얼마씩이라도 작은집에서 도움을 받으면 고로쿠의 희망대로 대학을 졸업할 때까지 어떻게든 해나갈 수 있지 않겠느냐는 것이었다.

"옷은 야스노스케 도련님의 헌옷이나 당신 것을 고쳐주면 어떻게든 되지 않겠어요?" 하고 오요네가 덧붙였다. 실은 소스케도 어렴풋이 그런 생각을 하고 있었다. 다만 오요네에게 미안한 데다 썩 내키는 일이 아니라서 그냥 말하지 않고 있었을 뿐이다. 그런데 오히려 아내가 먼저 이렇게 말하고 나오는 터라 물론 반대할 용기는 나지 않았다.

고로쿠에게 그 사실을 알리고, 너만 괜찮다면 내가 다시 한번 작은집에 가서 의논을 해보겠다고 편지로 물었더니 고로쿠는 편지를 받자마자 바로 그날 밤에 비가 내리는데도 지우산에 비 떨어지는 소리를 내며 찾아와서는 벌써 학비 문제가 해결되기라도 한 것처럼 기뻐했다.

"뭐 숙모님께서도 우리가 언제까지고 도련님 일에 무심한 것 같으니까 그렇게 말씀하시는 걸 거예요. 형님도 형편이 조금만 괜찮다면

진작 어떻게든 했겠지만, 알다시피 사실 어쩔 수가 없었어요. 하지만 우리가 그렇게 말씀드리면 숙모님도 그렇고 야스노스케 도련님도 안 된다고 하시지는 않을 거예요. 꼭 될 테니까 안심하세요. 제가 보증할 게요."

오요네에게 이런 보증을 받은 고로쿠는 다시 머리 위로 빗소리를 들으며 혼고로 돌아갔다. 하지만 이틀 후, 형님은 아직 안 갔나요, 하며 물으러 왔다. 다시 사흘이 지나고 나서, 이번에는 작은집에 가서 물어봤더니 형님이 아직 와보지 않았다고 해서 되도록 빨리 가도록 말해달라고 왔다며 재촉하고 갔다.

소스케가 간다, 간다 하면서 날짜만 보내고 있는 사이에 어느덧 가을이 되었다. 어느 쾌청한 일요일 오후, 소스케는 작은집에 가는 것이 너무 늦어져 그 용건을 편지로 써서 나카로쿠반초의 작은집과 의논했다. 그러자 숙모에게서 야스노스케는 고베에 가서 집에 없다는 답장이 왔던 것이다.

5

　작은집에서 숙모가 찾아온 것은 토요일 오후 2시가 지나서였다. 그 날은 여느 때와 달리 아침부터 구름이 끼고 갑자기 바람이 북풍으로 바뀐 것처럼 추웠다. 숙모는 대나무로 짠 동그란 화로에 손을 쬐면서, "저기, 질부, 이 방은 여름에는 시원해서 좋을 것 같은데 앞으로는 좀 춥겠어"하고 말했다. 숙모는 곱슬곱슬한 머리를 깔끔하게 틀어 올리고 가슴 언저리에는 하오리의 고풍스러운 끈을 묶었다. 술을 좋아해 지금도 조금씩 반주를 해서 그런지 피부에 윤기가 돌고 살이 통통해서 나이보다 꽤 젊어 보였다. 오요네는 숙모가 왔다가 돌아갈 때마다 숙모님은 참 젊어 보이네요, 하고 소스케에게 말하곤 했다. 그러면 소스케는 늘, 젊겠지, 그 나이가 될 때까지 자식을 하나밖에 낳지 않았으니까, 하고 설명했다. 오요네는 실제로 그럴지도 모른다고 생각했다. 그리고 그런 말을 들은 뒤에는 이따금 슬며시 작은방으로 들어가 거울에 얼굴을 비춰봤다. 그런 때면 어쩐지 자신의 뺨이 볼 때마다 홀쭉해지는 것 같았다. 오요네에게는 자신과 아이를 연관시켜 생각하는 것만큼 괴로운 일도 없었다. 뒤쪽의 집주인 집에는 어린아이가 많은데, 그들이 절벽 위의 뜰로 나가 그네를 타거나 술래잡기를 하며 떠들썩하게 노는 소리가 들려오면 오요네는 늘 허전한 것 같기도 하고 원망스러운 것 같기도 한 심정이었다. 지금 자신 앞에 앉아 있는 숙모는 아들 하나밖에 낳지 않았지만 그 아들이 순조롭게 자라 훌륭한 학사가 되었기에 숙부가 돌아가신 지금도 아무런 부족함도 없는 얼굴이고 턱이 두 개로 보일 만큼 여유가 있는 것이다. 어머니는 뚱뚱해서 위험하다, 조심하지 않으면 뇌졸중으로 쓰러질지도 모른다며 야스노스케가 늘 걱정한다고 하지만, 오요네가 보기에는 걱정하는 야스노스케나 걱정을 끼치는 숙모나 모두 아주 행복한 사람으로만 보인다.

"야스노스케 도련님은요?" 하고 오요네가 물었다.

"응, 그제 밤에야 겨우 돌아왔어. 그래서 답장이 자꾸 늦어졌는데, 정말 미안해" 하고 말했지만, 답장 이야기는 그대로 내버려두고 다시 야스노스케에 대한 이야기로 돌아갔다.

"그 애도 덕분에 간신히 학교는 졸업했지만 앞으로가 중요한데 걱정이야. 그래도 올 9월부터는 쓰키시마 공장에 나가고 있으니 다행으로 여기고 이 상태로 배워나가기만 한다면 앞으로 그리 나쁜 일은 없을 거라고 생각하지만, 그래도 젊은 사람의 일이니까 어떻게 변할지 모르지."

오요네는 단지 말 사이사이에 좋으시겠어요, 축하드려요, 하는 말만 했다.

"고베에 간 것도 순전히 회사 일 때문이었어. 석유발동기인가 뭔가 하는 걸 가다랑어잡이 배에 설치한다고 했던 것 같은데."

오요네는 무슨 말인지 통 알 수 없었다. 모르면서 그저 네네, 하고

만 있자 숙모는 바로 말을 이었다.

"나도 무슨 말인지 통 몰랐는데, 야스노스케한테 설명을 듣고 나서야 아, 그런 거구나, 했지. 하긴 석유발동기는 지금도 모르지만 말이야" 하고 말하면서 큰 소리로 웃었다. "잘은 몰라도 석유를 때서 배를 자유롭게 움직이는 기계라고 하는데, 들어보니까 상당히 편리한 물건인 모양이야. 그것만 달면 노를 저을 필요가 전혀 없다니까 말이지. 먼 바다로 50리, 100리나 나가는 데도 아주 편리하다고 하니까. 그런데 일본 전국의 가다랑어잡이 배 수만 해도 엄청나지 않겠어? 가다랑어잡이 배가 그 기계를 하나씩만 달아도 막대한 이익이 난다고 하니까 요즘에는 정신없이 그 일에만 매달려 있는 것 같아. 얼마 전에도, 막대한 이익도 좋지만 그러다가 몸이라도 상하는 날엔 그게 다 무슨 소용이냐며 웃은 적이 있어."

숙모는 자꾸만 가다랑어잡이 배와 야스노스케 이야기를 했다. 그리고 아주 신이 난 듯이 보였는데, 고로쿠 이야기는 좀처럼 꺼내지 않았다. 진작 돌아왔어야 할 소스케도 어찌 된 일인지 여태 돌아오지 않았다.

그날 소스케는 관청에서 돌아오는 길에 스루가다이시타에서 전차를 내려 시큼한 것이라도 잔뜩 입에 넣은 듯이 입을 오므리고 1, 2백 미터를 걸은 뒤 한 치과로 들어갔다. 삼사일 전에 그는 오요네와 저녁 밥상을 마주하고 앉아 이야기를 나누며 밥을 먹다가 어쩌다 앞니를 꽉 깨물었는데 그게 갑자기 아프기 시작했다. 손가락으로 흔들어보자 뿌리가 흔들거렸다. 식사 때 뜨거운 물이나 차를 마시면 이가 시렸다. 입을 벌리고 숨을 들이쉬면 바람에도 이가 시렸다. 그날 아침 소스케는 이를 닦을 때 일부러 아픈 데를 피해 이쑤시개를 사용하며 입 안을 거울에 비춰보았더니 히로시마에서 은으로 때운 어금니 두 개와 갈아 낸 듯이 닮아서 고르지 않은 앞니가 갑자기 차갑게 빛났다. 양복으로 갈아입을 때,

"오요네, 치아 상태가 상당히 안 좋은 것 같은데. 이렇게 하면 대부분 흔들려" 하고 아랫니를 손가락으로 움직여 보였다. 오요네는 웃으면서,

"나이 탓이에요" 하며 뒤로 돌아가면서 하얀 옷깃을 셔츠에 달았다.

소스케는 그날 오후 결국 큰맘 먹고 치과에 들렀던 것이다. 대기실로 들어가니 커다란 테이블 주위에 벨벳을 깐 의자가 쭉 놓여 있고, 차례를 기다리고 있는 서너 사람이 웅크리듯이 턱을 옷깃에 파묻고 있다. 그런데 모두 여자다. 깨끗한 갈색 가스스토브[1]에는 아직 불이 지펴져 있지 않다. 소스케는 커다란 전신거울에 비치는 흰 벽을 비스듬히 쳐다보며 차례를 기다리다가, 너무 무료해서 테이블 위에 쌓여 있는 잡지로 시선을 옮겼다. 한두 권을 집어 들고 보니 모두 여성지다. 소스케는 권두에 실린 여자 사진을 몇 장이나 되풀이해서 들여다봤다. 그러고 나서 《성공》[2]이라는 잡지를 집어 들었다. 그 첫 부분에 성공의 비결이 항목별로 쓰여 있는데, 무슨 일이든 돌진해야 한다는 항목과 그냥 돌진해서는 안 되고 확실한 밑바탕 위에서 돌진해야 한다는 항목을 읽고 그대로 덮었다. '성공'은 소스케와 무척 인연이 먼 말이었다. 소스케는 여태 이런 이름의 잡지가 있다는 사실조차 모르

---

1 1909년 도쿄 시의 인구는 약 2백만 명이었는데 가스 열기구를 사용하는 가정은 2만 5천 6백 호에 지나지 않았다. 일반 서민에게는 진기한 것으로, 아직 생활필수품이라고 하기 어려운 물건이었다.

2 1902년에 수양을 목적으로 창간된 월간지.

고 있었다. 그래서 신기한 생각이 들어 일단 덮은 잡지를 다시 펼쳐보니 문득 가나(假名)가 섞이지 않은 네모난 글자가 두 줄쯤 늘어서 있었다. 거기에는 "푸른 하늘에 바람 불어 구름 사라지니, 수많은 보석을 모아놓은 듯한 달이 동쪽 산에 떠오르네(風吹碧落浮雲盡 月上東山玉一団)"라고 쓰여 있다. 소스케는 한시나 단가(短歌)에는 그다지 흥미가 없었지만, 무슨 까닭인지 이 두 구를 읽고는 무척 감탄했다. 대구가 훌륭하다든가 하는 의미가 아니라 이런 경치와 같은 마음이 될 수 있다면 필시 사람도 기쁠 거라는 생각에 뜻밖에 마음이 움직인 것이다. 소스케는 호기심에서 이 구 앞에 붙어 있는 논문을 읽어봤다. 하지만 그 두 구와는 전혀 무관한 것 같았다. 다만 이 두 구가 잡지를 내려놓은 뒤에도 자꾸만 머릿속을 맴돌았다. 사실 그의 생활은 지난 4, 5년 동안 이런 경치를 만난 적이 없었던 것이다.

그때 맞은편 문이 열리고 종잇조각을 든 학생이 노나카 씨, 하며 소스케를 수술실로 불러들였다.

안으로 들어가자 그곳은 대기실보다 배나 넓었다. 가능한 한 햇빛이 잘 들도록 환하게 만들어진 방 양쪽에 수술용 의자가 네 개씩 놓여 있고, 가슴에 하얀 천을 댄 담당자가 한 사람씩 따로따로 치료하고 있다. 소스케는 가장 안쪽에 있는 의자로 안내되었고, 거기 앉으라고 해서 발판 같은 것 위로 올라가 의자에 앉았다. 학생이 굵은 줄무늬가 들어간 앞치마처럼 생긴 것을 가져와 정성껏 무릎에서 아래까지 감싸주었다.

이렇게 편하게 눕혀졌을 때 소스케는 아프던 이가 그다지 마음에 걸릴 만큼 아프지 않다는 사실을 깨달았다. 그뿐 아니라 어깨도 등도 허리 주위도 안심할 수 있을 만큼 안정되어 정말 편한 상태라는 것을 알았다. 그는 그저 똑바로 누워 천장에서 내려온 가스관을 바라보았다. 그리고 이런 꾸밈새와 설비로 보건대, 생각보다 치료비가 비싸게 나올지도 모르겠다는 생각이 들어 마음이 쓰였다.

그때 얼굴에 비해 머리숱이 지나치게 적고 뚱뚱한 남자가 들어와 아주 정중하게 인사를 해서 소스케는 의자에서 당황한 듯이 고개를 살짝 움직였다. 뚱뚱한 남자는 일단 증세를 들어보고 입 안을 검사하면서 소스케가 아프다고 한 이를 살짝 흔들어보더니,

"아무래도 이렇게 느슨해졌다면 원래처럼 단단히 조여지지는 않을 것 같은데요. 무엇보다 안이 괴저(壞疽)된 상태니까요" 하고 말했다.

소스케는 이 선고를 쓸쓸한 가을 햇빛처럼 느꼈다. 벌써 그런 나이일까요, 하고 물어보고 싶었으나 다소 멋쩍어서 그저,

"그럼 낫지 않는 겁니까?" 하고 확인해보았다.

뚱뚱한 남자는 웃으면서 이렇게 말했다.

"뭐 낫지 않는다고 말씀드릴 수밖에 없군요. 어쩔 수 없으면 과감히 뽑아버리겠지만, 아직 그 정도는 아니니까 그냥 통증만 멈추게 해드리지요. 아무튼 괴저, 괴저라고 말씀드리면 아실지 모르겠습니다만, 안이 완전히 썩은 상태입니다."

소스케는 그렇습니까, 하고 말하고 그저 뚱뚱한 남자가 하는 대로 내버려두었다. 그러자 그는 기계를 빙빙 돌리며 소스케의 치근에 구멍을 뚫기 시작했다. 그리고 그 안에 가늘고 긴 바늘 같은 것을 찔러 넣고는 그 끝의 냄새를 맡아보았는데 마지막에는 실 같은 줄기를 꺼내고는, 신경을 이만큼 잘라냈습니다, 하면서 그것을 소스케에게 보여주었다. 그러고 나서 그 구멍을 약으로 메우고 내일 다시 오라고 했다.

의자에서 내려올 때 몸이 똑바로 되어 시선을 천장에서 문득 뜰로

옮겼더니 1미터 50센티미터쯤 되는 크기의 커다란 소나무 분재가 소스케의 눈에 들어왔다. 짚신을 신은 정원사가 밑동 부근을 정성껏 거적으로 둘러싸고 있었다. 점차 이슬이 얼어붙어 서리가 되는 계절이라 여유 있는 사람들은 벌써부터 대비하는 것일 테다.

돌아가는 길에 현관 옆의 약국에서 가루로 된 양치질 약을 받아 들고, 그것을 백 배의 미지근한 물에 녹여 하루에 열 번이 넘게 사용해야 한다는 주의를 들었을 때 소스케는 청구 받은 치료비가 의외로 싼 것이 기뻤다. 이 정도면 의사가 말한 대로 네다섯 번 다니는 것도 그다지 어렵지 않을 것 같다고 생각하며 구두를 신으려고 하는데 이번에는 어느새 구두 밑바닥이 뚫려 있었다.

집에 도착했을 때는 간발의 차이로 숙모가 벌써 돌아간 뒤였다. 소스케는,

"아, 그랬어?" 하면서 아주 귀찮다는 듯이 양복을 갈아입고 여느 때처럼 화로 앞에 앉았다. 오요네는 와이셔츠, 바지, 양말을 한 아름 들고 작은방으로 들어갔다. 소스케는 멍한 표정으로 담배를 피우기 시작했는데 작은방에서 솔질하는 소리가 들리자,

"오요네, 숙모가 무슨 말 하러 온 거지?" 하고 물었다.

치통이 저절로 가라앉아 가을에 엄습하는 오슬오슬한 기분은 조금 가벼워졌지만 얼마 후 오요네가 호주머니에서 꺼내온 가루약을 미지근한 물에 녹여달라고 해서 자꾸 입 안을 헹구기 시작했다. 그때 그는 툇마루에 선 채,

"해가 많이 짧아졌는데" 하고 말했다.

이윽고 날이 저물었다. 대낮에도 그다지 인력거 소리가 들리지 않는 동네는 초저녁부터 쥐 죽은 듯이 조용했다. 부부는 평소처럼 남포

등 아래로 다가갔다. 넓은 세상에서 자신들이 앉아 있는 곳만 환한 것 같았다. 그리고 이 환한 등불 아래서 소스케는 오요네만을, 오요네는 소스케만을 의식하면서 남포등의 힘이 미치지 않는 어두운 사회는 잊었다. 그들은 매일 밤 이렇게 살아가는 동안 자신들의 생명을 발견하고 있었다.

이 조용한 부부는 야스노스케가 고베에서 선물로 사왔다는 고부마키[3] 통을 흔들어보고 안에서 산초가 들어간 작은 묶음을 골라내면서 느긋하게 숙모의 대답에 대한 이야기를 나누었다.

"하지만 학비하고 용돈 정도는 마련해줘도 되는 거 아니야?"

"그렇게는 안 된대요. 아무리 어림잡아도 그 두 가지를 합치면 10엔은 되는데, 다달이 그런 목돈을 마련하는 것은 아무래도 힘들다는 거예요."

"그럼 올 연말까지 20엔씩 보내주는 것도 무리잖아?"

"그러니까 무리를 해서라도 앞으로 한두 달 치는 어떻게든 변통해볼 테니까 그사이에 어떻게 좀 해달라고 야스노스케 도련님이 말했대요."

"정말 마련할 수 없는 걸까?"

"그야 모르죠. 아무튼 숙모님이 그렇게 말했어요."

"가다랑어잡이 배로 벌면 그 정도는 간단할 것 같은데 말이야."

"그러게요."

오요네는 나지막한 목소리로 이렇게 대답하고 웃었다. 소스케도 입술 끝을 살짝 움직였지만 이야기는 그것으로 끝났다. 잠시 후,

---

3 청어, 모래무지 따위를 다시마로 말아서 익힌 요리로, 주로 명절 때 먹는다.

"아무튼 고로쿠를 우리 집으로 오게 하는 것 외에 다른 길은 없을 거야. 나머지는 그때 가서 할 일이고. 지금은 학교에 다니고 있지?" 하고 소스케가 물었다.

"그렇겠죠" 하고 오요네가 대답하는 것을 흘려듣고 그는 어쩐 일로 서재로 들어갔다. 한 시간쯤 지나 오요네가 슬며시 장지문을 열고 들여다보니 책상에 앉아 뭔가 읽고 있었다.

"공부해요? 안 주무세요?" 하고 권했을 때 그는 돌아보며,

"응, 이제 자야지" 하고 대답하며 일어섰다.

잠자리에 들면서 옷을 벗고 잠옷 위에 홀치기염색을 한 허리띠를 칭칭 두르면서 소스케는,

"오늘 밤에는 오랜만에 『논어』를 읽었어" 하고 말했다.

"『논어』에 뭔가 있어요?" 하고 오요네가 되묻자 소스케는,

"아니, 아무것도 없어" 하고 대답했다. 그러고 나서 "이봐, 내 이는 역시 나이 탓이래. 흔들흔들하는 것은 도저히 낫지 않는다는데" 하고 말하면서 까만 머리를 베개 위에 얹었다.

6

 고로쿠는 아무튼 사정이 되는 대로 하숙을 나와 형 집으로 옮기기로 정해졌다. 오요네는 작은방에 놓아둔 뽕나무 경대를 바라보며 다소 섭섭한 표정을 짓고는,

 "이렇게 되니까 뇌둘 데가 마땅치 않네요" 하고 호소하듯이 소스케에게 말했다. 실제로 이 방을 비우면 오요네가 화장할 곳이 없어지는 것이다. 소스케는 달리 뾰족한 수도 없이 일어나면서 맞은편 창가에 놓여 있는 거울을 비스듬히 바라보았다. 그러자 마침 각도 탓에 거울에 오요네의 목 언저리에서 한쪽 뺨까지가 비쳤다. 그 옆얼굴의 혈색이 너무나 안 좋아 놀란 나머지,

 "이봐, 어떻게 된 거야? 안색이 아주 안 좋아" 하고 말하면서 거울에서 눈을 떼고 실제 오요네의 모습을 쳐다봤다. 귀밑머리가 흐트러져 있고 목덜미의 옷깃에 때가 끼어 다소 지저분했다. 오요네는 그저,

 "추워서일 거예요" 하고 대답하고는 바로 서쪽에 붙어 있는 한 칸짜리 벽장을 열었다. 아래에는 흠집투성이의 오래된 옷장이 있고 위에

는 궤짝 같은 가방과 버들고리짝 두세 개가 얹혀 있다.

"이런 건 어디 둘 데도 없어요."

"그러면 그대로 두지 뭐."

이런 점에서 봐도 고로쿠가 들어오는 것은 부부에게 다소 달갑지 않은 일이었다. 그러므로 집으로 들어오겠다고 약속했으면서 아직도 오지 않고 있는 고로쿠에게는 특별히 재촉도 하지 않았다. 하루 늦어 지면 그만큼 답답함에서 벗어난 듯한 느낌마저 들었다. 고로쿠도 그와 똑같은 거리낌이 있어서 최대한 하숙에 있는 것이 편하다고 생각한 모양인지 이사를 하루하루 늦추고 있었다. 그러면서도 그는 성격상 형 부부처럼 꾸물꾸물 허송세월을 하며 느긋하게 있지도 못했다.

그러는 사이에 살짝 서리가 내려 뒤뜰의 파초가 보기 좋게 꺾였다. 아침에는 절벽 위의 주인집 뜰 쪽에서 직박구리가 날카로운 소리를 내며 울었다. 저녁에는 한길을 서둘러 가는 두부 장수의 나팔 소리에 섞여 엔묘지(円明寺)의 목탁 소리가 들려왔다. 해는 점점 짧아졌다. 그리고 오요네의 안색은 소스케가 거울을 통해 봤을 때보다 좋아지지 않았다. 소스케가 관청에서 돌아왔을 때 작은방에 누워 있는 일이 한두 번 있었다. 어디가 안 좋으냐고 물으면 그저 기분이 좀 안 좋다고 대답할 뿐이었다. 의사의 진찰을 받아보자고 권해도 그럴 필요까지는 없다며 말을 듣지 않았다.

소스케는 걱정됐다. 관청에 있을 때도 자주 오요네가 마음에 걸려 일에 방해가 된다는 걸 의식할 때도 있었다. 그런데 어느 날 귀가하는 길에 돌연 전차에서 무릎을 쳤다. 그날은 여느 때와 달리 힘차게 현관 문을 열고 곧바로 오요네에게 기세 좋게 오늘은 어떠냐고 물었다. 오요네가 여느 때와 같이 옷과 양말을 한 아름 들고 작은방으로 들어가

는 것을 뒤따라가며,

"오요네, 혹시 아기가 들어선 거 아니야?" 하고 웃으면서 말했다. 오요네는 대답도 하지 않고 고개를 숙인 채 자꾸만 남편의 양복에 묻은 먼지만 털어냈다. 솔질하는 소리가 그쳐도 좀처럼 작은방에서 나오지 않아 다시 가보니 오요네는 혼자 어둑한 방 안의 경대 앞에서 추운 듯이 앉아 있었다. 아니에요, 하며 일어났는데 그 목소리는 울고 난 후 같았다.

그날 밤 부부는 난로에 올려놓은 쇠 주전자를 양쪽에서 손으로 감싸듯이 마주 앉았다.

"어떻게 돌아가나, 세상은?" 하고 소스케가 평소와 달리 들뜬 어조로 말했다. 오요네의 머릿속에는 부부가 되기 전의 소스케와 자신의 모습이 곱게 떠올랐다.

"좀 재미있게 살아야 하지 않을까? 요즘 너무 활기가 없어" 하고 소스케가 다시 말했다. 그러고 나서 두 사람은 이번 일요일에는 함께 어디 갈까, 여기 갈까, 하며 잠시 그 이야기만 나누었다. 그리고 두 사람의 설빔 이야기가 화제가 되었다. 소스케의 동료 다카기라는 사람은 아내가 솜을 둔 명주옷을 사달라고 조르기에 자기는 아내의 허영심을 만족시키려고 돈을 버는 게 아니라며 매정하게 거절했더니 아내가 그건 너무하다, 실제로 날이 추워지면 입고 나갈 옷이 없다고 변명을 해서, 추우면 어쩔 수 없다, 이불을 걸치든가 담요를 뒤집어쓰든가 해서 당분간 참으라고 했다는 이야기를 재미있게 되풀이하며 소스케는 오요네를 웃겼다. 오요네는 남편의 이런 모습을 보자 옛날로 다시 돌아간 것 같았다.

"다카기의 아내는 이불이라도 상관없지만, 나는 새 외투를 하나 장만했으면 좋겠어. 얼마 전 치과에 갔더니 정원사가 소나무 분재 밑동을 거적으로 감싸고 있어서 그런 생각이 절실하더라고."

"외투를 갖고 싶다고요?"

"어."

오요네는 남편의 얼굴을 보고 자못 딱하다는 듯이,

"장만하세요, 월부로" 하고 말했다. 소스케는,

"아니, 그만두지 뭐" 하고 갑자기 쓸쓸하게 대답했다. 그러고는 "그런데 고로쿠는 언제 올 생각인 거지?" 하고 물었다.

"오는 게 싫겠지요" 하고 오요네가 대답했다. 오요네는 처음부터 고로쿠가 자신을 싫어하고 있다는 것을 자각하고 있었다. 그래도 남편의 동생이라고 생각하고 지금까지 되도록 뜻을 맞춰가며 조금이라도 다가가려고 노력해왔다. 그 덕분인지 지금은 예전과 달리 보통 정도의 친밀함은 있다고 믿고 있지만, 이런 경우가 되면 그만 실제 이상으로 이런저런 생각을 해서 고로쿠가 오지 않는 유일한 이유가 꼭 자신인 것만 같았다.

"그야 하숙집에서 이런 데로 옮기는 건 좋지 않겠지. 우리가 달가워하지 않는 것처럼 고로쿠도 답답할 테니까. 나도 고로쿠가 오지 않는다면 당장이라도 큰맘 먹고 외투를 살 용기가 날 텐데 말이야."

소스케는 남자답게 과감히 이렇게 말했다. 하지만 이것만으로는 오요네의 마음을 달래주지 못했다. 오요네는 대답도 하지 않고 잠시 입을 다물고 있었는데, 가는 턱을 옷깃 안에 파묻은 채 눈을 치켜뜨며,

"고로쿠 도련님은 아직도 저를 미워하는 걸까요?" 하고 물었다. 소스케가 도쿄로 왔을 때도 이따금 오요네로부터 이와 비슷한 질문을 받았는데, 그때마다 위로하느라 상당히 애를 먹었다. 하지만 근래에

는 말끔히 잊은 것처럼 아무 말도 하지 않아 소스케도 그만 마음에 담아두지 않았던 것이다.

"다시 히스테리가 시작되었군. 고로쿠가 어떻게 생각하든 그게 무슨 상관이야? 나만 옆에 있으면 되는 거지."

"『논어』에 그렇게 쓰여 있나요?"

오요네는 이럴 때 이런 농담을 하는 여자다. 소스케는,

"응, 그렇게 쓰여 있어" 하고 대답했다. 그것으로 두 사람의 이야기는 끊겼다.

이튿날 소스케가 눈을 뜨자 함석 차양 위에서 차가운 소리가 들렸다. 오요네가 다스키[1]를 걸친 채 머리맡으로 와서,

"자, 이제 일어날 시간이에요" 하고 알려주었을 때 그는 낙숫물 소리를 들으며 따뜻한 이불 속에서 좀 더 따뜻하게 있고 싶었다. 하지만 혈색이 좋지 못한 오요네가 부지런히 움직이는 모습을 보자마자,

"응" 하며 바로 일어났다.

밖은 굵은 비로 갇혀 있다. 절벽 위의 죽순대가 때때로 갈기를 흔들 듯이 비를 뿌리며 움직였다. 이 쓸쓸한 하늘 아래로 젖으러 나가는 소스케에게 힘이 되는 것은 따끈한 된장국과 밥밖에 없다.

"또 구두 속이 젖겠는데. 아무래도 두 켤레가 아니면 곤란하겠어" 하며 소스케는 밑바닥에 조그맣게 구멍이 난 구두를 어쩔 수 없이 신고 바짓가랑이를 3센티미터쯤 걷어 올렸다.

오후에 돌아와 보니 오요네는 쇠 대야 안에 걸레를 담아 작은방 경대 옆에 놓아두었다. 그 위쪽의 천장만 변색되었고 간헐적으로 물방

1 양어깨에서 양 겨드랑이에 걸쳐 십자 모양으로 엇메어 옷소매를 걷어 매는 끈.

울이 떨어졌다.

"구두만이 아니군그래. 집 안까지 젖고 있네" 하며 소스케는 쓴웃음을 지었다. 오요네는 그날 밤 남편을 위해 이동식 고타쓰[2]에 불을 넣고 모직 양말과 줄무늬 모직 바지를 말렸다.

이튿날도 마찬가지로 비가 내렸다. 부부도 다시 같은 일을 반복했다. 그다음 날도 개지 않았다. 사흘째 되는 날 아침에 소스케는 눈살을 찌푸리고 혀를 찼다.

"언제까지 내리는 거야? 구두가 축축해서 도저히 신을 수가 있어야지 원."

"작은방도 난감해요, 저렇게 새서는."

부부는 의논하여 비가 그치는 대로 집주인에게 지붕을 고쳐달라고 말해보기로 했다. 하지만 구두는 어떻게 해볼 도리가 없었다. 소스케는 축축해서 잘 들어가지도 않는 구두를 억지로 신고 나갔다.

다행히 그날은 열한 시쯤부터 활짝 개어 울타리 위로 참새가 우는 따뜻한 날씨가 되었다. 소스케가 돌아왔을 때 오요네는 평소보다 맑고 상쾌한 안색으로,

"여보, 저 병풍 팔면 안 될까요?" 하고 별안간 물었다. 호이쓰 병풍은 저번에 작은집에서 돌려받은 그대로 서재 구석에 세워져 있었다. 접히는 두 폭짜리지만 객실의 위치와 넓이에서 봐도 사실 거치적거리기만 하는 장식물이다. 남쪽에 두면 현관에서 들어오는 입구를 반쯤 막아버리고 동쪽에 두면 어두워지고, 그렇다고 남은 서쪽에 세우면 도코노마를 가리기 때문에 소스케도 한두 번,

2 실내에서 열원 위에 탁자 같은 것을 놓고 그 위에 이불을 덮는 난방 기구.

"아버지의 유품이라 일부러 가져온 건데, 이렇게 되면 어쩔 수 없겠어, 자리만 차지하고 말이야" 하고 푸념한 적이 있다. 그때마다 오요네는 동그란 가장자리가 변색한 은빛 달과 바탕의 비단 천과 거의 구별되지 않는, 이삭이 난 억새풀의 색깔을 바라보며 이런 것을 귀중하게 여기는 사람의 심리를 모르겠다는 듯한 표정을 지었다. 하지만 남편을 의식해서 아무 말도 분명히 하지는 않았다. 딱 한 번,

"이래도 좋은 그림인 걸까요?" 하고 물은 적이 있다. 그때 소스케는 비로소 호이쓰라는 사람에 대해 오요네에게 설명해주었다. 그러나 그 것은 자신이 옛날에 아버지에게 들은 적이 있는 어렴풋한 기억을 적당히 되풀이한 것에 지나지 않았다. 실제로 그림의 가치나 호이쓰에 대한 상세한 역사에 대해서는 소스케도 사실 아주 막연했다.

그런데 그것이 우연하게도 오요네가 묘한 행위를 할 동기를 만들어주었다. 지난 일주일 동안 남편과 자신이 나눈 대화와 이 지식을 문득 연결해서 생각한 그녀는 살짝 미소를 지었다. 이날 비가 그치고 햇살이 거실 장지문에 비쳤을 때 오요네는 평상복 위에 숄도 목도리도 아닌 묘한 색의 직물을 걸치고 밖으로 나갔다. 2백 미터쯤 가서 전찻길쪽으로 돌아 똑바로 가면 건어물 가게와 빵집 사이에 낡은 가재도구를 파는 꽤 큰 가게가 있다. 오요네는 예전에 거기서 다리를 접을 수있는 밥상을 산 기억이 있다. 지금 화로에 걸어두고 있는 쇠 주전자도 소스케가 여기서 사온 것이다.

오요네는 손을 소매에 넣고 고물상 앞에 멈춰 섰다. 들여다보니 여전히 새 쇠 주전자가 잔뜩 진열되어 있다. 때가 때인지라 그 외에는 화로가 가장 많이 눈에 띄었다. 그러나 골동품이라는 이름을 붙일 만한 것은 하나도 없는 것 같다. 뭔지 알 수 없는 커다란 거북 등딱지 하

나가 정면에 걸려 있고 그 아래에 길고 누르스름한 불자(佛子)[3]가 꼬리처럼 나와 있다. 그리고 자단으로 만든 다기 선반이 한두 개 장식되어 있는데 어느 것이나 금방 틀어질 것 같은 어설픈 것들뿐이다. 하지만 오요네에게는 그런 것이 전혀 식별되지 않았다. 단지 족자나 병풍이 하나도 보이지 않는다는 것만 확인하고 안으로 들어갔다.

물론 오요네는 남편이 작은집에서 가져온 병풍을 몇 푼이라도 받고 팔아치울 생각으로 일부러 여기까지 찾아온 것인데, 히로시마에서 살 때부터 이런 일에는 어지간한 경험을 쌓아온 덕분에 여염집 아내들이 겪을 만한 노력이나 고통 없이도 대담하게 주인과 말을 나눌 수 있었다. 주인은 뺨이 홀쭉한 쉰 살가량의 까무잡잡한 남자로, 엄청나게 큰 대모갑 테 안경을 걸치고 신문을 보면서 돌기물투성이인 청동 화로에 손을 쬐고 있었다.

"글쎄요, 그럼 어디 한번 보러 가지요" 하고 가볍게 받아들였는데, 별로 구미가 당기는 눈치가 아닌 터라 오요네는 속으로 좀 실망했다. 하지만 스스로도 이미 큰 기대를 품고 나온 게 아니어서 이렇게 가볍게 받아들여지자 이쪽에서 부탁을 해서라도 봐달라고 하지 않을 수 없었다.

"좋습니다. 그럼 나중에 찾아뵙도록 하지요. 지금은 일하는 애가 잠깐 나가고 없어서요."

오요네는 이런 성의 없는 말을 듣고 그대로 집으로 돌아왔지만 마음속으로는 과연 고물상 주인이 올지 안 올지 심히 의심스러웠다. 여느 때처럼 혼자 간단한 식사를 마치고 기요에게 상을 물릴 때 갑자기

---

3 수행자가 마음의 티끌과 번뇌를 털어내는 상징적 의미의 불구(佛具). 짐승의 털이나 삼(麻) 등을 묶어서 자루 끝에 맨 것으로 원래는 벌레를 쫓는 데 쓰는 생활용구였다.

큰 소리로 실례합니다, 하며 고물상 주인이 현관으로 들어왔다. 객실로 안내하여 병풍을 보여주자 과연, 하며 뒤쪽이며 테두리를 쓰다듬더니,

"파시겠다면" 하고 잠깐 생각하더니 "6엔 드리지요" 하고 마지못해 사겠다는 느낌으로 가격을 제시했다. 오요네는 고물상 주인이 붙인 시세가 합당하다고 생각했다. 하지만 일단 소스케에게 말하지 않고 팔아버리면 너무 제멋대로라고 생각할 것이고 또 물건의 역사가 역사인 만큼 무척 조심스러워서, 어쨌든 남편이 돌아오면 잘 의논해보겠다고 대답하고는 고물상 주인을 돌려보내려고 했다. 고물상 주인은 나가려고 하다가,

"그럼 부인, 모처럼의 일이니 1엔을 더 쓰지요. 그 가격에 파시지요" 하고 말했다. 오요네는 그때 대담하게,

"하지만 아저씨, 저건 호이쓰예요"라고 대답하고 마음속으로는 좀 뜨끔했다. 고물상 주인은 태연하게,

"호이쓰는 요즘 인기가 없거든요" 하고 슬쩍 받아넘기고는 오요네를 빤히 쳐다본 다음,

"그럼 잘 의논해보세요" 하는 말을 내뱉고 돌아갔다.

오요네는 그때의 상황을 자세하게 이야기한 뒤에,

"팔면 안 돼요?" 하고 다시 천진난만하게 물었다.

소스케의 머릿속에는 얼마 전부터 물질적인 욕구가 끊임없이 꿈틀거리고 있었다. 다만 검소한 생활에 익숙해진 결과 부족한 살림살이를 족하다고 체념하는 버릇이 붙어서 매달 으레 들어오는 것 외에 임시로 갑작스럽게 돈을 마련하면서까지 평소 이상으로 편하게 지내자는 생각은 조금도 들지 않았다. 이야기를 들었을 때 그는 오히려 오요

네의 기민한 변통에 놀랐다. 동시에 과연 그렇게까지 할 필요가 있는 것인지 의심스러웠다. 오요네의 생각을 들어보니 10엔에서 약간 빠지는 돈이 들어오면 소스케의 새로운 구두를 맞추고도 옷감 한 필쯤은 살 수 있다는 것이다. 소스케는 그도 그럴 거라고 생각했다. 하지만 부모에게서 물려받은 호이쓰 병풍을 한쪽에 두고 다른 한쪽에 새 구두와 새 옷감을 놓고 저울질해보니 그 둘을 교환하는 일이 너무나도 엉뚱하고 우스꽝스러웠다.

"팔고 싶으면 팔아도 돼. 어차피 집에 있어봤자 거치적거리기만 하니까. 하지만 내 구두는 아직 사지 않아도 돼. 얼마 전처럼 계속 비가 내리면 곤란하겠지만 이제 날씨도 좋아졌으니까."

"그래도 또 비가 오면 곤란하잖아요."

소스케는 오요네에게 날씨가 영원히 좋을 거라고 보증할 수도 없는 노릇이었다. 오요네도 비가 내리기 전에 반드시 병풍을 팔자고 말하기도 힘들었다. 두 사람은 얼굴을 마주 보고 웃었다. 이윽고,

"너무 싼 걸까요?" 하고 오요네가 물었다.

"글쎄" 하고 소스케가 대답했다.

그는 싸다면 싸다는 생각도 들었다. 만약 살 사람이 있다면 받아낼 수 있을 만큼의 돈을 받아내고 싶었다. 그는 신문에서 요즘 고서화의 입찰 가격이 굉장히 높아졌다는 기사를 본 것 같았다. 하다못해 그런 것 한 폭이라도 있으면 좋겠다고 생각했다. 하지만 그것은 자신이 호흡하는 공기가 미치는 곳에는 굴러오지 않을 거라며 체념하고 있었다.

"살 사람에 따라 다르겠지만 파는 사람에 따라서도 달라지겠지. 아무리 명화라도 내가 갖고 있다면 그렇게 비싸게 팔지는 못할 거야. 하지만 7엔이나 8엔이면 너무 싼 것 같은데."

소스케는 호이쓰 병풍을 변호함과 동시에 고물상도 변호하는 투로 말했다. 그리고 오직 자신만이 변호할 만한 가치가 없는 사람인 것 같았다. 오요네도 다소 속이 상한 듯 병풍 이야기는 그것으로 끝냈다.

이튿날 소스케는 관청에 나가 동료 이 사람 저 사람에게 그 이야기를 했다. 그러자 모두 입을 맞추기라도 한 듯이 그건 말도 안 되는 가격이라고 했다. 하지만 누구 하나 자신이 알선해서 적정한 가격에 팔아주겠다는 사람은 없었다. 또한 어떤 경로를 통하면 어처구니없는 일을 당하지 않는다는 절차를 가르쳐주는 사람도 없었다. 소스케는 역시 골목길의 고물상에 병풍을 파는 수밖에 없었다. 그렇지 않다면 원래대로 거치적거리든 말든 객실에 세워두는 수밖에 없었다. 그는 원래대로 객실에 세워두었다. 그러자 고물상 주인이 와서 그 병풍을 15엔에 팔라고 했다. 부부는 얼굴을 마주 보며 웃음을 지었다. 팔지 말고 좀 더 두고 보자고 말하며 팔지 않고 그대로 놔두었다. 그러자 고물상 주인이 다시 왔다. 또 팔지 않았다. 오요네는 거절하는 것이 재미있어졌다. 네 번째로 왔을 때는 낯선 남자 한 사람을 데려왔는데, 그 남자와 소곤소곤 의논하더니 드디어 35엔[4]이라는 가격을 제시했다. 그때 부부도 선 채 의논했다. 그리고 마침내 눈 딱 감고 병풍을 팔아치웠다.

---

4 1907년의 자료에 따르면 도쿄의 표준 가격으로 쌀 10킬로그램의 소매가격이 1엔 56전, 단독주택 셋집의 집세가 2엔 80전이었으므로 이 가격은 족히 중류 가정의 한 달 생활비에 필적한다. 고물상 주인은 나중에 '호이쓰 병풍'을 집주인 사카이에게 80엔에 판다.

7

엔묘지의 삼나무가 그슬린 것처럼 검붉어졌다. 날씨가 좋은 날에는 바람에 씻긴 하늘가에 하얀 산줄기가 험해 보이는 산이 드러났다. 세월은 소스케 부부를 날마다 추운 곳으로 몰아갔다. 아침이 되면 하루도 거르지 않고 지나가는 낫토[1] 장수 소리가 기와를 뒤덮는 서리 빛깔을 연상시켰다. 소스케는 이불 속에서 그 소리를 들으며 또 겨울이 왔구나, 하고 생각했다. 오요네는 부엌에서 올해도 작년처럼 수도꼭지가 얼어붙지 않으면 좋으련만, 하고 연말부터 봄에 걸쳐 쓸데없는 근심을 했다. 밤이 되면 부부는 고타쓰에만 붙어 있었다. 그리고 히로시마나 후쿠오카의 따뜻한 겨울을 부러워했다.

"꼭 앞집의 혼다 씨 같네요" 하며 오요네가 웃었다. 앞집의 혼다 씨란 역시 같은 부지 안의 사카이 씨 셋집에서 노후를 보내고 있는 부부를 말한다. 그들은 일하는 여자아이 하나를 두고 아침부터 밤까지 아

---

1 푹 삶은 메주콩을 볏짚 꾸러미나 보자기 등에 싸서 발효시킨 식품.

무 소리도 내지 않고 조용히 생활하고 있었다. 오요네가 거실에서 혼자 바느질을 하고 있으면 이따금 영감, 하고 부르는 소리가 들렸다. 그것은 혼다 할머니가 남편을 부르는 소리였다. 문간에서 마주치면 정중하게 날씨 얘기 등을 하며 인사하고 잠깐 이야기하러 오라고 하는데, 여태까지 한 번도 간 적이 없을 뿐 아니라 그쪽에서도 찾아온 일이 없다. 따라서 혼다 부부에 대해서는 거의 알지 못했다. 다만 아들 하나가 있는데 조선통감부[2]의 높은 관리라 다달이 돈을 보내줘 편하게 지낼 수 있다는 것만은 들락거리는 어떤 장사치에게 들어 알고 있었다.

"할아버지는 여전히 나무 손질을 하시나?"

"점점 추워져서 이젠 그만두셨겠죠. 툇마루 밑에 화분이 잔뜩 늘어서 있거든요."

그러고 나서 이야기는 앞집을 떠나 집주인 쪽으로 옮아갔다. 혼다 부부와는 완전히 반대로, 부부가 보기에 주인집은 더할 나위 없이 활기찬 가정 같다. 요즘은 뜰이 황폐해져 많은 아이들이 절벽 위로 나가 떠드는 일은 없어졌지만 피아노 소리는 매일 밤마다 들려왔다. 때로는 하녀인지 누군지가 부엌에서 큰 소리로 웃는 소리가 소스케의 거실까지 들려왔다.

"그 사람은 대체 뭘 하는 사람이야?" 하고 소스케가 물었다. 이런 질문은 지금까지 오요네에게 몇 번이나 되풀이한 것이다.

"아무것도 안 하고 놀고 있겠죠, 뭐. 토지나 셋집을 갖고 말이에요"

---

2 1905년 11월에 조인된 '제2차 한일협약'에 기초하여 처음에는 당시 대한제국의 외교권, 이어서 내정권(內政權)까지 장악한 일본이 통감정치를 위해 경성에 설치한 기구. 초대 총감은 이토 히로부미였다. 1910년 '한일병합조약'에 의해 조선총독부가 되었다.

하고 오요네가 대답했다. 이 대답도 지금까지 소스케에게 몇 번이나 되풀이한 것이다.

소스케는 사카이에 대해 그 이상 캐물은 적이 없다. 학교를 그만둔 당시에는 순조로운 처지에 있으면서 잘난 척하는 사람을 만나면 두고 보자는 생각도 일었다. 그러던 것이 시간이 지나자 단순한 증오로 변했다. 그런데 1, 2년 후에는 자신과 타인의 차이에 무관심해져 자신은 자신처럼 타고난 것이고 타인은 또 그런 운을 갖고 세상에 태어난 것이다, 양쪽 모두 처음부터 다른 종류의 인간이므로 그저 인간으로 살아가는 것 외에 아무런 교섭도 이해관계도 없는 것이라고 생각했다. 어쩌다 세상 살아가는 이야기를 하다 보면 그 사람은 대체 뭘 하는 사람이냐는 정도는 묻기도 하지만, 그보다는 알려고 노력하는 것조차 귀찮았다. 오요네도 같은 경향이 있었다. 하지만 그날 밤에는 희한하게 집주인 사카이는 마흔 살가량의 수염이 없는 사람이라는 둥 피아노를 치는 것은 큰딸로 열두세 살쯤이라는 둥 다른 집 아이가 놀러 와도 그네를 못 타게 한다는 둥의 이야기를 했다.

"왜 다른 집 아이한테는 그네를 못 타게 하는 거지?"

"그야 인색해서죠. 빨리 고장 나니까요."

소스케는 웃음을 터뜨렸다. 그는 그만큼 인색한 집주인이, 지붕이 샌다고 하면 바로 기와장이를 보내주고 울타리가 썩었다고 하면 바로 정원사를 보내 손보게 하는 것은 모순이라고 생각했다.

그날 밤 소스케의 꿈에는 혼다의 화분도 사카이의 그네도 나타나지 않았다. 그는 10시 반경 잠자리에 들어 만사에 지친 사람처럼 코를 골았다. 얼마 전부터 머리 상태가 좋지 않아 쉽게 잠을 이루지 못하고 괴로워하던 오요네는 때때로 눈을 뜨고 어둑어둑한 방을 바라보았다.

희미한 등불이 도코노마 위에 놓여 있었다. 부부는 밤중에 등불을 켜 두는 습관이 있어 잘 때는 늘 심지를 줄인 남포등을 도코노마 위에 올 려놓았다.

오요네는 신경이 쓰이는지 베개 위치를 바꾸었다. 그리고 그때마다 아래쪽 어깨뼈를 이불 위에서 미끄러지듯 움직였다. 나중에는 두 팔 꿈치를 괴고 엎드린 채 잠시 남편 쪽을 바라보았다. 그러고 나서 일어 나 이부자리 끝에 놓아둔 평상복을 잠옷 위에 걸치고 도코노마에 있 는 남포등을 들었다.

"여보, 여보" 하고 소스케의 머리맡으로 와서 몸을 구부리고는 남편 을 불렀다. 그때 남편은 이미 코를 골지 않고 있었다. 하지만 원래대 로 깊은 잠에 빠진 숨소리는 계속 내고 있었다. 오요네는 다시 일어나 남포등을 손에 든 채 장지문을 열고 거실로 나갔다. 어두컴컴하던 방 이 손에 들린 남포등 불빛에 어렴풋이 밝아졌을 때 오요네는 희미하 게 빛나는 옷장 고리를 봤다. 그것을 지나자 검게 그을린 부엌의 머름 을 댄 장지문 맹장지만이 하얗게 보였다. 오요네는 불기 없는 방 한가 운데에 잠시 서 있다가 곧 오른쪽 하녀 방의 문을 소리 나지 않게 살 며시 열고 안으로 남포등을 비췄다. 하녀는 줄무늬도 색깔도 분명치 않은 이불 속에 두더지처럼 웅크리고 자고 있었다. 이번에는 왼쪽의 작은방을 들여다봤다. 텅 비어 쓸쓸한 가운데 경대만 놓여 있고 밤이 어서 그런지 거울 표면이 확연히 눈에 띄었다.

오요네는 온 집 안을 한 바퀴 둘러본 후 아무 이상이 없는 것을 확 인하고는 다시 잠자리로 돌아왔다. 그리고 드디어 눈을 감았다. 이번 에는 마침 눈꺼풀 언저리에 신경이 쓰이지 않는 것을 느끼며 잠시 있 다 보니 얼핏 잠이 들었다.

그러다가 다시 문득 눈을 떴다. 어쩐 일인지 머리맡에서 쿵 하고 울린 것 같았다. 베개에서 귀를 떼고 생각해보니 그것은 커다랗고 묵직한 것이 뒤쪽 절벽에서 자신들이 자고 있는 객실 툇마루 밖으로 굴러 떨어졌다고 볼 수밖에 없는 소리였다. 하지만 방금 잠에서 깨어나기 직전에 일어난 일로 결코 꿈속의 일이 아니라고 생각했을 때 오요네는 갑자기 무서운 느낌이 들었다. 그래서 옆에서 자고 있는 남편의 이불 끝자락을 당기며 이번에는 본격적으로 소스케를 깨우기 시작했다.

소스케는 그때까지 곤히 자고 있었는데 갑자기 눈을 뜨자 오요네가,

"여보, 좀 일어나봐요" 하며 흔들어서 비몽사몽간에,

"어, 그래" 하고 바로 일어나 이불 위에 앉았다. 오요네는 조그만 소리로 조금 전의 상황을 이야기했다.

"소리는 한 번만 난 거야?"

"방금 난걸요."

그러고 나서 두 사람은 입을 다물었다. 그저 가만히 바깥 동정을 살폈다. 하지만 세상은 쥐 죽은 듯이 조용했다. 아무리 귀를 기울여도 다시 뭔가 떨어지는 기색은 없었다. 소스케는 춥다며 홑옷인 잠옷 위에 하오리를 걸치고 툇마루로 나가 덧문 하나를 열었다. 바깥을 내다보았으나 아무것도 보이지 않았다. 그저 어둠 속에서 차가운 공기가 갑자기 피부에 닥쳐왔다. 소스케는 얼른 문을 닫았다.

빗장을 걸고 객실로 돌아오자마자 다시 이불 속으로 기어들면서,

"아무 이상 없어. 아마 꿈을 꾼 걸 거야" 하고 소스케는 드러누웠다. 오요네는 결코 꿈이 아니라고 주장했다. 분명히 머리 위에서 큰 소리가 났다고 우겼다. 소스케는 이불 밖으로 반쯤 내민 얼굴을 오요네 쪽으로 돌리고는,

"오요네, 신경이 너무 예민해져서 요즘 좀 이상해진 걸 거야. 좀 더 머리를 식히고 푹 잘 수 있는 궁리라도 해야겠는데" 하고 말했다.

그때 건넌방의 괘종시계가 2시를 쳤다. 그 소리로 두 사람 다 잠깐 말을 끊고 잠자코 있자 밤은 더욱 고요해진 것 같았다. 두 사람은 눈이 말똥말똥해져 바로 잠들 것 같지 않았다. 오요네가,

"그런데 당신은 참 태평하네요. 드러눕고 나서 10분도 안 됐는데 잠이 드니 말이에요" 하고 말했다.

"자기는 하는데 그렇다고 마음이 편해서 잘 자는 게 아니야. 피곤하니까 잘 자는 거지" 하고 소스케가 대답했다.

이런 이야기를 하는 사이에 소스케는 또 잠이 들어버렸다. 오요네는 이불 속에서 여전히 몸을 뒤척였다. 그러자 덜커덩덜커덩 심한 소리를 내며 인력거 한 대가 바깥길을 지나갔다. 요즘 오요네는 때때로 동트기 전에 인력거 소리를 듣고 깜짝 놀라는 일이 있다. 그래서 그것을 아울러 생각하자 늘 비슷한 시각이어서 필경 매일 아침 같은 인력거가 같은 곳을 지나는 거라고 짐작했다. 아마 우유를 배달하거나 해서 저렇게 서두르는 게 틀림없다고 생각하고 있었기 때문에 그 소리를 듣자마자 드디어 날이 새고 이웃이 활동을 시작한 듯하여 마음이 든든해졌다. 이럭저럭하는 사이에 어디선가 닭 우는 소리가 들렸다. 잠시 후에는 또 딸가닥딸가닥 게다 소리를 크게 내며 누군가가 거리를 지나갔다. 그러는 사이에 기요가 방문을 열고 나와 변소에 갔다가 잠시 후 거실로 와서 시계를 보는 것 같았다. 이때는 도코노마에 놓아둔 남포등의 기름이 줄어 짧은 심지에 닿지 않게 되었는지 오요네가 누워 있는 곳은 아주 깜깜해져 있었다. 바로 그때 기요의 손에 들린 등불의 빛이 맹장지에 비쳤다.

"기요니?" 하고 오요네가 불렀다.

그러고 나서 기요는 곧 일어났다. 30분쯤 지나 오요네도 일어났다. 다시 30분쯤 지나 마침내 소스케도 일어났다. 평소에는 적당한 시간에 오요네가 와서,

"이제 일어나야 해요" 하는 것이 보통이었다. 일요일과 가끔 있는 국경일에는,

"자, 이제 일어나세요" 하는 것으로 변할 뿐이었다. 하지만 오늘은 어젯밤의 일이 어쩐지 마음에 걸려서 오요네가 깨우러 오기 전에 소스케는 잠자리를 빠져나왔다. 그리고 곧장 절벽 아래쪽 덧문을 열었다.

아래에서 올려다보니 차가운 대나무가 아침 공기에 갇혀 가만히 있는 뒤로 서리를 녹이는 햇빛이 비쳐 얼마간 꼭대기를 물들이고 있었다. 거기서 60센티미터쯤 아래쪽의 경사가 가장 심한 곳에 서 있는 마른 풀이 묘하게 스치고 벗겨져 붉은 흙의 표면을 생생하게 드러내고 있는 것을 보고 소스케는 약간 놀랐다. 그렇게 일직선으로 내려와 마침 자신이 서 있는 툇마루 끝의 흙이 서릿발을 뭉갠 것처럼 흐트러져 있었다. 소스케는 큼직한 개라도 위에서 굴러떨어진 것이 아닐까 하고 생각했다. 그러나 개가 아무리 크다고 해도 그 형세가 너무 심한 것 같았다.

소스케는 현관에서 게다를 들고 와 바로 뜰로 내려섰다. 툇마루 끝의 꺾어진 곳에 있는 변소가 튀어나와 있어 더욱 비좁은 절벽 아래에서 뒤란으로 빠지는 1미터도 안 되는 곳은 더더욱 비좁아 옹색했다. 오요네는 변소 치는 사람이 올 때마다 그 모퉁이를 신경 쓰며,

"저기가 조금만 더 넓었으면 좋았을 텐데" 하고 불안해서 소스케에게 자주 놀림을 받곤 했다.

그 모퉁이를 빠져나가면 부엌까지 똑바로 좁은 길이 나 있다. 원래는 마른 가지가 섞인 삼나무 울타리가 있어 옆집 뜰과의 경계가 되었는데, 얼마 전 집주인이 손을 봤을 때 구멍투성이 울타리의 삼나무 잎을 깨끗이 치우고 지금은 옹이가 많이 박힌 판자로 부엌 입구까지 한쪽을 아예 막아버렸다. 볕이 잘 안 드는 데다 홈통에서 낙숫물만 떨어지기 때문에 여름이 되면 추해당(秋海棠)이 잔뜩 자라난다. 한창일 때는 푸른 잎이 서로 겹쳐 거의 통로가 없어질 만큼 무성하다. 처음 이사 온 해에는 소스케도 오요네도 그 경치를 보고 깜짝 놀랐을 정도다. 이 추해당은 삼나무 울타리가 뽑히기 전부터 몇 년이고 땅속에 널리 퍼져 있어서 옛날 집이 헐린 지금도 그 계절이 되면 옛날 그대로 싹을 틔운다는 것을 알았을 때 오요네는,

"하지만 예쁘네요" 하며 기뻐했다.

서리를 밟으며 추억 많은 옆쪽으로 가던 소스케의 시선은 가늘고 긴 길의 한 점에 떨어졌다. 그리고 그는 볕이 들지 않는 추위 속에서 뚝 걸음을 멈췄다.

그의 발밑에는 검게 칠한 마키에[3] 문갑이 내버려져 있었다. 안에 든 것은 누가 일부러 가져다놓은 것처럼 서리 위에 얌전히 자리 잡고 있었지만, 뚜껑은 7, 80센티미터 떨어진 울타리 밑에 부딪친 모양인지 뒤집어져 있어 안쪽에 바른 색종이의 무늬가 뚜렷하게 보였다. 문갑 안에서 쏟아진 편지나 문서들이 그 근방에 마구 흩어져 있는 가운데 비교적 긴 편지 한 통이 누군가 일부러 그런 것처럼 60센티미터 정도만 펼쳐져 있고 그 끝이 휴지처럼 말려 있었다. 소스케는 다가가 심하

---

3 칠기 표면에 옻칠로 무늬를 그리고 금이나 은가루를 뿌려 입히는 일본 특유의 공예.

게 구겨진 종이 밑을 들여다보고 무심코 쓴웃음을 지었다. 그 밑에는 누가 싸놓은 똥이 있었다.

서리와 흙에 더럽혀진 소스케는 땅 위에 흩어져 있는 서류를 모아 문갑 안에 넣고 부엌문까지 가져왔다. 머름을 댄 장지문을 열고 기요에게,

"얘야, 이것 좀 거기 놔둬라"하며 건네자 기요는 묘한 얼굴로 신기하다는 듯이 받아 들었다. 오요네는 안쪽 객실에서 총채로 먼지를 떨고 있었다. 소스케는 양손을 품속에 넣은 채 현관이나 문 주변을 유심히 둘러봤지만 어디에도 평소와 다른 점은 없었다.

소스케는 드디어 집 안으로 들어왔다. 거실로 가서 평소처럼 화로 앞에 앉았지만 곧 큰 소리로 오요네를 불렀다. 오요네는,

"일어나자마자 어디를 다녀온 거예요?"하고 물으며 안쪽에서 나왔다.

"이봐, 어젯밤 머리맡에서 큰 소리가 난 것은 역시 꿈이 아니었어. 도둑이야. 도둑이 사카이 씨의 집 절벽 위에서 우리 집 뜰로 뛰어내린 소리였어. 방금 뒤란으로 돌아가 봤더니 이 문갑이 떨어져 있고, 안에 들어 있던 편지 같은 것이 엉망진창으로 내팽개쳐져 있었어. 게다가 진수성찬까지 차려놓고 갔더라고."

소스케는 문갑 안에서 편지를 두세 통 꺼내 오요네에게 보여주었다. 그것은 모두 사카이 앞으로 온 것이었다. 오요네는 깜짝 놀라 한쪽 무릎을 세우고 앉아,

"그럼 사카이 씨는 다른 것도 도둑맞았을까요?"하고 물었다. 소스케는 팔짱을 끼고는,

"어쩌면 뭔가 다른 것도 도둑맞았겠지"하고 대답했다.

어찌 되었든 부부는 문갑을 거기에 둔 채 아침 밥상을 마주하고 앉

왔다. 하지만 젓가락을 움직이는 동안에도 도둑 이야기는 잊지 않았다. 오요네는 자신의 귀와 머리가 정확했다는 것을 남편에게 자랑했다. 소스케는 귀와 머리가 정확하지 않은 것을 다행으로 여겼다.

"그렇게 말하지만 그게 사카이 씨 집이 아니라 우리 집이었다고 생각해봐요. 당신처럼 쿨쿨 잠만 자고 있어서는 곤란할 거 아니에요?" 하고 오요네가 소스케를 끽소리도 못 하게 했다.

"뭐, 우리 집 같은 델 들어올 미친놈은 없을 테니까 괜찮아" 하고 소스케도 지지 않고 당치 않은 대답을 했다.

그때 기요가 돌연 부엌에서 얼굴을 내밀고,

"얼마 전에 장만한 주인어른의 외투라도 훔쳐갔다면 정말 큰일이었겠어요. 이 집이 아니라 사카이 씨 집이었으니 얼마나 다행인지……" 하고 진지하게 기뻐하며 말해서 소스케도 오요네도 어떻게 대답해야 좋을지 몰라 좀 난감했다.

식사를 마쳐도 아직 출근 시간까지는 꽤 여유가 있었다. 사카이 집에서는 필시 난리가 났을 거라고 해서 문갑은 소스케가 직접 가져다주기로 했다. 마키에이기는 해도 그저 까맣게 옻칠한 바탕에 거북 등딱지 모양을 금박했을 뿐이어서 그다지 값나가는 물건은 아닌 것 같았다. 오요네는 감색 바탕에 세로 줄무늬가 있는 보자기를 꺼내 그것을 썼다. 보자기가 좀 작아서 네 귀퉁이를 서로 엇갈리게 하고 한가운데서 각각 옭매듭을 했다. 소스케가 그것을 들자 마치 선물용 과자 상자처럼 보였다.

객실에서 보면 바로 절벽 위지만 바깥으로 돌면 50미터쯤 가서 언덕길을 오르고 다시 50미터쯤 거꾸로 돌아와서야 사카이의 집 문 앞에 이른다. 소스케는 돌 위에 잔디를 입히고 홍가시나무를 예쁘게 심은 담을 따라 문 안으로 들어갔다.

집 안은 오히려 정적이 감돌 만큼 조용했다. 간유리 문이 닫혀 있는 현관으로 가서 벨을 두세 번 눌러봤으나 벨소리가 들리지 않는 모양인지 아무도 나오지 않았다. 하는 수 없이 소스케는 부엌문으로 돌아갔다. 거기에도 간유리를 낀 장지문 두 짝이 닫혀 있었다. 안에서 그릇을 달그락거리는 소리가 들렸다. 소스케는 문을 열고, 가스풍로⁴를 놓은 마룻바닥에 웅크리고 앉아 있는 하녀에게 말했다.

"이거 이 집 물건이죠? 오늘 아침 우리 집 뒤란에 떨어져 있어서 가져왔는데" 하면서 문갑을 내밀었다.

하녀는 "그렇습니까? 감사합니다" 하며 간단히 예를 표하고 문갑을 든 채 마루 끝까지 가서 잡일하는 하녀를 불렀다. 거기서 낮은 목소리로 설명을 하고 물건을 건네자 잡일하는 하녀는 그것을 받아 들고 잠깐 소스케를 쳐다보더니 바로 안으로 들어갔다. 엇갈리듯이 열두세 살쯤으로 보이는 둥근 얼굴의 눈이 큰 여자아이와 그녀의 여동생인 듯 똑같은 리본을 단 여자아이가 같이 뛰어오더니 자그마한 머리를 나란히 부엌으로 내밀었다. 그리고 소스케의 얼굴을 쳐다보며 도둑이야, 라고 소곤거렸다. 소스케는 문갑만 건네면 볼일이 다 끝나는 것이어서 안쪽에 인사를 할 것까지는 없겠다 싶어 금방 돌아갈 생각이었다.

"문갑은 이 댁 거지요? 맞죠?" 하고 다시 한번 확인하고 아무것도 모르는 하녀를 딱하게 여기고 있는 참에 조금 전의 하녀가 나와서,

"안으로 들어오세요" 하고 공손하게 고개를 숙이는 바람에 이번에

---

4 1900년을 전후한 시기에 급속하게 보급되기 시작했다. 숯을 쓰는 보통 풍로를 쓰고 있는 소스케 집에 비해 사카이 집의 유복한 생활을 엿볼 수 있는 도구다.

는 소스케가 약간 민망해졌다. 하녀는 더욱 얌전하게 같은 부탁을 되풀이했다. 소스케는 민망함을 넘어 결국 귀찮아지기 시작했다. 그때 주인이 직접 나왔다.

주인은 예상대로 혈색이 좋고 아랫볼이 불룩하여 복스러운 인상이었는데 오요네가 말한 것처럼 수염이 없는 사람은 아니었다. 코밑에 짧게 손질한 수염을 기르고 있었고, 볼에서 턱까지는 깨끗하게 밀어 파르스름했다.

"이거 정말 뜻하지 않게 수고를 끼쳤네요" 하며 주인은 눈가에 주름을 지으며 예를 표했다. 요네자와(米澤)산 비백 무늬 기모노를 입고 마루방에 무릎을 꿇고 앉아 소스케로부터 이런저런 상황 이야기를 듣고 있는 태도가 무척 느긋했다. 소스케는 어젯밤부터 오늘 아침에 걸친 사건을 요점만 간추려 대충 이야기한 뒤 문갑 외에 도난당한 물건은 없느냐고 물어보았다. 주인은 책상 위에 놓아둔 금시계 하나를 도난당했다고 대답했다. 하지만 마치 남의 물건이라도 잃어버린 것처럼 난처한 기색이라고는 전혀 찾아볼 수 없었다. 시계보다 오히려 소스케의 이야기에 더 흥미를 느낀 모양으로, 도둑이 과연 절벽을 타고 뒤란으로 도망친 것 같은지 아니면 도망치다가 그만 절벽에서 떨어진 것 같은지를 물었다. 물론 소스케는 대답할 수 없었다.

그때 조금 전의 하녀가 안에서 차와 담배를 내와서 소스케는 다시 돌아갈 기회를 놓치고 말았다. 주인은 일부러 방석까지 가져오게 해서 결국 소스케를 그 위에 앉게 했다. 그러고는 오늘 아침에 일찍 찾아온 형사 이야기를 하기 시작했다. 형사의 판단에 따르면 도둑은 초저녁부터 집 안에 숨어들어 어쩌면 헛간 같은 데 숨어 있었음에 틀림없다, 들어온 곳은 역시 부엌이다, 성냥을 그어 초에 불을 붙인 다음

부엌에 있던 작은 통 위에 세우고 거실로 나갔는데 옆방에는 아내와 아이들이 자고 있어서 복도를 따라 주인의 서재로 가서 일을 시작하고 있을 때 얼마 전에 태어난 막내아들이 젖 먹는 시간이었는지 잠에서 깨어 울기 시작하는 바람에 도둑은 서재 문을 열고 뜰로 도망친 것 같다는 것이었다.

"평소처럼 개가 있었다면 좋았을 텐데 말이지요. 하필이면 병에 걸려서 사오일 전에 병원에 입원을 시켰거든요" 하고 주인은 아쉬워했다. 소스케도,

"그것 참 안타까운 일이네요" 하고 대답했다. 그러자 주인은 그 개의 종이며 혈통이며 때때로 사냥에 데려간다느니 하는 이야기를 늘어놓기 시작했다.

"사냥을 좋아해서요. 하긴 요즘에는 신경통 때문에 좀 쉬고 있지만요. 아무튼 초가을에서 겨울에 걸쳐 도요새 같은 걸 잡으러 가면 아무래도 허리 아래는 논 속에 몸을 잠근 채 두 시간이든 세 시간이든 있어야 하니까 몸에는 무척 안 좋은 것 같습니다."

주인은 시간에 별로 구애받지 않는 사람인지 소스케가 그렇군요, 그렇습니까, 하고 맞장구를 치자 언제까지고 이야기를 늘어놔서 소스케는 어쩔 수 없이 도중에 일어서야만 했다.

"평소처럼 곧 나가봐야 해서요" 하고 말을 끝맺자 주인은 비로소 눈치를 챈 모양으로 바쁜데 붙잡아 실례했다며 사과했다. 그리고 언젠가 형사가 현장 상황을 보러 갈지도 모르니까 그때는 잘 부탁한다고 말했다. 마지막으로,

"좀 놀러 오세요, 이야기나 나누게요. 저도 요즘은 오히려 한가한 편이니까 놀러 가지요" 하며 정중히 인사했다. 문을 나서 잰걸음으로

집에 돌아오자 매일 아침 나가는 시각보다 이미 30분이나 늦어져 있었다.

"당신, 어떻게 된 거예요?" 하고 오요네가 마음을 졸이며 현관으로 나왔다. 소스케는 얼른 양복으로 갈아입으면서,

"사카이라는 사람은 아주 무사태평하던데. 돈이 있으면 그렇게 느긋해지는 걸까?" 하고 말했다.

8

"고로쿠 도련님, 거실부터 시작할까요, 아니면 객실 먼저 할까요?"
하고 오요네가 물었다.

고로쿠는 사오일 전에 드디어 형 집으로 옮겨왔고 오늘 장지문에
종이를 새로 바르는 일을 도와야 했다. 그는 전에 작은집에 있을 때
야스노스케와 함께 자신의 방 장지를 새로 바르는 일을 해본 경험이
있다. 그때는 풀을 쟁반에 풀어놓고 주걱을 사용해보기도 하며 상당
히 본격적으로 일을 시작했는데 순조롭게 말린 다음에 막상 원래 자
리에 끼우는 단계가 되자 두 짝 모두 뒤틀려 문턱의 홈에 잘 맞지 않
았다. 그것도 야스노스케와 공동으로 실패한 일이었는데, 숙모가 시
켜서 장지를 바르게 되었을 때는 틀을 수돗물에 첨벙거리며 씻어서
그런지 마른 뒤에는 전체적으로 뒤틀려서 굉장히 애를 먹었다.

"형수님, 장지를 바를 때는 아주 신중히 하지 않으면 실패합니다.
씻어도 안 되고요" 하면서 고로쿠는 거실 툇마루에서부터 종이를 쫙
쫙 찢어내기 시작했다.

툇마루 오른쪽 앞으로는 고로쿠가 거처하는 작은방이 꺾여 나와 있고 왼쪽에는 현관이 튀어나와 있다. 그 맞은편을 툇마루와 평행한 담장이 가로막고 있어 네모나게 둘러싸여 있다고 해도 좋았다. 여름이면 온통 코스모스가 무성해서 부부가 매일 아침 이슬이 맺힌 풍경을 즐긴 적도 있고 또 담장 밑에 가느다란 대나무 막대를 세워 나팔꽃이 타고 오르게 해준 일도 있다. 그런 때는 일어나자마자 둘이서 그날 아침에 핀 꽃송이의 수를 헤아리는 것이 큰 즐거움이었다. 하지만 가을에서 겨울로 접어들면 꽃도 풀도 완전히 시들어버려서 작은 사막처럼 바라보는 것도 미안할 만큼 쓸쓸해진다. 고로쿠는 서리뿐인 네모난 땅을 등지고 열심히 장지의 종이를 뜯어냈다.

이따금 뒤에서 차가운 바람이 불어와 고로쿠의 빡빡머리와 목덜미를 덮쳤다. 그때마다 그는 찬바람이 몰아치는 툇마루에서 작은방으로 들어가고 싶었다. 그는 벌게진 손을 말없이 움직이며 걸레를 양동이 안에 넣고 짜서 장지문의 창살을 닦아내기 시작했다.

"춥죠? 미안하네요. 하필이면 가을비가 내려서 말이에요" 하고 오요네가 붙임성 있게 말하고는 쇠 주전자의 뜨거운 물을 자꾸 부어 어제 쑨 풀을 갰다.

사실 고로쿠는 내심 이런 일을 무척 경멸하고 있었다. 특히 요즘 어쩔 수 없게 된 자신의 처지부터가 다소 자신을 모욕하고 있는 것처럼 느끼며 걸레를 손에 들고 있었다. 예전에 작은집에서도 이와 똑같은 일을 해야 했을 때는 심심풀이여서 불쾌하기는커녕 재미있었던 기억마저 있다. 하지만 지금은 이 정도 일밖에 할 수 없는 사람이라고 굳이 주위에서 체념하게 하는 것 같은 기분이 들어 툇마루가 추운 것이 더한층 부아를 돋우었다.

그래서 형수에게는 시원한 대답조차 제대로 하지 않았다. 그리고 머릿속으로 자신의 하숙집에 있던 법과 대학생이 잠깐 산책하러 나갔다가 시세이도(資生堂)[1]에서 세 개들이 비누와 치약을 5엔 가까운 돈을 주고 사온 사치를 떠올렸다. 그러자 아무리 생각해도 자기 혼자 이런 처지에 떨어져야 할 이유가 없는 것 같았다. 그리고 이런 생활에 만족하며 일생을 보내고 있는 형 부부가 너무나도 불쌍해 보였다. 고로쿠가 보기에 그들은 장지문에 바르는 미농지를 사는 것조차 어렵게 여길 만큼 소극적인 생활을 하고 있었다.

"이런 종이는 금방 다시 찢어질 텐데요" 하면서 고로쿠는 말린 종이 끝을 30센티미터쯤 펴서 햇빛에 비춰보고 두세 번 힘껏 당겨 소리를 냈다.

"그래요? 하지만 우리 집에는 아이가 없어서 그렇게까지는 안 될 거예요" 하고 대답한 오요네는 풀을 먹인 솔로 척척 창살 위를 칠했다.

두 사람은 길게 이어진 종이를 양쪽에서 바짝 잡아당겨 되도록 느슨해지지 않게 애를 썼는데 고로쿠가 때때로 귀찮아하는 표정을 짓자 오요네는 그만 미안해져서 적당히 면도칼로 자르기도 했다. 따라서 다 바른 장지문에는 군데군데 불룩불룩 뜬 부분이 꽤 눈에 띄었다. 오요네는 아쉬운 듯 두껍닫이에 세워둔 막 바른 장지를 바라보았다. 그리고 마음속으로 상대가 고로쿠가 아니라 남편이었다면 좋았을 거라고 생각했다.

"주름이 좀 생겼네요."

"어차피 제 솜씨로는 잘 안 돼요."

1 1872년 도쿄 니혼바시에서 약종상으로 시작하여 치약을 제조했고 1897년부터는 화장품의 제조와 판매를 시작했다.

"뭘요, 형님도 그렇게 잘하지는 못해요. 게다가 형님은 도련님보다 훨씬 게으르거든요."

고로쿠는 아무 대답도 하지 않았다. 부엌에서 기요가 가져온 물그릇을 받아 들고 두껍닫이 앞에 서서 종이 전체가 젖을 만큼 물을 뿜었다. 두 번째 짝을 발랐을 때는 먼저 물을 뿜은 것이 거의 말라 주름이 대충 펴져 있었다. 세 번째 짝을 발랐을 때 고로쿠는 허리가 아프다고 했다. 사실 오요네야말로 오늘 아침부터 머리가 아팠다.

"한 짝만 더 바르면 거실은 끝나니까 그때 쉴까요?" 하고 말했다.

거실문을 끝내고 나니 점심때가 되어 둘은 밥을 먹었다. 고로쿠가 옮겨오고 나서 사오일 동안 오요네는 소스케가 없는 점심을 늘 고로쿠와 마주 앉아 먹었다. 소스케와 결혼하고 나서 오요네가 매일 밥상을 함께한 사람은 남편 말고는 없었다. 남편이 없을 때는 그저 혼자 젓가락을 드는 것이 여러 해 동안 이어온 습관이었다. 그러므로 갑자기 시동생과 자신 사이에 밥통을 놓고 서로 얼굴을 마주하고 입을 움직이는 것이 오요네에게는 일종의 기이한 경험이었다. 그것도 하녀가 부엌에서 일하고 있을 때는 그래도 낫지만, 기요의 그림자도 안 보이고 아무 소리도 들리지 않을 때는 이상하게도 더욱 답답한 느낌이 들었다. 물론 고로쿠보다는 오요네가 연상이고 또 종래의 관계에서 봐도 두 사람 사이에 남녀 사이의 색정적인 분위기가 생길 리는 만무했다. 더군다나 서로 거북한 초기에는 더더욱 그랬다. 오요네는 고로쿠와 밥상을 마주할 때의 답답한 마음이 언제나 없어질까 하고 마음속으로 은근히 걱정했다. 고로쿠가 옮겨올 때까지는 이렇게 될 거라고는 꿈에도 생각하지 않았기 때문에 더욱 당혹스러웠다. 하는 수 없으니 밥을 먹을 때는 되도록 이야기를 나누어 적어도 할 일 없어 따분한 틈이라도 메워보려고 애썼다. 불행히도 지금의 고로쿠는 형수의 이런 태도에 적당히 장단을 맞춰줄 만큼의 여유와 분별력이 없었다.

"고로쿠 도련님, 하숙집 음식은 맛있었어요?"

이런 질문을 당하면 고로쿠는 하숙집에 있으면서 놀러 왔을 때처럼 담백하고 거리낌 없는 대답을 할 수 없었다. 어쩔 수 없이,

"뭐 그렇지도 않았습니다" 정도로 대답해두면 그 어투가 또 석연치 않아서 오요네는 자신의 대접이 나쁜 탓인가 하고 해석하는 일도 있었다. 말없이 있는 동안에도 그런 생각이 고로쿠의 마음에 전해지기도 했다.

특히 오늘은 두통까지 있어서 밥상 앞에 앉아도 오요네는 평소처럼 애를 쓰기가 힘들었다. 애를 쓰다 실패하는 것은 더욱 싫었다. 그래서 두 사람 다 장지문을 바를 때보다 말수가 적은 상태로 식사를 마쳤다.

오후에는 손에 익어서인지 오전에 비하면 일이 조금 순조로웠다. 하지만 두 사람의 마음은 점심 전보다 오히려 더 멀어졌다. 특히 추운 날씨가 두 사람의 머리에 영향을 미쳤다. 일어났을 때는 해를 실은 하늘이 점차 멀어지는가 싶을 만큼 아주 맑았는데 새파랗게 물들 무렵부터는 갑자기 구름이 나타나 어둠 속에서 가랑눈이라도 만들어내는 것처럼 햇빛을 밀봉해버렸다. 두 사람은 교대로 화로에 손을 쬐었다.

"형님은 내년에 월급이 오르지요?"

고로쿠가 문득 오요네에게 이렇게 물었다. 그때 오요네는 다다미 위에 있는 종잇조각을 집어 풀 묻은 손을 닦고 있었는데 아주 뜻밖이라는 표정이었다.

"왜요?"

"신문을 보니까 내년부터 일반 관리의 봉급이 오른다는 이야기가

있던데요?"

오요네는 그런 소식을 전혀 모르고 있었다. 고로쿠에게 자세한 설명을 듣고 나서야 비로소 아 그렇구나, 하고 고개를 끄덕였다.

"정말 그래요. 이래서는 아무도 살아갈 수 없을 거예요. 생선 한 토막 가격도 제가 도쿄로 올라오고 나서 두 배나 올랐으니까요"하고 말했다. 생선 가격 이야기가 나오자 고로쿠는 전혀 아는 바가 없었다. 오요네의 말을 듣고서야 비로소 그 정도로 터무니없이 오르기도 하는구나 하고 생각했다.

고로쿠가 약간 호기심을 보여서 두 사람의 대화는 의외로 순순히 이어졌다. 오요네는 뒤쪽 집주인이 열여덟아홉 시절에는 물가가 무척 쌌다는 이야기를, 얼마 전 소스케에게 들은 대로 되풀이했다. 그 시절에는 판메밀과 온메밀국수 한 그릇이 각각 8리, 튀김 같은 건더기를 올린 것은 2전 5리였다. 쇠고기는 보통이 1인분에 4전이고 로스트가 6전이었다. 요세(寄席)[2] 입장료는 3전이나 4전이었다. 학생은 고향에서 매달 7엔 정도를 받으면 중간쯤이었고, 10엔만 받아도 사치스러운 것으로 여겼다.[3]

"도련님도 그 시절이라면 쉽게 대학을 졸업했을 텐데 말이에요"하고 오요네가 말했다.

"형님도 그 시절이라면 무척 살기 편했겠지요"하고 고로쿠가 대답했다.

객실 장지문을 다 발랐을 때는 이미 3시가 지난 시각이었다. 그럭저

---

2 재담, 만담, 야담 등을 들려주는 대중적 연예장.
3 1891년 10월 3일자 《유빈호치신문(郵便報知新聞)》에 메밀국수 한 그릇이 8리에서 1전으로 올랐다는 기사가 실린 것으로 보아 대체로 메이지 20년 전후의 물가로 추정된다.

럭하는 사이에 소스케도 돌아올 것이고 저녁 준비도 해야 해서 두 사람은 일을 마무리하고 풀과 면도칼을 정리했다. 고로쿠는 크게 기지개를 켜고 주먹을 쥐고 자신의 머리를 통통 두드렸다.

"정말 수고했어요. 피곤하죠?" 하며 오요네는 고로쿠의 노고를 치하하며 위로했다. 고로쿠는 그보다 입이 심심했다. 얼마 전 문갑을 가져다주었다며 사카이가 주었다는 과자를 오요네가 찬장에서 꺼내 주어 먹었다. 오요네는 차도 내왔다.

"사카이라는 사람은 대학을 나왔답니까?"

"네, 역시 그런 모양이에요."

고로쿠는 차를 마시며 담배를 피웠다. 잠시 후,

"형님은 봉급이 오른다는 이야기를 아직 안 했나요?" 하고 물었다.

"네, 전혀요" 하고 오요네가 대답했다.

"형님처럼 되면 좋겠어요. 불평이고 뭐고 없으니까요."

오요네는 아무런 대답도 하지 않았다. 고로쿠는 그대로 일어나 작은방으로 들어갔는데 얼마 후 불이 꺼졌다며 화로를 안고 다시 나왔다. 그는 형 집에 신세를 지면서 조금만 지나면 사정이 좀 나아질 거라며 위로한 야스노스케의 말을 믿고 일단 학교는 형식상 휴학 처리를 해두었다.

9

뒤쪽의 집주인 사카이와 소스케 사이에는 문갑이 인연이 되어 생각지도 못한 관계가 맺어졌다. 그때까지는 매달 한 번씩 이쪽에서 기요에게 집세를 들려 보내면 그쪽에서 영수증을 보내는 관계일 뿐이어서 절벽 위에 서양인이 사는 것이나 마찬가지로 이웃 사이의 친밀감은 전혀 없었다.

소스케가 문갑을 가져다준 날 오후 사카이가 말한 대로 형사가 소스케의 집 뒤란과 절벽을 조사하러 왔는데, 그때 사카이도 함께 왔으므로 오요네는 처음으로 말로만 듣던 집주인의 얼굴을 볼 수 있었다. 수염이 없을 거라고 생각했는데 수염을 기르고 있는 것과 자신 같은 사람에게도 의외로 정중한 말씨를 쓰는 것이 오요네에게는 좀 뜻밖이었다.

"여보, 사카이 씨는 역시 수염을 기르고 있었어요" 하고 소스케가 돌아왔을 때 오요네는 일부러 알려주었다.

그러고 나서 이틀도 안 지나 하녀가 사카이의 명함을 넣은 근사한 과자 상자를 들고 고맙다는 말을 전하러 왔는데, 저번에는 여러 가지로 신세를 졌고 감사했다, 아무튼 주인어른이 직접 찾아뵈어야 하는데……, 하는 말을 남기고 돌아갔다.

그날 밤 소스케는 하녀가 가져온 과자 상자 뚜껑을 열고 도만주(唐饅頭)[1]를 볼이 미어지게 입에 넣고는,

"이런 것을 다 보내온 것을 보면 그렇게 인색한 사람도 아닌 모양인데. 다른 집 아이들한테 그네를 타지 말라고 했다는 건 거짓말일 거야" 하고 말했다. 오요네도,

"분명히 거짓말일 거예요" 하고 사카이를 변호했다.

부부와 사카이는 도둑이 들기 전보다 이만큼 더 친밀해졌으나 그 이상 가까워지려는 생각은 소스케의 머리에도, 오요네의 가슴에도 없었다. 이해타산이라는 면에서는 물론이고 단순히 이웃 사이의 교제라든가 진심 어린 교제라는 점에서 봐도 부부는 그 이상 진전시킬 용기가 없었던 것이다. 만약 자연이 이대로 무위의 세월을 몰아간다면 머지않아 사카이는 옛날의 사카이가 되고 소스케는 원래의 소스케가 되어 절벽 위와 아래로 집이 서로 떨어진 것처럼 서로의 마음도 분명히 따로따로 떨어질 것이다.

그런데 그로부터 다시 이틀이 지나고 사흘째가 되는 날 저물녘에 수달 털 옷깃이 달린 따뜻해 보이는 외투를 입고 돌연 사카이가 소스케의 집으로 찾아왔다. 밤중에 손님이 들이닥치는 일이 없는 부부는 조금 당황했지만, 객실로 안내하여 이야기해보니 사카이는 정중하게 저번 일에 대한 고마움을 표한 뒤에,

---

1 설탕, 계란 등을 섞어 반죽한 밀가루 피로 팥소를 싸서 양면을 구운 과자.

"덕분에 잃어버린 물건이 다시 돌아왔습니다" 하면서 흰색의 오글오글한 비단으로 만든 허리띠에 감은 금줄을 풀어 양면이 뚜껑으로 된 금시계를 꺼내 보여주었다.

규칙이라 경찰에 신고하기는 했지만 사실 꽤 오래된 시계라 훔쳐가도 그다지 아깝지 않은 물건이어서 포기하고 있었는데 어제 갑자기 발송인이 불분명한 소포가 와서 뜯어보았더니 자기가 잃어버린 시계가 떡하니 들어 있었다고 한다.

"도둑도 처치하기 곤란했겠지요. 아니면 그다지 돈이 안 되는 거라 어쩔 수 없이 돌려줄 생각을 했는지도 모르고요. 아무튼 희한한 일이지요" 하며 사카이는 웃었다. 그러고 나서,

"저한테는 사실 오히려 그 문갑이 소중한 물건이지요. 할머니가 예전에 귀인의 저택에서 일하던 시절에 받은 물건이라는데, 저한테는 유품 같은 거니까요" 하는 설명도 해주었다.

그날 밤 사카이는 그런 이야기를 두 시간이나 하고 돌아갔는데 상대를 해준 소스케도, 거실에서 듣고 있던 오요네도 그가 이야깃거리가 무척 풍부한 사람이라고 생각하지 않을 수 없었다. 나중에,

"아는 게 참 많은 분이네요" 하고 오요네가 평했다.

"한가하니까 그렇겠지" 하고 소스케가 해석했다.

다음 날 소스케가 관청에서 돌아올 때 전차에서 내려 골목의 고물상 앞에 이르자 예의 그 수달 옷깃을 단 사카이의 외투가 언뜻 눈에 띄었다. 옆얼굴을 길 쪽으로 향하고 가게 주인을 상대로 뭔가 이야기를 하고 있었다. 주인은 커다란 안경을 쓴 채 아래에서 사카이의 얼굴을 올려다보고 있었다. 소스케는 인사를 할 상황이 아닌 것 같아 그대로 지나치려다가 가게 정면에 이르렀을 때 사카이의 눈이 길로 향했다.

"이야, 이거 어젯밤에는 실례가 많았습니다. 퇴근하십니까?" 하고 가볍게 말을 걸어왔으므로 소스케도 인정머리 없이 그냥 지나칠 수도 없어 살짝 걸음을 늦추고 모자를 들어 인사했다. 그러자 사카이는 볼일이 이미 끝난 모양인지 가게에서 나왔다.

"뭘 사시려고요?" 하고 소스케가 묻자,

"아니요, 아무것도" 하고 대답한 채 소스케와 나란히 집 쪽으로 걷기 시작했다. 10미터 남짓 걸었을 때,

"저 늙은이, 꽤 교활한 놈이오. 가잔²의 가짜 그림을 가져와서 팔아먹으려고 해서 지금 엄하게 꾸짖어주던 참이었습니다" 하고 말했다. 소스케는 비로소 이 사카이란 사람도 여유가 있는 사람이 그렇듯이 풍류를 도락으로 삼고 있다는 것을 알았다. 그래서 얼마 전에 팔아치운 호이쓰 병풍도 처음부터 이런 사람에게 보여주었다면 좋았을 거라고 생각했다.

"저 사람은 서화에도 밝습니까?"

"아니, 서화는커녕 쥐뿔도 모르는 놈입니다. 저 가게 꼴을 봐도 알 수 있지 않습니까? 골동품다운 것은 하나도 없어요. 원래가 넝마주이였는데 출세해서 저쯤 되었으니까요."

사카이는 고물상 주인의 내력을 잘 알고 있었다. 단골 채소 가게 영감의 말에 따르면, 사카이의 집안은 옛 막부 시절 어디 수령을 했다고 하는데, 이 부근에서는 가장 오래된 문벌가라고 한다. 에도 막부가 와해되었을 때 슨푸³로 물러나지 않았다든가 아니면 물러났다가 다시

---

2 와타나베 가잔(渡辺崋山, 1793~1841). 에도 후기의 화가, 사상가, 난학자. 서양화풍의 화법을 도입하여 웅혼한 필치의 독자적인 양식을 완성했다. 난학에도 정통해 막부의 양이정책을 비판하다가 고향에 유폐당해 결국 자결했다.

나왔다든가 하는 이야기도 들은 적이 있는 것 같은데, 그것은 소스케의 기억에 확실히 남아 있지 않다.

"어렸을 때부터 장난꾸러기였는데 말이지요, 저놈이 골목대장이 돼서 자주 싸움을 하러 간 적이 있습니다" 하고 사카이는 서로의 어린 시절 일까지 한마디 슬쩍 내비쳤다. 그런데 어째서 가잔의 가짜 그림을 팔아먹으려고 한 거냐고 묻자 사카이는 웃으며 이렇게 설명했다.

"뭐 아버지 대부터 특별히 돌봐주어서 이따금 이것저것 들고 옵니다. 그런데 안목도 없는 주제에 그저 욕심만 부리니 정말 다루기 힘든 놈이지요. 게다가 바로 얼마 전에는 호이쓰 병풍을 샀더니 맛을 들인 걸 겁니다."

소스케는 깜짝 놀랐다. 하지만 도중에 말을 자를 수도 없어 잠자코 있었다. 사카이는 고물상 주인이 그 이후 마음이 동해 자신도 모르는 서화류를 뻔질나게 가져오는 일이며 오사카산(産) 고려자기를 진짜라고 생각하고 소중히 진열해놓은 일을 이야기한 끝에,

"뭐 저런 데서 살 만한 것은 부엌에서 쓰는 밥상이나 기껏해야 쇠 주전자 정도밖에 없지요" 하고 말했다.

그럭저럭하는 사이에 두 사람은 언덕 위로 나왔다. 사카이는 거기서 오른쪽으로 구부러지고 소스케는 아래로 내려가야 했다. 소스케는 좀 더 같이 걸으며 병풍에 대해 물어보고 싶었으나 일부러 돌아가는 것도 이상할 것 같아 그대로 헤어졌다. 헤어질 때,

---

3 스루가노쿠니(駿河國) 슨푸(駿府)는 에도 막부의 직할지로, 지금의 시즈오카 시를 가리킨다. 메이지 유신에 의해 15대 쇼군 도쿠가와 요시노부는 슨푸에 칩거하라는 명령을 받고 물러나고, 70만 석을 하사받은 도쿠가와 이에사토는 도쿠가와 가문의 부흥을 허락받아 16대 종가를 이었다. 슨푸로 물러났다는 것은 구막부 신하들이 요시노부나 이에사토를 따라 시즈오카로 돌아온 것을 말한다.

"조만간 찾아봬도 되겠습니까?" 하고 묻자 사카이는,

"그럼요" 하고 흔쾌히 대답했다.

그날은 바람도 없고 한동안 볕도 났지만, 집에 있으면 추위가 뼛속까지 스며드는 것 같다며 오요네는 일부러 소스케의 옷을 걸쳐놓은 고타쓰를 객실 한가운데에 놓고 남편이 돌아오기를 기다리고 있었다.

올겨울 들어 대낮에 고타쓰를 내놓은 것은 그날이 처음이었다. 밤에는 진작부터 쓰고 있었지만 낮에는 늘 작은방에 놓아뒀다.

"객실 한가운데에 그런 걸 다 내놓고 오늘은 웬일이야?"

"뭐 손님도 안 올 테니까 괜찮잖아요. 작은방에는 도련님이 있어서 놓을 자리도 없는걸요."

소스케는 비로소 자신의 집에 고로쿠가 있다는 것을 의식했다. 오요네가 속옷 위에 따뜻한 방적사 기모노를 걸쳐주어 띠를 칭칭 감았는데,

"여긴 추운 데라 고타쓰라도 놓지 않으면 견딜 수 없어" 하고 말했다. 고로쿠의 방이 된 작은방은 다다미가 깨끗하지 않지만 남쪽과 동쪽이 트여 있어 집 안에서 제일 따뜻한 방이다.

소스케는 오요네가 내온 뜨거운 차를 찻잔에 따라 두 모금쯤 마시고는,

"고로쿠는 있어?" 하고 물었다. 고로쿠는 물론 있을 것이다. 하지만 작은방은 쥐 죽은 듯 조용해서 사람이 있는 것 같지 않다. 오요네가 부르러 일어나려는 것을 볼일이 없으니 됐다며 말리고 소스케는 이불 속으로 파고들어 바로 드러누웠다. 한쪽 입구를 절벽이 가로막고 있는 객실에는 이미 저녁 어스름이 깔리고 있었다. 소스케는 팔베개를 하고 아무 생각도 없이 그저 그 어둡고 좁은 경치를 바라보았다. 그러

자 오요네와 기요가 부엌에서 일하는 소리가 자신과 무관한 이웃이 움직이는 소리처럼 들려왔다. 그러는 사이에 장지문만이 그저 희읍스름하게 소스케의 눈에 비치는 것처럼 방 안이 어두워졌다. 그래도 그는 움직이지 않고 가만히 있었다. 누군가를 불러 남포등을 켜라고 재촉하지도 않았다.

그가 어두운 데서 나와 저녁 밥상 앞에 앉았을 때는 고로쿠도 작은방에서 나와 형과 마주 앉았다. 오요네는 바빠서 깜빡 잊었다며 객실 문을 닫으러 일어섰다. 소스케는 동생에게 저녁이 되면 남포등을 켠다든가 문을 닫는다든가 아무튼 바쁜 형수를 도와주면 좋을 거라고 말하고 싶었으나 얼마 전에야 옮겨온 사람에게 듣기 거북한 말을 하는 것도 좋지 않을 것 같아 그만두었다.

오요네가 객실에서 돌아오기를 기다렸다가 형제는 비로소 밥공기에 손을 가져갔다. 그때 소스케는 드디어 오늘 관청에서 돌아오는 길에 고물상 앞에서 사카이를 만났던 이야기와 사카이가 커다란 안경을 쓴 고물상 주인에게서 호이쓰 병풍을 샀다는 이야기를 했다. 오요네는,

"어머" 하고는 잠시 소스케의 얼굴을 바라보았다.

"그럼 그거네요. 분명히 그거예요."

고로쿠는 처음에는 아무 말도 하지 않았지만 형 부부의 이야기를 들으면서 차차 전후 사정이 명료해지자,

"대체 얼마에 판 건데요?" 하고 물었다. 오요네는 대답하기 전에 잠깐 남편의 얼굴을 쳐다봤다.

식사가 끝나자 고로쿠는 곧장 작은방으로 들어갔다. 소스케는 다시 고타쓰로 돌아갔다. 잠시 후 오요네도 발을 녹이러 들어왔다. 그리고 다음 토요일이나 일요일에는 사카이 집에 가서 일단 병풍을 보고 오

면 좋을 거라는 이야기를 나누었다.

다음 일요일이 되자 소스케는 평소처럼 일주일에 한 번 찾아오는 편한 잠을 실컷 잤기 때문에 오전 한나절을 결국 헛되이 보내고 말았다. 또 머리가 무겁다며 화롯가에 기대고 앉은 오요네는 만사가 다 귀찮기만 한 사람처럼 보였다. 이럴 때 작은방이 비어 있었다면 아침부터라도 들어가 있을 장소가 있을 텐데, 하고 생각하자 소스케는 고로쿠에게 작은방을 내준 일이 결국 오요네의 피난처를 빼앗은 셈이 되어 특히 더 미안한 마음이 들었다.

몸이 안 좋으면 객실에 잠자리를 깔고 눕는 게 좋을 것 같다고 말해도 오요네는 사양하며 쉽사리 응하지 않았다. 그럼 다시 고타쓰라도 내놓는 게 어때, 나도 쬘 테니까, 라고 말하여 결국 기요에게 고타쓰 틀과 이불을 객실로 가져오라고 했다.

고로쿠는 소스케가 일어나기 조금 전에 어디론가 나가서 오늘 아침에는 코빼기도 비치지 않았다. 소스케는 오요네에게 고로쿠가 어디에 갔는지조차 묻지 않았다. 요즘에는 고로쿠와 관련된 말을 꺼내 오요네에게 그 대답을 하게 하는 것이 안쓰러웠다. 오요네가 먼저 동생의 험담이라도 한다면 야단을 치든 위로를 하든 차라리 처신하기 쉬울 것 같다고 생각할 때도 있었다.

점심때가 되어도 오요네는 고타쓰에서 나오지 않았다. 소스케는 차라리 조용히 자게 두는 것이 몸에 좋을 것 같아 살며시 부엌으로 나가 기요에게 잠깐 위쪽의 사카이 집에 갔다 오겠다고 일러두고 평상복 위에 소매가 다 드러나는 짧은 인버네스[4]를 걸치고 밖으로 나갔다.

지금까지 음침한 방에 있었던 탓인지 길거리로 나오자 별안간 마음이 확 밝아졌다. 피부의 근육이 찬바람에 저항하여 일시에 수축하는 듯한 겨울 기분이 예리하게 솟아나는 가운데 어떤 쾌감 같은 것을 느꼈으므로 소스케는 오요네도 저렇게 집에만 있어서는 좋지 않다, 날씨가 좋아지면 잠깐 바깥바람을 쐬게 하지 않으면 몸에 해롭겠다, 고 생각하며 걸었다.

사카이의 집 대문으로 들어서자 현관과 부엌문의 경계를 이루고 있는 산울타리에서 겨울에 어울리지 않는 빨간 것이 눈에 확 띄었다. 옆으로 다가가 일부러 살펴보자 인형에게 입히는 작은 잠옷이었다. 가느다란 대나무를 소매에 끼워 떨어지지 않도록 홍가시나무 가지에 기대어 세운 솜씨가 자못 여자아이다워서 기특하게 여겨졌다. 이런 장난을 할 나이의 딸은 물론이고 아이라고는 키워본 적이 없는 소스케는 이 조그만 빨간 잠옷을 아무렇지 않게 햇볕에 말려놓은 모습을 한동안 서서 바라보았다. 그리고 20년도 더 지난 옛날에 부모가 죽은 누이를 위해 장식한 빨간 히나단(雛段)[5]과 고닌바야시(五人囃)[6], 예쁜 모양의 마른 과자, 그리고 달곰쌉쌀한 시로자케(白酒)[7]를 떠올렸다.

집주인 사카이는 집에 있었지만 식사하는 중이라고 해서 잠시 기다려야 했다. 소스케는 자리에 앉자마자 옆방에서 작은 인형 잠옷을 말린 아이들이 떠들며 노는 소리를 들었다. 하녀가 차를 내오느라 미닫

---

4 소매 대신에 망토가 달린 남성용 외투로 스코틀랜드 인버네스에서 창시된 남성용 외투다. 메이지 시대 초기에 수입되어 일본 옷의 방한용 윗옷으로 개량되어 널리 퍼졌는데, 소스케가 걸친 것도 기장을 길게 하여 일본 옷에 맞게 개량한 것이다.

5 일본에서는 3월 3일 여자아이의 건강과 행복을 빌며 제단에 옛 궁중 의상을 입힌 작은 인형 (히나)들과 여러 가지 물건을 장식한다. 그 행사를 히나마쓰리라고 하고 그때 인형을 장식하는 제단을 히나단이라고 한다.

6 히나마쓰리 때 히나단에 장식하는 인형 중에서 노래를 부르는 인형과 네 가지 악기를 들고 있는 다섯 개의 인형을 말한다.

7 주로 히나마쓰리 때 쓰는 진한 흰색의 달짝지근한 술.

이문을 열자 문 뒤에서 커다란 눈 네 개가 이미 소스케를 훔쳐보고 있었다. 하녀가 화로를 들고 나가자 그 뒤에서 또 다른 얼굴이 보였다. 처음인 탓인지 미닫이문이 열릴 때마다 나타나는 얼굴이 달라서 아이들이 몇 명이나 되는지 가늠할 수가 없었다. 드디어 하녀가 볼일을 다 보고 물러가자 이번에는 누군가 장지문을 3센티미터쯤 빠끔 열고 그 사이로 까맣게 빛나는 눈만 내밀었다. 소스케도 재미있어서 잠자코 손짓을 해보았다. 그러자 장지문을 탁 닫고는 문 너머에서 서너 명이 한꺼번에 까르르 웃음을 터뜨렸다.

얼마 후 여자아이 하나가,

"언니, 우리 또 엄마놀이 하자" 하고 말했다. 그러자 언니인 듯한 아이가,

"응, 오늘은 서양 엄마놀이야. 도사쿠는 아버지니까 파파고 유키코는 엄마니까 마마[8]라고 하는 거야. 알았지?" 하고 설명했다. 그때 또 다른 아이가,

"우습다, 마마래" 하고 말하고 기쁜 듯이 웃었다.

"그래도 나는 항상 할머니였어. 할머니도 서양 이름으로 해야 하는데, 할머니는 뭐라고 하는 거야?" 하고 묻는 아이도 있었다.

"할머니는 역시 바바[9]라고 하면 될 거야" 하고 언니가 다시 설명했다.

그리고 나서 한동안, 실례합니다, 어디서 오셨습니까, 하는 인사말이 활발하게 오갔다. 그중에는 따르릉따르릉하는 전화벨 흉내 내는 소리도 섞여 있었다. 소스케에게는 모든 것이 쾌활하고 신기하게만

---

8 '파파'와 '마마'라는 말은 1900년을 전후한 시기에 일부 가정에 보급된 듯하다. 여기서의 아이들 놀이에는 소세키의 가정이 반영되어 있는 것으로 보인다.

9 바바(婆)는 일본어로 노파, 할멈이라는 뜻이다.

들렸다.

그때 안쪽에서 발소리가 나더니 사카이가 이쪽으로 나온 듯하다가 옆방으로 들어가서는,

"자, 너희는 여기서 떠들면 안 돼. 저쪽으로 가서 놀아라. 손님이 와 계시니까" 하고 아이들을 제지했다. 그러자 누군가가 바로,

"싫어, 아빠. 큰 말 안 사주면 저쪽으로 안 갈 거야" 하고 대답했다. 작은 남자아이의 목소리였다. 아직 어린 탓인지 혀가 제대로 돌아가지 않아 항변하는 데 자못 오랜 시간이 걸렸다. 소스케는 특히 그런 점이 재미있었다.

사카이가 자리에 앉아 오래 기다리게 해서 실례했다며 사과하는 동안 아이들은 멀리 가버렸다.

"시끌벅적한 게 아주 좋습니다" 하고 소스케가 지금 자신이 느낀 것을 그대로 말하자 사카이는 그 말을 인사치레로 받아들인 모양인지,

"이야, 이거 보시는 것처럼 난잡한 꼴을 보여드려서 원" 하고 변명 같은 대답을 했는데, 그것을 실마리로 아이들 치다꺼리에 엄청나게 손이 많이 가서 애를 먹고 있다는 등 이런저런 이야기를 소스케에게 들려주었다. 그중에서 예쁜 중국제 꽃바구니 속에 조개탄을 가득 담아 도코노마에 장식했다는 우스운 이야기와 사카이의 편상화 안에 물을 담아 금붕어를 넣었다는 장난이 소스케의 귀에는 무척 새롭게 들렸다. 하지만 여자아이가 많아서 옷을 해 입히는 데 돈이 많이 든다거나 이 주일이나 여행을 하고 돌아와서 보니 어느새 아이들 키가 3센티미터씩 자라서 어쩐지 쫓기는 듯한 심정이 들었다거나 조금만 있으면 시집보낼 준비로 무척 분주할 뿐 아니라 아마 살림이 거덜 날 거라는 등의 이야기는, 아이가 없는 소스케에게는 그만큼의 동정을 일으

킬 수 없었다. 오히려 사카이가 입으로는 아이들을 귀찮아하는 것 같아도 얼굴이나 태도에서는 조금도 힘들어하는 기색이 보이지 않는 것이 부러울 뿐이었다.

적당한 때를 가늠하여 소스케는 저번에 이야기한 병풍을 잠깐 보여줄 수 있겠느냐고 사카이에게 부탁했다. 사카이는 곧바로 알았다며 손뼉을 쳐서 하녀를 불러 창고에 보관해둔 병풍을 꺼내오도록 했다. 그리고 소스케를 보며,

"바로 이삼일 전까지만 해도 저기에 세워두었는데 아까 그 아이들이 병풍 뒤에 모여 별의별 장난을 다 치는 바람에 흠이라도 생기면 큰일이다 싶어 보관해두었지요" 하고 말했다.

소스케는 사카이의 이 말을 들었을 때 수고를 끼치면서까지 새삼 병풍을 보겠다는 것이 미안하기도 하고 성가시기도 했다. 사실 그의 호기심은 그 정도로 많지는 않았다. 일단 남의 소유가 된 물건은 설사 원래 자신의 것이었든 아니든 그 사실을 밝혀봐야 실제로는 아무 소용도 없는 일이다.

하지만 병풍은 소스케가 부탁한 대로 곧 안쪽에서 툇마루를 따라 옮겨져 그의 눈앞에 나타났다. 그리고 그것은 예상대로 바로 얼마 전까지 자신의 객실에 세워져 있던 물건이었다. 이 사실을 발견했을 때 소스케의 머리에는 이렇다 할 큰 감동도 일지 않았다. 다만 자신이 지금 앉아 있는 다다미의 색깔이나 천장의 곧은 나뭇결, 도코노마의 장식물, 맹장지의 무늬를 배경으로 병풍을 세워놓고 보니, 게다가 하녀 둘이 달려들어 창고에서 소중히 꺼내온 상황을 덧붙여 생각하니 자신이 갖고 있던 때보다 확실히 열 배 이상은 귀한 물건처럼 보일 뿐이었다. 그는 당장 할 말을 찾을 수 없어 공연히 낯익은 물건에 새롭지도

않은 시선을 고정하고 있었다.

사카이는 소스케를 어느 정도 감식안이 있는 사람이라고 오해했다. 일어나면서 병풍 가장자리에 손을 얹고 소스케의 얼굴과 병풍을 번갈아 보고 있었는데, 소스케가 쉽게 평을 하지 않자,

"이건 내력이 분명한 겁니다. 출처가 출처니까요" 하고 말했다. 소스케는 그저,

"아, 그렇군요"라고만 말했다.

사카이는 곧 소스케의 뒤로 돌아와 손가락으로 여기저기를 가리키면서 품평인지 설명인지를 했다. 그중에는 과연 다이묘(大名)[10]인 만큼 좋은 물감을 아낌없이 쓴 것이 이 화가의 특징이라 색이 참으로 근사하다는, 소스케로서는 금시초문이었지만 일반적으로 널리 알려진 평도 꽤 섞여 있었다.

소스케는 적당한 때를 가늠하여 정중하게 고마움을 표한 다음 원래 자리로 돌아갔다. 사카이도 방석 위에 앉았다. 그리고 이번에는 들길이나 하늘 운운하는 시구며 서체에 대해 이야기하기 시작했다. 소스케가 보기에 사카이는 서예에도 하이쿠에도 대단한 흥미를 갖고 있었다. 언제 머릿속에 이런 정도의 지식을 쌓아두었을까 하는 생각이 들 만큼 모든 것에 소양이 있는 사람 같았다. 소스케는 자신이 부끄러워 되도록 말을 적게 하려고 그저 상대의 이야기에만 애써 귀를 기울였다.

사카이는 손님이 이 방면에 별 흥미가 없다는 것을 알고 다시 그림 이야기로 돌아갔다. 쓸 만한 것은 없지만 원한다면 소장하고 있는 화첩이나 족자를 보여줄 수 있다고 친절하게 물어왔다. 소스케는 모처

---

10 넓은 영지를 가진 무사, 특히 에도 시대에는 봉록이 1만 석 이상의 무가(武家)를 가리켰다.

럼의 호의를 거절할 수 없었다. 그 대신 소스케는 실례인 줄 압니다만, 이라는 말을 깔고 이 병풍을 얼마에 구입했느냐고 물었다.

"뭐 의외로 싸게 산 물건이지요. 80엔에 샀습니다" 하고 주인은 바로 대답해주었다.

소스케는 사카이 앞에 앉아 이 병풍에 대한 모든 것을 털어놓을지 말지 여러 가지로 생각했지만, 문득 다 밝히는 것도 재미있겠다 싶어 결국 실은 여차여차하다고 지금까지 있었던 일의 전말을 자세히 이야기하기 시작했다. 사카이는 이따금 저런, 허 그거 참, 하며 놀란 듯한 말을 하며 듣고 있었는데, 나중에는,

"그럼 당신은 특별히 서화를 좋아해서 보러 온 것이 아니군요" 하며 자신이 오해한 일을, 자못 재미있는 경험이라도 된다는 듯이 웃어댔다. 동시에 그렇다면 자신이 직접 소스케로부터 적당한 가격에 넘겨받았으면 좋았을 텐데 아쉽게 되었다고 했다. 마지막으로 골목의 고물상 주인을 심하게 비난하며 괘씸한 놈이라고 했다.

소스케와 사카이는 이 일로 상당히 친해졌다.

10

 그 후 작은집의 숙모나 야스노스케는 소스케의 집에 한 번도 찾아
오지 않았다. 소스케도 물론 나카로쿠반초에 갈 여유가 없었다. 또 그
럴 만한 흥미도 없었다. 친척이라고는 하지만 두 집에는 각기 다른 해
가 빛나고 있었다.

 다만 고로쿠는 이따금 이야기하러 들르는 모양이었는데, 그것도 그
리 자주 발길을 하는 것은 아닌 것 같았다. 게다가 그는 돌아와서 작
은집의 소식을 오요네에게 거의 이야기하지 않는 것이 보통이었다.
오요네는 이를 고로쿠의 고의적인 처사라고 의심하기도 했다. 하지만
자신이 작은집에 대해 특별한 이해관계를 느끼지 않는 이상, 오요네
는 작은집의 동정을 듣지 않는 것이 오히려 기뻤다.

 그래도 때로는 고로쿠와 형의 대화를 통해 그쪽의 상황을 주워듣는
일도 있었다. 일주일쯤 전에 고로쿠는 형에게 야스노스케가 또 새로
운 발명품의 응용에 고심하고 있다는 이야기를 했다. 그것은 잉크를
사용하지 않고도 선명한 인쇄물을 만들 수 있다는, 언뜻 듣기만 해도

굉장히 편리한 기계에 관한 거였다. 화제의 성격에서 봐도 자신과는 아무런 관련이 없는 어려운 일이어서 오요네는 평소처럼 잠자코 있었는데, 소스케는 남자인 만큼 얼마간 호기심이 발동한 모양인지 어떻게 잉크를 사용하지 않고 인쇄가 가능한 거냐고 캐물었다.

전문적인 지식이 없는 고로쿠는 물론 정밀한 대답을 할 수 없었다. 그는 단지 야스노스케로부터 들은 얘기를 기억나는 대로 열심히 설명했다. 이 인쇄술은 최근 영국에서 발명한 것인데, 근본적으로 말하면 역시 전기를 이용하는 것에 지나지 않았다. 전기의 한 극을 활자와 연결시켜놓고 다른 한 극을 종이로 통하게 해 그 종이를 활자 위로 누르기만 하면 바로 인쇄할 수 있다고 고로쿠가 설명했다. 색은 보통 검은색이지만 적당히 처리하면 빨간색이나 파란색으로도 되기 때문에 인쇄를 할 경우에는 물감을 말리는 시간이 생략되는 것만으로도 무척 편리하고 이를 신문에 응용하면 잉크나 잉크롤[1] 비용을 절약할 수 있는 데다 전체적으로 말하면 적어도 종래의 수고를 4분의 1쯤 줄일 수 있게 되는 점에서 봐도 아주 전도유망한 사업이라고 고로쿠는 또 야스노스케에게서 들은 이야기를 그대로 되풀이했다. 그리고 그 유망한 전도를 야스노스케가 이미 수중에 쥔 듯한 말투였다. 또한 유망한 야스노스케의 미래에는 마찬가지로 유망한 자신의 그림자가 포함되어 있다는 듯이 눈을 반짝였다. 그때 소스케는 평소의 태도로, 오히려 평온하게 동생이 하는 말을 듣고 있었는데, 다 듣고 난 후에도 특별히 이렇다 할 비평은 하지 않았다. 소스케가 보기에 실제로 이런 발명은 진짜인 것 같기도 하고 거짓말 같기도 해서 결국 그것이 세상에서 활

---

1 인쇄에 사용하는 원통형의 회전봉.

용될 때까지는 찬성도 반대도 할 수 없었던 것이다.

"그럼 가다랑어잡이 배는 이제 그만둔 거예요?" 하고 지금까지 잠자코 있던 오요네가 비로소 입을 열었다.

"그만둔 건 아니지만 그건 아무리 편리하다고 해도 비용이 상당히 많이 들어서 아무나 설치할 수는 없다고 합니다" 하고 고로쿠가 대답했다. 고로쿠는 얼마간 야스노스케의 이해를 대변하는 듯한 말투였다. 그러고 나서 세 사람 사이에 한동안 대화가 이어졌는데 마지막에는,

"역시 뭘 하든 그렇게 잘되는 건 아닐 거야" 하는 소스케의 말과,

"사카이 씨처럼 돈이 있어서 노는 게 제일 좋은 것 같아요" 하는 오요네의 말을 듣고 고로쿠는 다시 자신의 방으로 돌아갔다.

이런 기회에 이따금 작은집 소식이 귀에 들어오는 일은 있지만, 그외에는 뭘 하고 사는지 서로 전혀 모른 채 지내는 날이 많았다.

어느 날 오요네는 소스케에게 이런 걸 물었다.

"고로쿠 도련님은 야스노스케 도련님을 찾아갈 때마다 용돈이라도 받는 건 아닐까요?"

지금까지 고로쿠에 대해 그렇게까지 주의를 기울이지 않았던 소스케는 돌연 이런 질문을 받고 곧바로 "그건 왜?" 하고 반문했다. 오요네는 잠깐 망설이다가,

"왜냐하면 요즘 술을 마시고 들어오는 일이 잦거든요" 하고 알려주었다.

"야스노스케가 그 발명이나 돈벌이 이야기를 할 때 들어준 대가로 한턱내는지도 모르지" 하고 말하며 소스케는 웃었다. 이야기는 더 이상 진전되지 않고 거기서 끝났다.

그로부터 사흘째 되는 날 저녁, 고로쿠는 또 밥때가 지났는데도 돌

아오지 않았다. 한참을 기다리던 소스케가 끝내 배고프다고 말하더니, 잠깐 목욕이라도 가서 시간을 보내는 게 어떠냐며 고로쿠에게 마음을 쓰는 오요네를 개의치 않고 밥을 먹기 시작했다. 그때 오요네는 남편에게,

"고로쿠 도련님에게 술 좀 그만 마시라고 당신이 말 좀 하면 안 될까요?" 하는 말을 꺼냈다.

"그렇게 타일러야 할 정도로 마시는 거야?" 하고 소스케는 다소 뜻밖이라는 표정을 지었다.

오요네는 그 정도는 아니라고 변호해야 했다. 하지만 실제로는 아무도 없는 대낮에 불콰한 얼굴로 돌아오는 것이 불안했던 것이다. 소스케는 그대로 내버려두었다. 하지만 마음속으로는 과연 오요네의 말처럼 어디서 돈을 빌리거나 받아서 별로 좋아하지도 않는 술을 일부러 마시는 게 아닐까 하고 의심했다.

그러는 사이에 해는 점점 기울어 밤이 세계의 3분의 2를 차지하는 연말이 다가왔다. 날마다 바람이 불었다. 그 소리를 듣는 것만으로도 생활이 음울해지는 것 같았다. 고로쿠는 작은방에 틀어박혀 하루를 보내는 게 도저히 견딜 수 없었다. 차분히 생각하면 할수록 마음이 쓸쓸해져 더 이상 배겨낼 수 없었다. 거실로 나가 형수와 이야기를 하는 것은 더욱 싫었다. 어쩔 수 없이 밖으로 나갔다. 그리고 친구 집을 돌아다니며 걸었다. 친구도 처음에는 평소의 고로쿠를 대하는 것처럼 젊은 학생들이 하고 싶어 하는 재미있는 이야기를 실컷 했다. 하지만 그런 이야기가 바닥이 나도 고로쿠는 또 찾아왔다. 그래서 결국에는 친구가, 고로쿠는 심심한 나머지 찾아와 이야기의 복습에 빠져 있는 놈이라고 평했다. 가끔은 학교 공부의 예습이나 연구에 쫓기고 있는 분주

한 몸인 척해 보였다. 고로쿠는 친구로부터 그렇게 무사태평한 게으름뱅이로 취급받는 것을 몹시 불쾌하게 생각했다. 하지만 집에서는 독서도 사색도 전혀 할 수 없었다. 요컨대 고로쿠 연배의 청년들이 어엿한 사람이 되는 단계로서 수양해야 할 것, 힘써야 할 것은 내부의 동요나 외부의 속박으로 인해 전혀 손에 잡히지 않았던 것이다.

그래도 차가운 비가 사선으로 내리거나 눈 녹은 길이 몹시 질퍽거릴 때는 옷을 적시지 않으면 안 되고 버선[2]에 튄 흙탕물을 말리지 않으면 안 되는 번거로움 때문에 아무리 고로쿠라고 해도 때에 따라서는 외출을 미루는 일이 있었다. 그런 날은 실제로 무척 난처한지 때때로 작은방에서 어슬렁어슬렁 나와 화로 옆에 앉아 차를 따라 마셨다. 그리고 거기에 오요네라도 있으면 세상 돌아가는 이야기 한두 가지쯤 하기도 했다.

"도련님, 술 좋아해요?" 하고 오요네가 물은 일이 있다.

"이제 곧 설이네요. 도련님은 오조니[3]에 든 떡을 몇 개나 드세요?" 하고 물은 일도 있다.

그런 일이 몇 차례 거듭되면서 두 사람 사이는 시나브로 가까워졌다. 나중에는 형수님 여기 좀 꿰매주세요, 하며 고로쿠가 먼저 오요네에게 부탁하게도 되었다. 그리고 오요네가 비백 무늬 하오리를 받아 소맷부리의 터진 곳을 꿰매는 사이에 고로쿠는 아무것도 하지 않고 옆에 앉아 오요네의 손끝을 바라보고 있었다. 상대가 남편이라면 언제까지고 묵묵히 바늘을 움직이겠지만 상대가 고로쿠일 때는 그렇게

---

2 다비(足袋)라고 하는, 엄지발가락과 둘째 발가락 사이가 갈라져 있는 일본식 버선을 말한다.

3 우리의 떡국과 비슷한 설음식. 육수와 떡 모양은 지방에 따라 다른데 도쿄에서는 닭고기 육수에 네모난 모양의 떡을 넣는다.

내버려둘 수 없는 것이 또 그녀의 성격이었다. 그러므로 그런 때에는 애써 이야기를 했다. 고로쿠가 걸핏하면 입에 올리는 화제는 앞으로 어떻게 하면 좋을까 하는 자신의 미래에 대한 걱정이었다.

"하지만 도련님은 아직 젊잖아요? 뭘 하든 지금부터예요. 그렇게 비관해야 할 사람은 형님 같은 사람이에요."

오요네는 두 번쯤 이런 식으로 위로했다. 세 번째에는,

"내년에는 야스노스케 도련님이 어떻게든 해준다고 보증해주지 않았나요?" 하고 물었다. 그러자 고로쿠는 애매한 표정을 지으며,

"그거야 야스노스케 형 말대로 계획한 일이 잘만 된다면 간단하겠지만, 찬찬히 생각해보니까 어쩐지 믿을 수 없다는 생각이 들어서요. 가다랑어잡이 배도 그다지 돈을 벌지 못한 것 같거든요" 하고 말했다. 오요네는 고로쿠가 낙담하는 모습을 보고, 때로 술기운이 가시지 않은 채 돌아오는, 어딘가 살기를 띤, 게다가 뭐가 그렇게 화가 나는지 이유를 알 수 없으며 몹시 불만스러워하던 모습을 떠올리며 마음속으로 딱하기도 하고 우습기도 했다. 그런 때는,

"정말 그러네요. 형님이라도 돈이 있으면 어떻게든 해드릴 텐데" 하고 겉치레 말도 뭐도 아닌 동정의 뜻을 표했다.

그날 저물녘이던가, 고로쿠는 또 차가운 몸을 외투로 감싸고 나갔다가 8시가 지나 돌아와서는 소맷자락에서 가늘고 긴 하얀색 봉지를 형 부부 앞에 꺼내놓으며, 추워서 소바가키[4]라도 만들어 먹을까 싶어서, 작은집에 갔다 돌아오는 길에 사왔다고 말했다. 그리고 오요네가 뜨거운 물을 끓이는 동안 국물을 만든다며 열심히 가다랑어포를 깎

---

4 메밀가루를 뜨거운 물에 반죽하여 경단 모양으로 만들고 수제비처럼 끓이거나 간장에 찍어 먹는 음식.

았다.

그때 소스케 부부는 야스노스케의 결혼이 결국 봄으로 연기되었다는 최근 소식을 들었다. 그 혼담은 야스노스케가 학교를 졸업한 직후에 들어온 것인데, 고로쿠가 보슈 반도에서 돌아와 숙모에게 학비 지급을 거절당했을 때는 이미 혼담이 상당히 진행되고 있었다. 정식 통지가 오지 않아 언제 혼담이 성사되었는지 소스케는 전혀 모르고 있었다. 그저 이따금 작은집에 가서 뭔가를 주워듣고 오는 고로쿠를 통해서만 그는 연내에 식을 올릴 신혼부부를 상상했다. 그 외에는 고로쿠를 통해 신부의 아버지가 회사원이고 유복하게 살고 있다는 것, 신부가 조갓칸(女學館)⁵을 졸업했다는 것, 형제가 많다는 것만 들었을 뿐이다.

"예뻐요?" 하고 오요네가 물은 적이 있다.

"뭐, 예쁜 편이지요" 하고 고로쿠가 대답했다.

그날 저녁 소바가키가 익는 동안의 화제는 왜 올해 안에 식을 올리지 않는가 하는 것이었다. 오요네는 방위(方位)라도 나쁜 걸 거라고 추측했다. 소스케는 연말이 다가와 잡을 만한 날이 없기 때문이라고 생각했다. 고로쿠 혼자만이,

"역시 물질적인 필요에서인 것 같습니다. 잘은 몰라도 그쪽이 상당히 화려한 집안이라서 작은어머니도 그렇게 간단히 식을 치를 수 없는 거겠지요" 하고 평소와 달리 살림살이에 찌든 말을 했다.

---

5 당시 고지마치 구(지금의 지요다 구)에 있던 귀족적 분위기의 여학교로, 양가의 자녀가 다니는 명문교로 유명했다.

11

오요네가 시름시름 앓기 시작한 것은 가을이 반쯤 지나 단풍이 검 붉게 오그라들 무렵이었다. 교토에 있을 때와 달리 히로시마에서도 후쿠오카에서도 건강한 날을 보낸 기억이 별로 없는 오요네는 그 점 에서만 보면 도쿄로 돌아오고 나서도 여전히 행복하다고는 할 수 없 었다. 이 여자에게는 태어난 고향의 물이 몸에 맞지 않는 모양이라고 의심하려면 할 수도 있을 만큼 오요네는 한때 고생한 적도 있었다.

그래도 요즘은 점차 안정되어 소스케가 마음을 졸이는 일도 일 년 에 몇 번 손에 꼽을 정도로 줄었기 때문에 소스케는 관청에 출퇴근하 면서, 그리고 오요네는 남편이 없는 집에서 다 같이 안심하고 시간을 보낼 수 있었다. 그러므로 올가을이 저물고 엷은 서리를 스치는 바람 이 모질게 살갗을 파고드는 계절이 되어 다시 몸이 시나브로 안 좋아 져도 오요네는 별로 걱정하지 않았다. 처음에는 소스케에게 알리지도 않았다. 소스케가 알아채고 의사에게 진찰을 받아보라고 권해도 쉽사 리 병원에 가지 않았다.

그즈음 고로쿠가 집으로 옮겨왔다. 소스케는 남편인 만큼 오요네의 체질이나 정신 상태를 잘 알고 있어서 그 무렵의 오요네를 관찰하고는 가능한 한 사람 수를 늘려 집 안을 혼잡스럽게 하고 싶지 않았지만, 어쩔 수 없는 사정이라 돼가는 대로 내버려두는 수밖에 다른 도리가 없었다. 그저 입으로만 되도록 안정을 취하지 않으면 안 된다는 모순된 조언만 했다. 오요네는 미소를 지으며,

"괜찮아요" 하고 말했다. 이 대답을 듣자 소스케는 더욱 안심할 수 없었다. 그런데 신기하게도 오요네는 고로쿠가 옮겨오고 나서 훨씬 활기차 보였다. 자신에게 조금이라도 책임이 더해졌기 때문에 긴장해서인지 오히려 평소보다 부지런하게 남편이나 고로쿠의 시중을 들었다. 그것이 고로쿠에게는 전혀 전해지지 않았지만 소스케는 오요네가 전보다 얼마나 더 애를 쓰고 있는지 잘 알 수 있었다. 소스케는 마음속으로 이렇게 충실한 아내에게 새삼 고마움을 느끼는 동시에 이렇게 너무 긴장하다가 졸지에 몸이 상하는 소동이라도 일어나지 않을까 걱정했다.

불행히도 이런 걱정이 세밑인 20일이 지나면서[1] 돌연 현실로 나타나 소스케는 예상했던 공포에 불이 붙은 것처럼 몹시 당황했다. 그날은 땅에 분명히 비치지 않는 하늘이 아침부터 겹겹이 포개져 묵직한 추위가 종일 사람들 머리를 내리누르고 있었다. 오요네는 전날 밤에 또 잠을 설쳐 제대로 쉬지 못한 머리를 안고 참으며 일을 시작했는데 일어나거나 움직일 때마다 머리에 다소 고통을 느꼈지만 비교적 환한 외부의 자극에 잊힌 때문인지 가만히 누워서 머리만 말똥말똥한 채

---

1 『문』 이야기는 첫머리의 화창한 가을의 어느 일요일인 1909년 10월 31일에 시작되었고, 여기까지 약 두 달의 시간이 흘렀다.

느끼는 고통보다는 차라리 견디기 쉬웠다. 아무튼 남편을 배웅할 때까지 잠시 견디면 여느 때처럼 진정될 거라고 생각하며 참고 있었다. 그런데 소스케가 나가고 자신의 의무를 일단락 지었다는 생각에 마음이 해이해진 탓인지 흐린 날씨가 슬슬 오요네의 머리를 공격하기 시작했다. 하늘을 보니 얼어붙어 있는 것 같고, 집 안에 있으면 음침한 장지문을 통해 추위가 스며드는 것 같은데도 오요네의 머리는 몹시 달아올랐다. 하는 수 없이 아침에 개켜놓은 이불을 다시 끄집어내 객실에 펴고 드러누웠다. 그래도 견딜 수 없어서 기요에게 물수건을 가져오라고 해서 머리에 올렸다. 그것이 금방 미지근해져 아예 머리맡에 대야를 가져다놓고 이따금 적셨다 짜서 다시 올렸다.

점심때까지 이런 임시방편으로 끊임없이 이마를 식혀봤으나 전혀 나아질 기미가 보이지 않았다. 오요네는 고로쿠를 위해 일부러 일어나 함께 밥을 먹을 기력도 없었다. 기요에게 밥상을 차려 고로쿠에게 가져가게 하고 자신은 여전히 이부자리를 떠나지 못하고 있었다. 그리고 평소 남편이 베는 부드러운 메밀 베개를 가져다달라고 해서 딱딱한 베개²와 바꿔 벴다. 여성스럽게 머리가 흐트러지는 것을 신경 쓸 여유조차 오요네에게는 없었던 것이다.

고로쿠는 작은방에서 나와 잠깐 미닫이문을 열고 오요네를 들여다보았으나 오요네가 거의 도코노마 쪽을 향한 채 눈을 감고 있어 잠이 들었다고 생각해서인지 한마디도 하지 않고 다시 살며시 문을 닫았다. 그리고 혼자 큰 밥상을 차지하고 처음부터 후루룩거리며 오차즈케³를 먹었다.

2 당시의 여성들은 틀어 올린 머리 모양이 흐트러지지 않도록 만들어진 딱딱하고 높은 베개를 벴다.

2시쯤 되어 오요네는 가까스로 설핏 잠이 들었는데 잠에서 깨고 나니 이마에 올려놓은 물수건이 거의 말라버릴 정도로 따뜻해져 있었다. 그 대신 머리는 조금 가뿐해졌다. 다만 어깨에서 등줄기에 걸쳐 전체적으로 묵직한 느낌이 새로 더해졌다. 오요네는 어떻게든 영양을 보충하지 않으면 해롭겠다는 생각에 혼자 일어나 늦은 점심을 가볍게 먹었다.

"기분은 좀 어떠세요?" 하고 기요가 식사 시중을 들면서 자꾸만 물었다. 오요네는 상당히 좋아져서 잠자리를 치우게 하고 화로 옆에 앉아 소스케가 돌아오기를 기다렸다.

소스케는 평소와 같은 시각에 돌아왔다. 간다 거리에서는 가게마다 깃발을 세우고 벌써 연말 대매출을 시작했다느니 간코바에서는 홍백의 휘장을 치고 악대가 분위기를 띄우고 있다는 이야기를 한 뒤,

"아주 요란해. 한번 가봐. 뭐 전차를 타고 가면 문제없으니까" 하고 권했다. 그리고 자신은 추위에 부식된 것처럼 벌건 얼굴을 하고 있었다.

오요네는 소스케가 이렇게 친절하게 대해주자 어쩐지 자신의 몸이 좋지 않다는 걸 차마 호소할 수 없는 심정이었다. 실제로 그렇게까지 고통스럽지도 않았다. 그래서 여느 때처럼 아무렇지 않은 얼굴로 옷을 갈아입는 남편을 거들거나 양복을 개키면서 밤을 맞았다.

그런데 9시 가까이 되자 돌연 소스케에게 몸이 좀 안 좋으니 먼저 자겠다고 말했다. 그때까지 평소대로 기분 좋게 이야기를 나누고 있었던 만큼 소스케는 그 말에 좀 놀랐으나 별일 아니라는 오요네의 말을 듣고서야 간신히 안심하고 곧 잠잘 준비를 하게 했다.

3 뜨거운 녹차에 만 밥. 일본인은 숟가락을 사용하지 않고 공기에 직접 입을 대고 젓가락으로 긁어 넣으면서 먹기 때문에 후루룩거리는 소리가 크게 난다.

오요네가 잠자리에 들고 나서 20분가량 소스케는 쇠 주전자에서 물 끓는 소리를 귓가로 들으며 조용한 밤을 남포등 불빛에 비춰보고 있었다. 그는 내년에 일반 관리의 봉급이 오른다는 소문을 떠올렸다. 또 그 전에 개혁이나 감원이 있을 거라는 소문에도 생각이 미쳤다. 그리고 자신은 어느 쪽에 속하게 될까 하는 생각에 걱정도 되었다. 그는 자신을 도쿄로 불러준 스기하라가 지금도 여전히 본청에 있지 않은 것이 유감스러웠다. 그는 도쿄로 옮겨오고 나서 신기하게도 아직 병을 앓아본 적이 없었다. 따라서 한 번도 결근계를 낸 적이 없다. 학교를 중도에 그만둔 이래 책은 거의 읽지 않아서 학문은 남보다 못하겠지만 관청에서 하는 일에 지장이 있을 정도의 두뇌는 아니었다.

그는 여러 가지 사정을 종합해서 생각해본 뒤 뭐, 괜찮겠지 하고 속으로 결론지었다. 그리고 손톱 끝으로 쇠 주전자의 가장자리를 가볍게 두드렸다. 그때 객실에서,

"여보, 잠깐만요" 하는 오요네의 고통스러운 목소리가 들려 자기도 모르게 벌떡 일어섰다.

객실로 가서 보니 오요네는 미간을 찌푸리고 오른손으로 자신의 어깨를 누르면서 가슴까지 이불 밖으로 내밀고 있었다. 소스케는 거의 기계적으로 그 부위로 손을 내밀었다. 그리고 오요네가 누르고 있는 손 위로 뼈대를 꼭 붙잡았다.

"좀 더 뒤쪽이요" 하고 오요네가 호소하듯이 말했다. 소스케의 손이 오요네가 원하는 부위를 찾기까지는 두 번이고 세 번이고 이리저리 위치를 바꾸어야 했다. 손가락으로 눌러보니 목덜미와 어깨가 이어지는 데서 등 쪽으로 살짝 치우친 부위가 돌처럼 딱딱하게 굳어 있었다. 오요네는 남자의 힘으로 힘껏 그곳을 눌러달라고 부탁했다. 소스케의

이마에서 땀이 배어 나왔다. 그래도 오요네가 만족할 만큼의 힘이 나오지 않았다.

소스케는 옛말로 하야우치카타(早打肩)[4]라고 하는 병을 기억하고 있었다. 어렸을 때 할아버지로부터 들은 이야기로는, 어떤 사무라이가 말을 타고 길을 가는데 갑자기 이 하야우치카타가 일어나자 곧바로 말에서 뛰어내려 순식간에 단도를 꺼내 어깻죽지를 베어 피를 뽑아냈기 때문에 위태로운 고비에서 목숨을 건졌다고 했는데, 그 이야기가 지금 기억 속에서 선명하게 한 점으로 떠올랐다. 그때 소스케는 이거 안 되겠다 싶었다. 하지만 과연 칼로 어깨의 살을 찔러도 될지 판단이 서지 않았다.

오요네는 여느 때와 달리 상기되어 귀까지 빨개져 있었다. 머리에 열이 나느냐고 묻자, 열이 난다고 고통스럽게 대답했다. 소스케는 큰 소리로 기요를 불러 얼음주머니에 찬물을 넣어오라고 시켰다. 공교롭게도 얼음주머니가 없어서 기요는 아침과 마찬가지로 대야에 수건을 담아왔다. 기요가 머리를 식혀주는 동안 소스케는 여전히 힘껏 어깨를 누르고 있었다. 이따금 좀 나아졌느냐고 물어도 오요네는 희미하게 아프다고만 할 뿐이었다. 소스케는 몹시 불안했다. 과감하게 직접 뛰어나가 의사를 불러오려고 했지만 그사이에 어떻게 될까 싶어 한 발짝도 떨어지지 않았다.

"기요, 얼른 나가서 얼음주머니 사오고 의사 좀 불러와. 아직 이른 시간이니까 자지 않고 있을 거야."

기요가 곧장 일어나 거실 시계를 보고는,

4 갑자기 어깨가 아프고 심장박동이 빨라지다 졸도하는 병.

"9시 15분이에요" 하면서 그대로 부엌문으로 돌아 바스락바스락 게 다를 찾고 있는데 때마침 밖에서 고로쿠가 돌아왔다. 평소대로 형에 게 인사도 하지 않고 자기 방으로 들어가려는 것을 소스케가 "야, 고 로쿠!" 하고 거칠게 불러 세웠다. 고로쿠는 거실에서 약간 머뭇거리고 있다가, 형이 다시 연달아 두 번이나 큰 소리로 부르자 마지못해 낮은 목소리로 대답하며 미닫이문 안으로 얼굴을 내밀었다. 아직 술이 깨 지 않아 눈가가 불그스름했다. 고로쿠는 방 안을 들여다보고 나서야 비로소 깜짝 놀란 모습으로,

"어떻게 된 거예요?" 하며 일시에 취기가 확 가신 듯한 표정을 지었다.

소스케는 기요에게 말한 대로 다시 고로쿠에게 되풀이하며 빨리 가 라고 재촉했다. 고로쿠는 외투도 벗지 않고 곧장 현관으로 되돌아갔다.

"형님, 병원까지 가는 것은 아무리 서둘러도 시간이 걸리니까 사카 이 씨 전화를 빌려 얼른 오도록 부탁하는 게 어떨까요?"

"그래. 그렇게 해" 하고 소스케는 대답했다. 그리고 고로쿠가 돌아 올 때까지 기요에게 몇 번이고 대야의 물을 갈아오게 하며 열심히 오 요네의 어깨를 꼭 누르기도 하고 주무르기도 했다. 고통스러워하는 오요네를, 아무것도 하지 않은 채 그저 바라보고 있을 수만은 없어 이 렇게라도 하면서 자신의 마음을 달래고 있었던 것이다.

이때의 소스케에게는 이제나저제나 의사가 오는 것만을 기다리는 마음만큼 괴로운 것도 없었다. 그는 오요네의 어깨를 주무르면서도 끊임없이 바깥 소리에 주의를 기울였다.

드디어 의사가 왔을 때는 비로소 날이 확 밝은 것 같은 기분이 들 었다. 의사는 직업이 직업인 만큼 조금도 당황하는 기색을 보이지 않 았다. 작은 손가방을 옆으로 끌어당기고는 차분한 태도로 만성병 환

자라도 다루듯이 느긋하게 진찰했다. 다급해하지 않는 의사의 안색을 옆에서 지켜보는 것만으로도 두근거리던 가슴이 차츰 진정되었다.

의사는 응급수단으로 겨자를 환부에 바를 것, 발을 습포로 따뜻하게 할 것, 그리고 머리를 얼음으로 식힐 것을 소스케에게 당부했다. 그리고 자신이 직접 겨자를 물에 개서 오요네의 어깨에서 목덜미에 발라주었다. 습포는 기요와 고로쿠가 맡았다. 소스케는 이마에 얹은 수건 위에 얼음주머니를 갖다 댔다.

이럭저럭하는 사이에 한 시간이나 지났다. 의사는 잠깐 경과를 보고 가겠다며 그때까지 오요네의 머리맡에 앉아 있었다. 이따금 세상 돌아가는 이야기도 나눴지만 대체로 두 사람 다 말없이 오요네의 용태를 지켜보는 일이 많았다. 여느 때처럼 밤은 조용히 깊어갔다.

"꽤 춥네요" 하고 의사가 말했다. 소스케는 미안한 마음이 들어서 앞으로 주의할 사항을 자세히 물어본 다음 사양치 말고 이제 돌아가시라고 권했다. 마침 오요네가 조금 전보다 상당히 좋아졌기 때문이다.

"이제 괜찮을 겁니다. 한 번 복용할 약을 드리고 갈 테니 오늘 밤에 드시게 하십시오. 아마 푹 잘 수 있을 겁니다" 하는 말을 남기고 의사는 돌아갔다. 고로쿠는 바로 그의 뒤를 따라 나갔다.

고로쿠가 약을 받으러 간 사이에 오요네는,

"지금 몇 시예요?" 하고 물으면서 머리맡의 소스케를 올려다보았다. 저녁때와는 달리 뺨에 핏기가 가신 탓인지 남포등 불빛에 비친 곳이 특히 창백했다. 소스케는 검은머리가 흐트러진 탓인가 싶어 일부러 귀밑머리를 쓸어 올려주었다. 그러고는,

"좀 나아졌지?" 하고 물었다.

"네, 아주 편해졌어요" 하고 오요네는 평소대로 미소를 지어 보였

다. 대체로 오요네는 힘들 때도 소스케에게 미소 짓는 것을 잊지 않았다. 거실에서는 기요가 푹 엎드린 채 코를 골고 있었다.

"기요한테 방에 가서 자라고 하세요" 하고 오요네가 소스케에게 부탁했다.

고로쿠가 약을 받아 돌아와서 의사가 말한 대로 약을 먹인 것은 그럭저럭 자정에 가까운 시각이었다. 그러고 나서 20분도 지나지 않아 환자는 새근새근 잠이 들었다.

"괜찮은 상태야" 하고 소스케가 오요네의 얼굴을 보며 말했다. 고로쿠도 잠시 형수의 모습을 지켜보고 있다가,

"이제 괜찮겠지요" 하고 대답했다. 두 사람은 얼음주머니를 이마에서 내렸다.

얼마 후 고로쿠는 자신의 방으로 돌아갔다. 소스케는 오요네 옆에 잠자리를 펴고 여느 때처럼 누웠다. 대여섯 시간 후 겨울밤은 송곳 같은 서리를 품고 환하게 밝아왔다. 그러고 나서 한 시간쯤 지나자 대지를 물들이는 태양이 막힌 것 없는 창공으로 거침없이 떠올랐다. 오요네는 아직 새근새근 자고 있었다.

곧 아침식사를 마치고 드디어 출근할 시간이 다가왔다. 하지만 오요네는 잠에서 깨어날 낌새를 보이지 않았다. 소스케는 머리맡에 쭈그리고 앉아 깊은 숨소리를 들으며 출근할지 말지 고민했다.

12

아침나절에는 관청에서 평소와 다름없이 사무를 봤지만 이따금 어젯밤의 광경이 떠올랐고 자연스럽게 오요네의 병이 마음에 걸려 일이 제대로 손에 잡히지 않았다. 때로는 이상한 실수까지 저질렀다. 소스케는 점심시간을 기다려 과감히 집으로 달려갔다.

전차 안에서는 오요네가 언제쯤 깨어났을까, 깨어난 후에는 기분이 좀 나아졌을까, 이제 발작을 일으킬 염려는 없을까, 하고 나쁘지 않은 생각만 떠올렸다. 평소와 달리 승객이 아주 적은 시간에 탔기 때문에 소스케는 주위의 자극에 신경을 쓸 필요가 거의 없었다. 그래서 자유롭게 머릿속에 떠오르는 그림을 몇 장이고 그려보았다. 그러는 사이에 전차는 종점에 닿았다.

집 문간에 이르니 집 안은 쥐 죽은 듯 조용하여 마치 아무도 없는 것 같았다. 현관의 격자문을 열고는 구두를 벗고 현관으로 들어가도 나오는 사람이 없었다. 소스케는 여느 때처럼 툇마루에서 거실로 가지 않고 곧장 맨 앞에 있는 미닫이문을 열고 오요네가 자고 있는 객실로 들어갔다. 들어가 보니 오요네는 여전히 자고 있었다. 머리맡의 붉은 쟁반에 가루약 봉지와 컵이 놓여 있고 그 컵에 담긴 물이 반쯤 남아 있는 것도 아침과 같았다. 머리를 도코노마 쪽으로 향하고 있고 왼쪽 뺨과 겨자를 바른 목덜미가 살짝 보이는 것도 아침과 같았다. 숨소리 외에는 현실 세계와 교섭이 없는 듯이 여겨지는 깊은 잠도 아침에 본 그대로였다. 모든 것이 오늘 아침에 나갈 때 머릿속에 담아두었던 광경과 조금도 달라지지 않았다. 소스케는 외투도 벗지 않고 위에서 몸을 구부려 색색거리는 오요네의 숨소리를 한참이나 듣고 있었다. 오요네는 쉽사리 깨어날 것 같지 않았다. 소스케는 어젯밤 오요네가 가루약을 먹고 난 이후의 시간을 손가락으로 헤아려보았다. 그러고는 곧 불안한 기색을 얼굴에 드러냈다. 어젯밤까지는 잠들 수 없는 것이 걱정이었지만 이렇게 오랫동안 정신없이 자는 것을 직접 보니 자는 것이 뭔가 잘못된 게 아닐까 하는 생각이 들기 시작했다.

소스케는 이불에 손을 대고 두세 번 가볍게 오요네를 흔들었다. 오요네의 머리가 메밀 베개 위에서 물결치는 듯이 움직였지만 오요네는 여전히 새근새근 자고 있었다. 소스케는 오요네를 놔두고 거실을 지나 부엌으로 나갔다. 개수대의 작은 통 안에 밥공기와 옻칠한 그릇이 씻기지 않은 채 물에 담겨 있었다. 하녀 방을 들여다보니 기요가 자기 앞에 작은 밥상을 놓고 밥통에 기댄 채 엎드려 있었다. 소스케는 다시 작은방 문을 열고 얼굴을 들이밀었다. 고로쿠가 이불을 머리끝까지 뒤집어쓴 채 자고 있었다.

소스케는 혼자 옷을 갈아입고 벗은 양복도 남의 손을 빌리지 않고 스스로 개켜 벽장에 넣었다. 그러고 나서 화로에 불을 지펴 물 끓일 준비를 했다. 2, 3분 화로에 기대고 생각에 잠겼다가 곧 일어나 우선 고로쿠부터 깨우러 갔다. 다음에는 기요를 깨웠다. 둘 다 놀라서 벌떡 일어났다. 고로쿠에게 오늘 아침부터 지금까지 오요네가 어떤 상태였는지 묻자, 실은 너무 졸려서 11시 반쯤에 밥을 먹고 잤는데 그때까지는 오요네도 잘 자고 있었다고 했다.

"의사한테 가서 말이야, 어젯밤 지어준 약을 먹고 자기 시작해서 지금까지도 일어나지 않는데, 그래도 괜찮은 거냐고 물어보고 올래?"

"예."

고로쿠는 간단히 대답하고 나갔다. 소스케는 다시 객실로 가서 오요네의 얼굴을 찬찬히 들여다보았다. 깨우지 않으면 안 좋을 것 같고 그렇다고 깨우면 몸에 해로울 것 같은, 아무튼 분별이 서지 않아 갈피를 잡지 못하는 마음으로 팔짱을 꼈다.

곧 고로쿠가 돌아와서 의사는 마침 왕진을 가려던 참이었는데 사정을 이야기했더니 그러면 앞으로 한두 집 들렀다가 바로 오겠다고 했다는 말을 전했다. 소스케는 의사가 올 때까지 이렇게 내버려둬도 괜찮을까 하고 고로쿠에게 되물었지만, 의사가 그 말 말고는 아무 말도 하지 않았다고 해서 어쩔 수 없이 원래대로 머리맡에 가만히 앉아만 있었다. 그리고 마음속으로 의사도 고로쿠도 너무 불친절하다고 느꼈다. 더군다나 어젯밤 오요네를 간병하고 있을 때 돌아온 고로쿠의 얼굴이 떠오르자 더욱 불쾌해졌다. 고로쿠가 술을 마신다는 것은 오요네가 말해줘서야 알았지만, 그 후 동생의 모습을 주의해서 살펴보니 아니나 다를까 어쩐지 불성실한 구석이 있는 것 같아 언제 한번 따끔하게 혼을 내지 않으면 안 되겠다고 생각하고 있었다. 하지만 오요네에게 두 사람의 좋지 않은 모습을 보이는 것이 미안해서 오늘까지 일부러 삼가고 있었던 것이다.

'혼을 내려면 오요네가 잠들어 있는 지금이 적기다. 지금이라면 쌍 방이 아무리 듣기 거북한 말을 격하게 한다고 해도 오요네의 신경을 거스를 염려는 없을 것이다.'

여기까지 생각했지만 지각이 없는 오요네의 얼굴을 보니 또 그쪽이 마음에 걸려 당장이라도 깨우고 싶은 마음이 들어 그만 결정을 내리 지 못하고 머뭇거리고만 있었다. 그제야 마침내 의사가 왔다.

어젯밤에 들고 왔던 그 작은 가방을 또 주의 깊게 옆으로 끌어당겨 놓고 천천히 엽궐련을 피우면서 소스케가 하는 말을 예, 예, 하며 듣 고 있다가, 어디 한번 볼까요, 하며 오요네 쪽으로 고쳐 앉았다. 그는 보통 때처럼 환자의 맥박을 짚고 오랫동안 자신의 시계를 들여다보 았다. 그러고 나서 까만 청진기를 심장 위에 댔다. 그리고 여기저기로 주의 깊게 움직였다. 마지막에는 동그란 구멍이 난 반사경을 꺼내며 소스케에게 촛불을 켜달라고 말했다. 소스케는 촛불이 없어 기요에게 남포등을 켜라고 했다. 의사는 잠들어 있는 오요네의 눈을 억지로 벌 리고 세세하게 반사경 빛을 속눈썹 안쪽에 모았다. 진찰은 그것으로 끝났다.

"약이 너무 셌나 봅니다" 하고 말하고 소스케 쪽으로 돌아앉았는데, 소스케의 안색을 보자마자 곧바로,

"하지만 걱정할 일은 아닙니다. 이런 경우에 혹시라도 나쁜 결과가 일어난다면 분명히 심장이나 뇌에 영향을 미치는데 지금 본 바로는 양쪽 다 별 이상이 보이지 않으니까요" 하고 설명해주었다. 소스케는 그제야 안심했다. 의사는 다시 자신이 쓴 수면제가 비교적 새로운 거 라 이론상 다른 수면제처럼 유해하지 않으며 또 그 효과가 환자의 체 질에 따라 상당한 차이가 난다는 말을 남기고 돌아갔다. 돌아갈 때 소

스케는,

"그럼 깨어날 때까지 푹 자게 놔둬도 괜찮겠습니까?" 하고 물었더니 의사는 특별히 볼일이 없으면 깨울 필요는 없을 거라고 대답했다.

의사가 돌아간 뒤 소스케는 갑자기 배가 고팠다. 거실로 나가자 조금 전에 올려둔 쇠 주전자의 물이 끓고 있었다. 기요를 불러 밥상을 내오라고 하자 기요는 난처한 표정을 지으며 아직 아무 준비도 되어 있지 않다고 대답했다. 아니나 다를까 저녁을 먹기에는 이른 시각이었다. 소스케는 화롯가에 책상다리를 하고 편안히 앉아 무장아찌를 씹으면서 뜨거운 물에 만 밥을 연달아 네 공기나 그러넣었다. 그러고 나서 30분쯤 지나자 오요네가 스스로 잠에서 깨어났다.

13

　새해맞이 준비를 할 생각으로 소스케는 오랜만에 이발소 문턱을 넘었다. 세밑이어선지 손님이 꽤 북적거려 싹둑싹둑하는 가위 소리가 두세 군데서 동시에 울렸다. 이 추위를 억지로 이겨내고 하루라도 빨리 새해를 맞이하려고 안달하는 듯한 거리의 움직임을 방금 막 보고 와서인지, 그 가위 소리는 자못 조급한 울림이 되어 소스케의 고막을 때렸다.

　잠시 난로 옆에서 담배를 피우며 기다리는 동안 소스케는 자신이 자신과 무관한 세상의 활동에 마지못해 휩쓸려 어쩔 수 없이 해를 보내야 하는 사람처럼 느껴졌다. 설을 코앞에 둔 그는 실제로 이렇다 할 새로운 희망이 없는데도 공연히 주위에 휩쓸려 왠지 술렁거리는 기분에 젖어 있었던 것이다.

　드디어 오요네의 발작이 진정되었다. 지금은 여느 때처럼 밖에 나와 있어도 그다지 집안일이 마음에 걸리지 않을 정도가 되었다. 다른 집에 비하면 조용하고 차분한 새해 준비도 오요네의 입장에서는 일

년에 한 번 있는 분주한 일임에는 틀림없기 때문에 어쩌면 예년 같은 준비를 하지 않고 평소보다 간소하게 해를 넘길 각오를 한 소스케는, 되살아난 듯이 산뜻한 아내의 모습을 보고 끔찍한 비극이 한발 물러났을 때처럼 가슴을 쓸어내렸다. 그러나 그 비극이 또 언제 어떤 모습으로 자신의 가족을 덮쳐올지 모른다는 막연한 불안감이 이따금 그의 머릿속에 안개처럼 드리워졌다.

세밑에 무슨 일이 벌어지기를 바란다고밖에 생각되지 않는 세상 사람들이 일부러 짧은 해를 밀어내고 싶어 안달하는 모습을 보면서 소스케는 더욱더 그 막연한 공포에 사로잡혔다. 할 수만 있다면 자신만은 음침하고 어두운 섣달 안에 혼자 남아 있고 싶은 생각마저 들었다. 드디어 차례가 되어 차가운 거울 속에서 자신의 모습을 발견했을 때 그는 문득 이자는 대체 어떤 자일까 하며 바라보았다. 머리 아래는 새하얀 천으로 싸여 자신이 입고 있는 옷의 색깔도 줄무늬도 전혀 보이지 않았다. 그때 이발소 주인이 키우고 있는 작은 새가 새장 속에 들어 있는 것이 거울 속에 비쳤다. 새가 가로대 위에서 폴짝거리며 움직였다.

머리에 향기 나는 기름을 바르고 뒤로 활기찬 인사말을 들으며 밖으로 나왔을 때는 그래도 기분이 개운했다. 오요네가 권한 대로 머리를 자른 것이 결국 기분 전환 효과가 있었다는 것을 소스케는 차가운 공기 속에서 자각했다.

수도 요금 문제로 잠깐 문의할 일이 있어 소스케는 돌아가는 길에 사카이의 집에 들렀다. 하녀가 나와서 이쪽으로 오시라고 해서 저번처럼 객실로 안내하나 싶었는데 그곳을 그냥 지나쳐 거실로 안내했다. 그러자 거실의 미닫이문이 60센티미터쯤 열려 있고 그 안에서 서너 명의 웃음소리가 들려왔다. 사카이의 가정은 여전히 활기찼다.

사카이는 광택이 좋은 직사각형의 목제 화로 너머에 앉아 있었다. 부인은 화로를 떠나 툇마루의 장지문 쪽으로 살짝 다가가 역시 이쪽을 향하고 있었다. 사카이 뒤에는 길쭉하고 까만 틀에 끼워 넣어진 벽시계가 걸려 있었다. 시계 오른쪽은 벽이고 왼쪽에는 찻장이 놓여 있었다. 하리마제(張交)[1], 탁본, 하이가(俳畵)[2], 살을 뺀 부채에 그린 그림 등이 보였다.

사카이와 부인 외에 같은 무늬의 통소매 겉옷을 걸친 여자아이 둘이 어깨를 비벼대며 앉아 있었다. 한쪽은 열두세 살, 다른 쪽은 열 살쯤으로 보였다. 둘 다 커다란 눈으로 미닫이문 뒤에서 들어온 소스케를 보았는데, 아직도 두 아이의 눈가와 입가에는 방금 전까지 웃었던 흔적이 그대로 남아 있었다. 소스케는 일단 방 안을 둘러보고, 이 부녀 외에 또 한 사람의 묘한 남자가 입구에서 가장 가까운 자리에 단정히 앉아 있는 것을 발견했다.

소스케는 앉아서 5분도 안 되어 조금 전의 웃음소리가 이 이상한 사내와 사카이의 가족 사이에 주고받은 문답에서 나왔다는 사실을 알았다. 사내는 모래 먼지로 껄끔거릴 것 같은 붉은 머리카락과 햇볕에 타서 평생 옅어지지 않을 것 같은 아주 짙은 피부색을 갖고 있었다. 사기 단추가 달린 흰 무명 셔츠를 입고 집에서 짠 뻣뻣한 솜을 넣은 무명옷 목덜미에서 돈주머니 끈 같은 길쭉한 끈이 늘어뜨려진 모습은, 좀처럼 도쿄 같은 데로 나올 기회가 없는 두메산골에 사는 사람

---

1 에도 시대에 그려진 우키요에 양식 중 하나. 한 장의 판화에 여러 가지 형태나 종류의 그림을 배치한 우키요에를 가리킨다.
2 하이쿠를 찬(贊)한 간략한 그림.

으로밖에 보이지 않았다. 게다가 사내는 이렇게 추운데도 무릎을 조금 내놓고 빛바랜 감색의 두툼한 무명 허리띠 뒤쪽에 찬 수건을 빼서는 코밑을 훔쳤다.

"이쪽은 가이(甲斐)에서 옷감을 짊어지고 일부러 도쿄까지 나오는 사람입니다" 하고 사카이가 소개하자 사내는 소스케 쪽을 향해,

"나리, 부디 하나 팔아주셔유" 하고 인사했다.

아니나 다를까 거칠게 짠 비단이며 오글쪼글한 비단이며 흰 명주 등이 거실 안에 온통 널려 있었다. 소스케는 행색이나 이상한 말투에 비해 사내가 훌륭한 물건을 짊어지고 다니는 것이 오히려 신기했다. 사카이 부인의 설명에 따르면 이 옷감 장수가 살고 있는 마을은 불에 달구어진 돌뿐이기 때문에 쌀도 조도 나지 않아 어쩔 수 없이 뽕나무를 심어 누에를 친다고 하는데, 상당히 가난한 곳인 모양인지 괘종시계가 있는 집이 한 집뿐이고 고등소학에 다니는 아이도 셋뿐이라고 했다.

"글자를 쓸 수 있는 사람은 이 사람뿐이래요" 하며 부인은 웃었다. 그러자 옷감 장수도 "정말 그렇구먼유, 마님. 읽고 쓰고 셈할 줄 아는 사람도 저밖에 없으니께유. 참말로 징한 곳이지유" 하고 진지하게 부인의 말을 긍정했다.

옷감 장수는 여러 가지 옷감을 사카이나 부인 앞으로 내밀고는 "사주셔유" 하는 말을 자꾸만 되풀이했다. 너무 비싸다, 얼마로 깎아달라고 하자 "그건 값도 아니구먼유"라든가 "부탁이니께 꼭 좀 사주셔유"라든가 "잘 쳐드릴 거구먼유" 하고 한결같이 시골티가 나는 이상한 대답만 했다. 그때마다 모두가 웃음을 터뜨렸다. 또 사카이 부부는 한가한 모양인지 재미 삼아 언제까지고 옷감 장수를 상대하고 있었다.

"이봐요, 그렇게 짐을 지고 밖으로 나가서 때가 되면 역시 밥을 먹겠지요?" 하고 부인이 물었다.

"밥을 안 먹으면 못 살지유. 배가 고프니께유."

"어디서 먹어요?"

"어디서 먹느냐구유, 그야 찻집(茶屋)[3]에서 먹지유."

사카이는 웃으면서 찻집이란 뭐하는 데냐고 물었다. 옷감 장수는 밥을 먹는 데가 찻집이라고 대답했다. 그러고 나서 도쿄로 갓 올라왔을 때는 밥이 너무 맛있어서 단단히 벼르고 먹기 시작하면 대부분의 여관에서는, 더 이상 참을 수 없다, 그렇게 몇 번씩이나 먹으면 곤란하다, 고 했다는 이야기를 해서 또다시 모두가 웃음을 터뜨렸다.

옷감 장수는 결국 꼰 실로 짠 명주와 흰 여름 견직물 한 필을 부인에게 강매했다. 소스케는 세밑이 다가왔는데 여름 견직물을 사는 사람을 보고 여유 있는 사람은 역시 다르구나 하고 혀를 내둘렀다. 그러자 사카이가 소스케를 보며,

"어떻습니까? 오신 김에 뭔가 하나, 부인의 평상복 옷감이라도" 하고 권했다. 부인도 이런 기회에 사두면 얼마쯤 싸게 살 수 있어서 좋다고 말했다. 그러고는,

"뭐 돈은 아무 때나 줘도 좋습니다" 하고 보증하고 나섰다. 소스케는 결국 오요네를 위해 거칠게 짠 비단 한 필을 사기로 했다. 사카이는 3엔으로 값을 여지없이 깎아주었다.

옷감 장수는 값을 깎아준 다음에 다시,

"정말 값이 아니구먼유. 울고 싶어지네유" 해서 또 다 같이 웃었다.

---

3 차나 과자를 팔며 휴식할 수 있는 곳. 일본에서 중세부터 근대에 걸쳐 일반적이었던 휴게소의 한 형태였다. 나중에는 술집이나 유곽 같은 역할을 하는 곳도 생겼다.

옷감 장수는 어디를 가나 이런 촌스러운 말을 쓰며 다니는 것 같았다. 날마다 단골집을 돌아다니는 동안 등에 짊어진 짐이 점점 가벼워지고 끝내는 감색 보자기와 무명 끈만 남는다. 그럴 즈음에는 마침 구정이 다가오기 때문에 일단 고향으로 돌아가 산골에서 구정을 보내고 다시 새로운 옷감을 잔뜩 짊어지고 나온다고 했다. 그리고 누에치기에 바쁜 4월 말이나 5월 초까지는 그 옷감을 다 돈으로 바꿔 다시 후지 산 북쪽 기슭의 불에 달구어진 돌뿐인 작은 마을로 돌아간다는 것이다.

"우리 집에 오기 시작한 지도 벌써 4, 5년이 되는데 언제 봐도 똑같은 게 전혀 달라지지 않았다니까요" 하고 부인이 말했다.

"사실 보기 드문 사람이지요" 하고 사카이도 평을 보탰다. 사흘만 밖에 안 나가면 동네 길이 어느새 넓혀져 있고 하루만 신문을 안 읽어도 전차가 개통된 것도 모르고 지내기 쉬운 요즘 세상에 1년에 두 번이나 도쿄에 나오면서 이렇게 언제까지고 산사람의 특색을 유지하는 것은 정말 보기 드문 일임에 틀림없었다. 소스케는 이 옷감 장수의 용모며 태도며 복장이며 말투를 유심히 관찰하며 일종의 가엾음을 느꼈다.

소스케는 사카이의 집을 나와 집으로 돌아오는 길에도 이따금 인버네스의 망토 속에 안고 온 거칠게 짠 비단 꾸러미를 바꿔 들며 그것을 3엔이라는 싼값에 판 남자의 허술한 무명 솜옷의 줄무늬와 부수수한 붉은 머리카락, 기름기 없는 그 뻣뻣한 머리카락이 어쩐 일인지 머리 한가운데서 보기 좋게 좌우로 갈라진 모습을 계속해서 눈앞에 떠올렸다.

집에서는 오요네가 소스케에게 설빔으로 입힐 하오리를 드디어 다 만들어 방석 밑에 넣고 누름돌 대신 자신이 그 위에 앉아 있는 참이었다.

"여보, 오늘 밤에 깔고 주무세요" 하며 오요네는 소스케를 돌아보았다. 남편으로부터 사카이의 집에 와 있던 가이 지방 사내의 이야기를 들었을 때는 오요네도 큰 소리로 웃었다. 그리고 소스케가 가져온 비단의 줄무늬와 바탕을 질리지도 않고 바라보고는, 정말 싸네요, 하고 말했다. 거칠게 짠 비단은 질이 아주 좋은 것이었다.

"그렇게 싸게 팔아서 대체 수지가 맞는 걸까요?" 하고 오요네가 끝내 물었다.

"중간에서 포목점이 너무 많이 남긴다는 거지 뭐" 하고 소스케는 그쪽 사정에 훤한 사람처럼 이 비단 한 필로 미루어 짐작하여 대답했다.

그리고 나서 부부의 이야기는 사카이의 생활에 여유가 있다는 것과 그렇기 때문에 골목의 고물상 등에게 뜻밖의 돈을 벌게 해주는 한편 어쩌면 그런 옷감 장수 등으로부터 당장에 필요도 없는 물건을 싼값에 사두는 편의도 누릴 수도 있다는 것으로 옮겨갔다가 끝내는 무척 활기차고 떠들썩한 그 가정의 모습으로 화제를 바꿨다. 소스케는 그때 돌연 어조를 바꿔,

"뭐 돈이 있어서만은 아니지. 일단 아이들이 많으니까 말이야. 아이만 있으면 가난한 집도 대개는 활기가 넘치는 법이거든" 하고 오요네에게 일깨워주었다.

그렇게 말하는 투에서 자신들의 쓸쓸한 생활을 다소 자책하는 듯한 쓸쓸한 분위기가 느껴져 오요네는 무심코 무릎 위의 옷감에서 손을 떼고 남편의 얼굴을 쳐다봤다. 소스케는 사카이의 집에서 사온 물건이 오요네의 취향에 맞아서 오랜만에 아내를 기쁘게 해주었다는 자각이 있을 뿐, 특별히 거기까지는 주의가 미치지 못했다. 오요네도 잠깐

소스케의 얼굴을 쳐다봤을 뿐 그때는 아무 말도 하지 않았다. 하지만 밤이 되어 잘 시간까지 오요네는 그 일을 일부러 미뤄두었던 것이다.

두 사람은 평소와 마찬가지로 10시가 지나 잠자리에 들었는데, 남편이 아직 깨어 있을 때를 가늠하여 오요네는 소스케 쪽을 향해 말했다.

"여보, 아까 아이가 없으면 쓸쓸해서 못쓴다고 말했잖아요?"

소스케는 일반적인 의미에서 그 비슷한 말을 한 기억은 분명히 있었다. 하지만 그것은 딱히 자신들의 신상에 대해 오요네의 주의를 끌기 위해 일부러 입에 올린 말이 아니었기 때문에 이렇게 정색을 하며 추궁하고 나오자 난감하지 않을 수 없었다.

"뭐, 우리 집을 두고 한 말은 아니야."

이런 대답을 들은 오요네는 잠시 입을 다물었다. 이윽고,

"하지만 우리 집이 늘 쓸쓸하다고 생각하니까 필경 그런 말을 한 거겠지요" 하고 앞에서 말한 것과 거의 비슷한 물음을 되풀이했다. 소스케는 물론 그렇다고 대답하지 않으면 안 되는 생각을 평소 머릿속에 갖고 있었다. 하지만 오요네의 심정을 배려한다면 감히 그렇다고 노골적으로 털어놓을 수는 없었다. 간신히 병상을 털고 일어난 아내의 마음을 편하게 해주기 위해서는 오히려 그것을 농담으로 돌리고 웃어버리는 것이 좋을 거라고 생각하여,

"그야 쓸쓸하지 않은 건 아니지" 하고 어조를 바꿔 되도록 쾌활하게 말했지만, 거기서 말문이 막혀 새로운 문구도, 재미있는 말도 쉽사리 떠오르지 않았다. 어쩔 수 없이,

"뭐 괜찮아. 걱정하지 마" 하고 말했다. 오요네는 다시 아무 대답도 하지 않았다. 소스케는 화제를 바꿔보려고,

"어젯밤에도 불이 났잖아" 하고 세상 이야기를 꺼냈다. 그러자 오요

네는 불쑥,

"저는 정말 당신한테 죄송해서⋯⋯" 하고 안타깝다는 듯이 변명 비슷한 말을 하고는 다시 입을 다물어버렸다.

남포등은 여느 때처럼 도코노마 위에 놓여 있었다. 오요네가 등불을 등지고 있어 소스케는 그녀의 얼굴 표정을 확실히 볼 수 없었지만 그 목소리는 다소 울먹이는 것 같았다. 지금까지 천장을 보고 드러누워 있던 그는 바로 아내 쪽으로 돌아누웠다. 그리고 어둑한 그림자가 된 오요네의 얼굴을 가만히 바라보았다. 오요네도 어둠 속에서 가만히 소스케를 보고 있었다. 그러고는,

"진작부터 당신한테 털어놓고 사과해야지, 사과해야지 하는 생각만 하고 있었는데, 그만 말하기 힘들어서 그냥 그대로 두고 있었어요" 하고 띄엄띄엄 말했다. 소스케는 그게 무슨 뜻인지 전혀 알 수 없었다. 히스테리 탓인가 하는 생각도 조금 들었지만 전혀 그렇게만 단정할 수도 없어서 잠시 멍하니 있었다. 그러자 오요네가 골똘히 생각하고는 뭔가 결심한 듯이,

"저는 아이가 생길 가망이 전혀 없어요" 하고 딱 잘라 말하고는 흐느끼기 시작했다.

소스케는 이 가련한 고백을 어떻게 위로해야 좋을지 몰라 당혹스러워하면서도 오요네가 가엾다는 생각이 더욱 커졌다.

"아이 같은 건 없어도 되잖아. 윗집의 사카이 씨 집처럼 줄줄이 태어나보라고, 옆에서 보고 있기도 딱해. 꼭 유치원 같거든."

"하지만 하나도 못 낳는다는 걸 알면 당신도 좋지 않을 거 아니에요."

"아직 못 낳는다고 정해진 것도 아니잖아? 앞으로 생길지도 모르는 일이고."

오요네는 더욱 흐느끼기 시작했다. 소스케도 어찌할 바를 모른 채 발작이 진정되기만을 조용히 기다렸다. 그리고 차분히 오요네의 설명을 들었다.

부부는 사이좋게 같이 지낸다는 점에서는 그 누구보다 성공했으나 아이에 대해서는 평범한 이웃들보다 불행했다. 그것도 처음부터 아이가 들어서지 않았다면 또 모르겠지만, 길러내야 할 아이를 도중에 잃었기 때문에 불행하다는 느낌도 더욱 깊었다.

처음으로 아이를 가진 것은 둘이서 교토를 떠나 히로시마에서 가난한 살림을 꾸려가고 있던 때였다. 임신했다는 사실을 알았을 때 오요네는 그 새로운 경험에 대해 두려운 미래와 기쁜 미래를 한꺼번에 꿈꾸는 듯한 심정으로 하루하루를 보냈다. 소스케는 그 임신을 눈에 보이지 않는 사랑의 힘에 일종의 확증이 될 만한 형태를 부여해준 것이라고 혼자 해석하며 적잖이 기뻐했다. 그리고 자신이 생명을 불어넣은 살덩어리가 눈앞에서 춤출 날을 손꼽아 기다렸다. 그런데 태아는 부부의 기대를 저버리고 다섯 달째에 돌연 유산되고 말았다. 그 무렵 부부의 생활은 힘들고 고통스러운 나날의 연속이었다. 소스케는 유산한 오요네의 창백한 얼굴을 바라보며 이것도 필경 살림이 궁핍해서 생긴 일이라고 판단했다. 그리고 애정의 결과가 가난 때문에 무너져 내려 아주 오랫동안 손에 쥘 수 없게 된 것을 안타까워했다. 오요네는 하염없이 울었다.

후쿠오카로 이사하고 얼마 안 되었을 때 오요네는 다시 신 음식을 찾았다. 한 번 유산하면 습관이 된다는 말을 들어서 오요네는 만사에 주의하며 조신하게 행동했다. 그 덕인지 경과는 지극히 순조롭게 진행되었는데 어찌 된 일인지 이렇다 할 이유도 없이 아기가 달을 다 채

우지 못하고 태어나고 말았다. 산파는 고개를 갸웃하며 일단 의사한테 보이라고 권했다. 의사의 진찰을 받자 발육이 충분하지 않으니 인공적으로 밤낮의 실내 온도를 일정한 수준으로 따뜻하게 유지해야 한다고 말했다. 소스케의 능력으로는 실내에 난로를 설치하는 것만도 쉬운 일이 아니었다. 부부는 시간과 돈이 허락하는 한에서 정성을 다해 갓난아기의 생명을 지켰다. 하지만 모든 것은 허사로 돌아갔다. 일주일 후 두 사람의 피를 나눠 받은 사랑의 덩어리는 끝내 차가워지고 말았다. 오요네는 죽은 갓난아기를 껴안고,

"어떡해요" 하며 흐느껴 울었다. 소스케는 두 번째 충격을 남자답게 받아들였다. 차가운 몸뚱이가 재가 되고 그 재가 다시 검은 흙이 될 때까지 푸념 한마디 하지 않았다. 그러는 사이에 언제부터인가 두 사람 사이에 끼어 있던 그림자 같은 것도 점차 멀어졌고 머지않아 거의 사라져버렸다.

그러자 세 번째 기억이 되살아났다. 소스케가 도쿄로 옮겨온 그해에 오요네가 또 임신을 했던 것이다. 도쿄로 올라올 당시는 몸이 상당히 쇠약해져 있어서 오요네는 물론이고 소스케도 그 점을 몹시 걱정했지만, 두 사람 다 이번에는 기필코 하는 마음이 있어서 하루하루 의욕적인 나날을 무사히 보내고 있었다. 그런데 바로 다섯 달째에 들어 오요네는 또 뜻밖의 실수를 하고 말았다. 그 무렵에는 아직 수도가 없어서 아침저녁으로 하녀가 우물가에 가서 물을 길어오고 빨래를 해야 했다. 어느 날 오요네는 뒤꼍에 있는 하녀에게 시킬 일이 있어 우물가의 그릇 씻는 곳 옆에 놓인 대야 옆까지 가서 이야기를 하고는 그런 김에 그 건너편으로 건너가려고 하다가 푸른 이끼가 끼어 있는 젖은 바닥에 엉덩방아를 찧고 말았다. 오요네는 아차 싶었으나 자신의

부주의에 면목이 없어 소스케에게는 일부러 아무 말도 않고 넘겼다. 하지만 시간이 지나도 그 일이 태아의 발육에 이렇다 할 영향을 미치지 않았고, 따라서 자신의 몸에도 조금의 이상도 일으키지 않았다는 것을 확신한 다음에야 비로소 오요네는 안심하고 과거의 실수를 새삼 소스케에게 털어놓았다. 물론 소스케는 아내를 타박할 뜻이 없었다. 다만,

"조심하지 않으면 위험해" 하고 온화하게 말하고 넘어갔다.

그럭저럭하는 사이에 달이 찼다. 드디어 출산일이 임박했을 때 소스케는 관청에 가면서도 오요네가 자꾸 마음에 걸렸다. 퇴근할 때는 늘 오늘 집을 비운 사이에 혹시 하는 걱정스러운 마음으로 집의 현관 격자문 앞에 섰다. 이렇게 반쯤 기대하고 있던 갓난아이 울음소리가 들리지 않으면 오히려 무슨 일이라도 생긴 것 같아 서둘러 집 안으로 뛰어 들어가는 자신의 경솔함을 부끄럽게 여기곤 했다.

다행히 오요네가 산기를 보인 것은 소스케가 바깥에 볼일이 없는 한밤중이었다. 옆에 붙어 있으며 보살필 수 있다는 점에서 무척 좋은 상황이었다. 산파도 넉넉히 시간에 맞춰 올 수 있었고 탈지면이나 그밖의 준비물도 부족한 것 없이 다 갖추어놓았다. 해산도 의외로 수월했다. 하지만 가장 중요한 아이가 자궁에서 넓은 곳으로 나오기만 했을 뿐 세상의 공기를 단 한 모금도 마시지 못했다. 산파가 가느다란 유리관 같은 것을 작은 입 안에 넣고 강한 숨을 연신 불어넣었지만 전혀 효과가 없었다. 태어난 것은 살덩이뿐이었다. 부부는 이 살덩이에 새겨져 있는 눈과 코와 입을 어렴풋이 알아볼 수 있었다. 그러나 그 목구멍에서 나오는 울음소리는 끝내 들을 수 없었다.

산파는 해산하기 일주일 전에도 와서 주의 깊게 태아의 심장 소리

까지 들어보고 무척 건강하다고 보증하고 갔다. 만약 산파의 말이 틀려서 배 속 아이의 발육이 지금까지의 어떤 시점에서 멈췄다면 그 시점에 바로 꺼내지 않는 한 모체가 오늘까지 아무렇지 않게 버틸 수는 없었을 것이다. 그 점을 차근차근 살펴보고 소스케는 자신이 여태껏 들어본 적이 없는 사실을 발견했는데, 그때는 무의식중에 두려운 마음이 들어 깜짝 놀랐다. 태아는 나오기 직전까지 건강했던 것이다. 하지만 제대권락(臍帶卷絡)이라는, 흔히 말하는 탯줄이 목에 감기는 일이 발생했던 것이다. 그런 이상이 발생한 경우에는 물론 산파의 기술로 해결할 수밖에 없는 것인데, 경험이 풍부한 산파라면 아기를 꺼낼 때 목에 감긴 탯줄을 제대로 풀고 꺼냈을 것이다. 소스케가 부른 산파도 나이를 꽤 먹은 만큼 그 정도의 일은 알고 있었다. 하지만 태아의 목을 감고 있던 탯줄은 이따금 있는 경우처럼 한 겹이 아니었다. 그 좁은 곳을 지날 때 가느다란 목을 두 겹으로 감고 있는 탯줄을 미처 풀어내지 못해 아기는 숨통이 막혀 질식하고 만 것이다.

잘못은 산파에게도 있었다. 하지만 절반 이상의 책임은 오요네에게 있었다. 제대권락이라는 이상 징후는 오요네가 우물가에서 미끄러져 엉덩방아를 찧은 5개월 전에 이미 스스로 만들어낸 것으로 판명되었다. 오요네는 산후 조리 중에 그 일의 자초지종을 듣고 그저 가볍게 고개만 끄덕일 뿐 아무 말도 하지 않았다. 그리고 피로에 쑥 들어간 눈을 적시며 긴 속눈썹을 자꾸만 움직였다. 소스케는 위로하면서 손수건으로 뺨에 흐르는 눈물을 닦아주었다.

이것이 아기에 관한 부부의 과거였다. 그런 쓰라린 일을 겪은 후 그들은 아기에 대해서는 그리 많은 이야기를 하지 않으려고 했다. 하지만 두 사람의 생활 이면에는 그 기억으로 인한 쓸쓸함이 물들어 있어 쉽사리 지워질 것 같지 않았다. 때로는 서로의 웃음소리를 통해서도 서로의 가슴에 그 이면이 어렴풋이 비치는 일이 있었다. 그런 까닭에 오요네는 남편에게 과거의 역사를 새삼스레 되풀이할 생각은 없었다. 소스케도 이제 와서 아내에게 그 이야기를 들을 필요성은 전혀 느끼지 않았던 것이다.

오요네가 남편에게 털어놓겠다고 한 것은 물론 두 사람이 공유하고 있던 사실에 대해서가 아니었다. 그녀는 세 번째 태아를 잃었을 때 남편으로부터 그때의 상황을 듣고 자신이 정말 잔혹한 어미인 것만 같았다. 직접 한 일이 아니라고 해도 생각하기에 따라서는 자신이 목숨을 부여한 것의 생명을 빼앗기 위해 어둠과 밝음의 중간 지점에서 기다리고 있다가 교살한 것이나 다름없었기 때문이다. 이렇게 해석했을 때 오요네는 자신을 끔찍한 죄를 범한 악인으로 간주하지 않을 수 없었다. 그리고 남몰래 생각지도 못한 도의상의 가책을 받았다. 게다가 그 가책을 알아주고 함께 아파해줄 사람은 세상천지에 한 사람도 없었다. 오요네는 남편에게조차 그 괴로움을 말하지 않았다.

그녀는 그때 보통의 산모처럼 삼칠일을 잠자리에서 보냈다. 몸이라는 면에서 보면 극히 안정된 3주일이었다. 동시에 마음이라는 면에서 보면 놀랄 만큼 인내한 삼칠일이었다. 소스케는 죽은 아이를 위해 작은 관을 마련하여 사람들 눈에 띄지 않게 장례를 치렀다. 그러고 나서 또 죽은 아이를 위해 작은 위패를 만들었다. 위패에는 검게 옻칠을 한 계명(戒名)[4]을 썼다. 위패의 임자는 계명을 갖고 있다. 하지만 속명은 부모조차 모른다. 소스케는 처음에 위패를 거실 옷장 위에 올려놓고

---

4 죽은 사람에게 붙이는 불교식 이름. 일본에서는 대체로 불교식으로 장례를 치른다.

퇴근하면 늘 향을 피웠다. 이따금 그 향의 냄새가 작은방에 누워 있는 오요네의 코에 닿았다. 당시 그녀의 감각은 그만큼 예민해져 있었던 것이다. 얼마 후 소스케는 무슨 생각을 했는지 작은 위패를 옷장 서랍 속에 넣어버렸다. 거기에는 후쿠오카에서 죽은 아이의 위패와 도쿄에서 돌아가신 아버지의 위패가 따로따로 무명으로 싸인 채 정성껏 보관되어 있었다. 도쿄의 집을 정리할 때 소스케는 조상의 위패를 다 모시고 여기저기 떠돌아다니는 번거로움을 감당할 수 없어 아버지의 위패만 가방에 넣고 그 밖의 것은 모두 절에 맡겨두었던 것이다.

오요네는 소스케가 하는 모든 행동을 누운 채 보거나 듣고 있었다. 그리고 이불 위에 똑바로 누운 채 그 두 개의 작은 위패를, 눈에 보이지 않는 운명의 실을 길게 빼서 서로 묶었다. 그러고 나서 그 실을 더 멀리 늘여 위패도 없이 떠내려간, 처음부터 형태가 없이 아련한 그림자 같은 죽은 아이 위에 던졌다. 오요네는 히로시마와 후쿠오카와 도쿄에 남은 하나씩의 기억에서 움직일 수 없는 운명이 엄숙하게 지배하고 있다는 사실을 확인하고, 그 엄숙한 지배 아래에 서 있던 몇 달 며칠의 자신이 신기하게도 똑같은 불행을 되풀이하도록 만들어진 어미라는 것을 깨달았을 때, 귓가에서 때아닌 저주의 목소리를 들었다. 그녀가 이불 속에서 삼칠일 동안의 안정을 탐할 수밖에 없도록 생리적으로 강요당하는 사이 그 저주의 목소리가 끊임없이 그녀의 고막을 울렸다. 오요네가 삼칠일 동안 편안히 누워 지낸 시간은 정말 비할 데 없는 인내의 3주일이었다.

오요네는 그 고통스러운 보름 남짓한 기간을 베개 위에서 가만히 한 점을 응시하며 지냈다. 나중에는 참고 누워 있는 것이 너무 괴로워 간호사가 돌아간 다음 날 슬며시 일어나 어슬렁어슬렁 걸어보기도 했지만 그래도 마음에 밀려오는 불안이 쉽사리 가시지 않았다. 나른한 몸은 억지로라도 움직일 수 있었지만 머릿속은 조금도 움직여주지 않아 다시 낙담한 나머지 끝내는 조금 전에 빠져나온 이불 속으로 파고들어 세상을 멀리하듯이 눈을 질끈 감아버리는 일도 있었다.

그러는 사이에 정해진 삼칠일도 지나 오요네의 몸은 저절로 가뿐해졌다. 오요네는 이부자리를 말끔히 치우고 새로운 기분이 드는 눈썹을 다시 거울에 비춰보았다. 옷을 바꿔 입어야 할 환절기였다. 오요네도 오랜만에 솜이 든 두툼한 옷을 벗어버리니 피부에 때가 닿지 않은 가벼운 기분이 들어 상쾌했다. 봄과 여름의 경계를 일시에 확 장식하는 활기찬 일본의 풍물은 쓸쓸한 오요네의 머리에도 얼마간 반향을 일으켰다. 하지만 그것은 단지 가라앉은 것을 마구 휘저어 요란한 빛속에 잠깐 띄운 것일 뿐이었다. 그때 오요네의 어두운 과거 속에서 일종의 호기심이 싹튼 것이다.

화창한 날이 유난히 아름다운 어느 날 오전, 오요네는 여느 때처럼 소스케를 배웅하고 나서 곧 밖으로 나갔다. 이제 여자는 양산을 쓰고 외출해야 할 계절이었다. 서둘러 양지쪽을 걷자 이마 언저리에 살짝 땀이 뱄다. 오요네는 걷고 또 걸으며, 기모노를 갈아입을 때 옷장을 열었다가 무심코 첫 번째 서랍 밑바닥에 넣어둔 새로운 위패에 손이 닿았던 일을 계속 떠올리며 드디어 어느 점쟁이 집으로 들어갔다.

오요네는 어렸을 때부터 다수의 문명인에게 공통적인 미신을 믿고 있었다. 하지만 평소에는 또 그 미신이 다수의 문명인과 마찬가지로 유희적으로만 겉으로 드러날 뿐이었다. 그런데 실생활의 엄숙한 부분을 침범하게 된 것은 참으로 드문 일이라고 하지 않을 수 없었다. 오요네는 그때 점쟁이 앞에 진지한 마음과 태도로 앉아 자신이 앞으로 하늘로부터 아이를 낳고 키울 운명을 타고난 것인지 물었다. 점쟁이는 큰길가에 자리를 펴고 오가는 사람의 운명을 1, 2전에 점치는 사람과 조금도 다르지 않게 산가지를 이리저리 늘어놓기도 하고 대나무 점대를 비비거나 헤아린 뒤에 뭔가 있다는 듯이 심각한 표정으로 턱수염을 쥐고 곰곰이 생각했는데, 마지막에는 오요네의 얼굴을 유심히 살펴보고는,

"당신은 아이 못 가져"하고 태연자약하게 선고했다. 오요네는 한동안 말없이 머릿속으로 점쟁이의 말을 곱씹어보았다. 그러고 나서 얼굴을 들고,

"그건 왜죠?"하고 되물었다. 그때 오요네는, 점쟁이가 대답하기 전에 다시 생각할 거라고 예상했다. 그런데 그는 똑바로 오요네의 미간을 응시한 채 곧바로,

"당신은 남한테 몹쓸 짓을 한 적이 있어. 그 죄 때문에 벌을 받아서 아기는 절대 못 키워"하고 잘라 말했다. 오요네는 이 한마디가 심장을 꿰뚫는 것 같았다. 고개를 푹 숙인 채 집으로 돌아온 오요네는 그날 밤 남편의 얼굴조차 제대로 쳐다보지 못했다.

오요네가 소스케에게 지금까지도 털어놓지 못한 것은 바로 그 점쟁이의 선고였다. 도코노마에 놓인 남포등의 가느다란 불빛이 밤 속으로 가라앉을 것 같은 고요한 밤에 비로소 오요네의 입을 통해 그 이야기를 들었을 때는 소스케도 역시 좋은 기분이 아니었다.

"신경이 곤두섰을 때 일부러 그런 쓸데없는 데를 가니까 그렇지. 돈까지 주고 그런 하찮은 말이나 듣고 말이야, 정말 어이없는 일이잖아. 앞으로도 그 점쟁이 집에 갈 거야?"

"무서워서 이제 절대 안 갈 거예요."

"안 가는 게 좋아. 어처구니없는 일이니까."

소스케는 짐짓 대범하게 대답하고는 다시 잠들어버렸다.

14

소스케와 오요네는 확실히 금실 좋은 부부다. 결혼하고 나서 지금까지 6년이라는 긴 세월 동안 아직 한나절도 서먹서먹한 마음으로 지낸 적이 없다. 말다툼으로 얼굴을 붉힌 일도 없다. 두 사람은 포목점에 가서 옷감을 사와 옷을 지어 입는다. 쌀집에서 쌀을 사다 밥을 지어 먹는다. 하지만 그 외에는 일반 사회에 기대하는 바가 극히 적은 사람들이었다. 그들은 사회라는 존재를 일상의 필수품을 공급하는 곳 이상의 의미로는 인정하지 않았다. 그들에게 절대적으로 필요한 것은 서로의 존재뿐이고, 그들은 또 그 서로의 존재만으로 족했다. 그들은 산속에 있는 마음으로 도회에 살고 있었다.

자연스럽게 그들의 생활은 단조롭게 흘러가지 않을 수 없었다. 그들은 복잡한 사회의 번잡함을 피할 수 있었고 동시에 그 사회의 활동에서 나오는 다양한 경험에 직접 접촉할 기회를 스스로 막아버려 도회에 살면서도 도회에 사는 문명인의 특권을 버린 듯한 결과에 이르렀다. 그들도 자신들의 일상에 변화가 없다는 것을 이따금 자각했다. 서로가 서로에게 싫증이 난다거나 어딘가 불만스러운 마음은 털끝만치도 일지 않았지만, 서로가 머리로 받아들이는 생활의 내용에는 자극이 결여된 뭔가가 숨어 있는 듯한 희미한 호소가 있었다. 그런데도 그들이 매일 같은 도장을 같은 가슴에 찍으며 긴 세월을 질리지도 않고 살아온 것은 그들이 처음부터 일반 사회에 흥미를 잃어서가 아니었다. 사회가 그들 둘만을 떼어내고 차갑게 등을 돌린 결과일 뿐이었다. 외부를 향해 성장할 여지를 발견할 수 없었던 두 사람은 내부를 향해 깊이 뻗어가기 시작한 것이다. 그들의 생활은 넓이를 잃음과 동시에 깊이를 얻었다. 그들은 6년간 세상과 산만한 교섭을 찾지 않은 대신 그 6년의 세월에 걸쳐 서로의 가슴에 파고들었다. 그들의 생명은 어느새 서로의 밑바닥까지 파고들었다. 세상에서 보면 두 사람은 여전히 두 사람이었다. 하지만 두 사람이 보기에는 도의상 떨어지려야 떨어질 수 없는 하나의 유기체였다. 두 사람의 정신을 구성하는 신경계는 최후의 섬유에 이르기까지 서로 껴안고 있었다. 그들은 커다란 수반(水盤)의 표면에 떨어진 단 두 방울의 기름 같은 것이었다. 물을 튕겨 두 개가 하나로 모였다기보다는 물에 튕겨진 힘으로 동그랗게 바싹 달라붙은 결과 떨어질 수 없게 되었다고 평하는 것이 타당했다.

그들은 이 포옹 속에서 일반적인 부부에게서는 발견하기 어려운 친밀함과 만족감, 그리고 그것에 따르는 권태를 다 갖추고 있었다. 그리고 그 권태의 울적한 기분에 지배당하면서도 자기를 행복하다고 평가하는 것만은 잊지 않았다. 권태는 그들의 의식에 잠과 같은 막을 드리워 두 사람의 사랑을 안개가 낀 것처럼 희미하게 만드는 일이 있었다. 하지만 거친 솔로 신경을 쓸어대는 듯한 불안은 결코 일어나지 않았다. 요컨대 그들은 세상 사정에 어두운 만큼 금실이 좋은 부부였던 것이다.

그들은 보통 이상으로 화목한 세월을 오늘에서 내일로 변함없이 이어가면서도 평소에는 그것을 잘 느끼지도 못하며 서로를 대하고 있었지만, 때로는 자신들의 정다운 마음을 스스로 똑똑히 인지하는 경우가 있었다. 그럴 때는 반드시 지금까지 사이좋게 지내온 오랜 세월을 거슬러 올라가 자신들이 어떤 희생을 치르고 결혼을 감행했는가 하는 당시의 일을 떠올리지 않을 수 없었다. 그들은 자연이 자신들에게 초래한 가공할 만한 복수 앞에 부들부들 떨면서 무릎을 꿇었다. 동시에 그 복수를 감수하고 얻은 서로의 행복에 대해 사랑의 신에게 향을 피워 올리는 일을 잊지 않았다. 그들은 채찍질을 당하면서 죽음을 향해 가는 사람들이었다. 다만 그 채찍 끝에 모든 것을 치유해주는 달콤한 꿀이 발라져 있다는 것을 깨달았던 것이다.

소스케는 도쿄의 상당한 자산가의 아들로서, 학창 시절에는 그들에게 공통된 화려한 취미를 아낌없이 누렸다. 그때 그는 옷차림에도 동작에도 사상에도 모조리 당대에 걸맞은 재인(才人)의 풍모를 풍기며 세상에 고개를 높이 쳐들고 가고자 하는 곳을 활보했다. 그의 옷깃이 새하얬던 것처럼, 그의 바지가 빳빳이 다려져 있었던 것처럼, 그 아래로 보이는 그의 양말이 무늬가 들어간 캐시미어였던 것처럼 그의 머리는 화려한 세상에 어울렸다.

그는 천성적으로 이해력이 좋은 사람이었다. 따라서 특별히 공부를 많이 할 생각은 들지 않았다. 학문은 사회에 나가기 위한 방편이라고 알고 있었기에 사회에서 한 걸음 물러나지 않으면 도달할 수 없는 학자라는 지위에는 그다지 많은 관심을 갖지 않았다. 그는 그저 학교에 나가 보통의 학생들이 하는 것처럼 많은 노트를 까맣게 메웠다. 하지만 집에 돌아와서는 그것을 다시 읽어본다거나 정리하는 일은 좀처럼

없었다. 수업에 빠져 필기하지 못한 부분도 대개는 그대로 내버려두
었다. 그는 하숙방의 책상 위에 이 노트를 가지런히 쌓아두어 언제 봐
도 말끔히 정돈된 서재를 비우고 바깥을 돌아다녔다. 친구들은 대부
분 그의 여유를 부러워했다. 그 자신도 득의양양했다. 그의 미래는 무
지개처럼 아름답게 그의 눈동자에 비쳤다.

그 무렵 소스케는 지금과 달리 친구가 많았다. 사실 발랄하고 가붓
한 그의 눈에 비친 모든 사람은 누구 할 것 없이 거의가 친구였다. 그
는 적이라는 말의 의미를 올바로 이해할 수 없는 낙천가로서 젊은 시
절을 자유롭고 구김살 없이 보냈다.

"뭐 기운 없는 얼굴만 하지 않으면 어디를 가든 환영받는 법이지"
하고 학교 친구인 야스이에게 말하곤 했다. 실제로 그는 남을 불쾌하
게 할 만큼 심각한 표정을 보여준 적이 없었다.

"자네는 몸이 튼튼해서 좋겠어" 하며 걸핏하면 어딘가 몸에 이상이
생기는 야스이는 그를 부러워했다. 후쿠이 현의 에치젠이 고향이지만
오랫동안 요코하마에서 살았던 야스이는 말이나 외양이 도쿄 사람과
털끝만치도 다르지 않았다. 옷치레를 즐기고 머리를 길게 길러 한가
운데서 가르마를 타는 버릇이 있었다. 고등학교는 달랐지만 수업 시
간에 자주 옆자리에 앉았고 간혹 제대로 듣지 못한 부분을 나중에 물
어오는 일이 있어 말을 나누기 시작하다 보니 어느덧 친해졌다. 그게
학년 초여서 교토에 온 지 얼마 안 된 소스케에게는 아주 잘된 일이
었다. 그는 야스이의 안내로 새로운 고장의 인상을 술을 마시듯 들이
마셨다. 두 사람은 밤마다 산조(三条)라든가 시조(四条)라는 번화가를
걸었다. 경우에 따라서는 교고쿠(京極)¹를 빠져나가기도 했다. 다리
한가운데서 가모가와(鴨川) 강물을 바라보았다. 히가시야마(東山) 산

위로 떠오른 조용한 달을 쳐다보았다. 그리고 교토의 달은 도쿄의 달
보다 둥글고 크다고 느꼈다. 거리나 사람에게 싫증이 날 때는 토요일
과 일요일을 이용해 멀리 교외로 나갔다. 소스케는 가는 곳마다 녹음
이 짙은 대나무밭을 보고 기뻐했다. 물들인 듯이 붉은 소나무 가지가
햇빛을 반사하며 쭉 늘어선 풍정을 즐겼다. 어떤 때는 다이히카쿠(大
悲閣)²에 올라가 소쿠히³가 쓴 현판 아래 드러누워 계곡 아래로 흘러
내려가는 배의 노 젓는 소리를 들었다. 그 소리가 기러기 울음소리와
무척 닮은 것을 두 사람 다 재미있어했다. 또 어떤 때는 헤이하치차야
(平八茶屋)⁴까지 가서 하룻밤을 묵었다. 그리고 안주인에게 꼬챙이에
꽂은 맛없는 민물고기를 구워달라고 해서 술을 마셨다. 그 안주인은
수건을 머리에 쓰고 감색 닷쓰케⁵ 같은 것을 입고 있었다.

　소스케는 이런 새로운 자극으로 한동안은 욕구를 만족시킬 수 있었
다. 하지만 한차례 고도(古都)의 냄새를 맡으며 걷는 중에 곧 모든 것
이 단조로워 보이기 시작했다. 그때 그는 아름다운 산의 빛깔과 맑은
물의 빛깔이 자신의 머리에 처음만큼 선명한 모습으로 비치지 않는
것을 어딘가 불만스럽게 여기기 시작했다. 뜨거운 젊은 피를 안은 그
는 그 열기를 식혀줄 짙은 숲을 만날 수 없었다. 그렇다고 그 정열을

1　신쿄고쿠도리(新京極通)를 말하는데 교토 시를 남북으로 가르는 거리의 하나로, 산조 거리
에서 시조 거리까지의 비교적 짧은 길이다. 메이지 중엽에는 가설 흥행장, 가부키 극장이나 신파
극 극장이 늘어서 있었다.

2　교토의 아라시야마(嵐山) 중턱에 있는 센코지(千光寺)의 관음당.

3　소쿠히(即非, 1616~1671). 중국 명나라의 승려로 황벽종(黃檗宗)의 개조인 인겐(隱元) 선사를
따라 일본에 왔다. 서예에 뛰어나 에도 시대에 중국식 서체가 유행하는 데 영향을 미쳤다.

4　히에이잔 산 어귀인 야마바나(山端)에 있는 유명한 요릿집. 메이지 유신 전부터 민물고기 요
리로 유명했다. 숙박도 가능한 이곳은 400년의 역사를 자랑하며 지금도 영업을 계속하고 있다.

5　무릎 밑을 각반처럼 좁게 만든 바지로 에도 중기부터 무사가 여행복으로 입었으며 나중에
는 행상인 등이 작업복으로 입었다.

다 태울 만큼 열렬한 활동과도 물론 만나지 못했다. 그의 피는 세차게 고동치며 쓸데없이 근질거리는 그의 몸속을 흘렀다. 그는 팔짱을 끼고 앉아 사방의 산을 바라보았다. 그러고는,

"이제 이렇게 케케묵은 곳에는 질렸어" 하고 말했다.

야스이는 웃으면서 비교를 위해 자신이 알고 있는 한 친구의 고향 이야기를 소스케에게 들려주었다. 그것은 조루리[6] "아이노[7] 쓰치야마에 비가 내린다"[8]로 유명한 쓰치야마 역참에 관한 이야기였다. 아침에 일어나서 밤에 잘 때까지 눈에 들어오는 것이라고는 산밖에 없는 곳이라 마치 절구통 밑바닥에서 사는 꼴이었다고 말한 뒤 야스이는 그 친구의 어렸을 때 경험으로, 장마가 계속될 때는 어린 마음에 당장이라도 자기가 살고 있는 역참이 사방의 산에서 흘러내리는 빗물에 잠겨버릴 것 같아 걱정이 이만저만이 아니었다는 이야기를 했다. 소스케는 그런 절구통 밑바닥에서 일생을 보내는 사람의 운명만큼 한심한 것은 없을 거라고 생각했다.

"그런 데서도 용케 사람이 사나 보네?" 하고 소스케는 신기하다는 듯한 표정으로 야스이에게 말했다. 야스이도 웃었다. 그리고 쓰치야

6 16세기에 미카와(三河) 지방에서 맹인 음악가가 낭창하는 이야기로 시작되어 비파나 부채로 장단을 맞추었다. 얼마 후 부호의 딸 조루리(淨瑠璃)와 우시와카마루의 사랑 이야기가 널리 환영받아 다른 이야기도 같은 곡조로 낭창하게 되었는데, 이를 조루리라 부르게 되었다. 17세기 초에는 샤미센을 반주로 한 인형극과 결합한 인형 조루리가 생겨났다.

7 아이노(間の)의 의미에는 최소한 7, 8가지 설이 있는데 아직 정설은 없다. 두 지역 사이(間, 아이라고 읽는다), 그 지역에 많이 자라던 풀이름 쪽(藍, 아이라고 읽는다), 많이 있던 물고기 은어(鮎, 아유라고 읽는다)에서 유래했다는 설 등 의견이 분분하다. 따라서 의미를 확정할 수 없기 때문에 여기서는 발음 그대로 두었다.

8 원래는 마부 요사쿠와 여관에서 일하는 고만의 정사(情事)를 노래한 스즈카 지방의 마부가(馬夫歌)였는데 지카마쓰 몬자에몬(近松門左衛門)이 조루리 「단바 요사쿠가 기다리는 밤의 고무로부시」에 인용하면서 유명해졌다.

마에서 나온 인물 중에서는 금화 천 냥을 넣은 노송나무 상자를 살짝 바꿔치기해서 책형을 받은 사람이 가장 큰 인물이라는 짤막한 이야기를, 역시 친구에게서 들은 대로 들려주었다. 좁은 교토에 질린 소스케는 단조로운 생활을 깨는 색채로서 백 년에 한 번쯤은 그런 사건도 필요할 거라고까지 생각했다.

그 무렵 소스케의 눈은 늘 새로운 세계에만 쏠려 있었다. 그래서 자연이 한차례 사계절의 색을 보여준 뒤에는 다시 작년의 기억을 불러내기 위해 꽃이나 단풍을 맞이할 필요가 없어졌다. 강렬한 생명으로 살았다는 증서를 끝까지 움켜쥐고 싶었던 그에게는 살아 있는 현재와 앞으로 생겨나려는 미래가 당면 문제였지, 사라져가는 과거는 꿈과 마찬가지로 가치 없는 환영에 지나지 않았다. 그는 벗겨지기 시작한 많은 신사와 적막하기 그지없는 절을 다 둘러보고는 빛바랜 역사로 검은 머리를 돌릴 용기를 잃어버렸다. 잠에 취해 멍한 옛날을 배회할 만큼 그의 기분은 시들지 않았던 것이다.

학년이 끝나갈 때 소스케와 야스이는 다시 만날 것을 약속하고 헤어졌다. 야스이는 일단 고향 후쿠이로 돌아갔다가 거기서 요코하마로 갈 생각이니 그때는 편지를 보내 알려주겠다, 그리고 가능하면 함께 기차를 타고 교토로 가자, 만약 시간이 허락한다면 오키쓰(興津) 근처에서 묵고 세이켄지(淸見寺)나 미호노마쓰바라(三保の松原)[9]나 구노잔(久能山)이라도 보면서 천천히 놀다 가자고 했다. 소스케는 아주 좋다고 대답하며 마음속으로는 이미 야스이의 엽서를 받을 때의 기분까지 상상했다.

<hr>

9 시즈오카 현 시즈오카 시에 있는 명승지로 일본의 3대 솔밭 가운데 하나다.

소스케가 도쿄로 돌아왔을 때 아버지는 물론 아직 정정했다. 고로
쿠는 어린애였다. 그는 1년 만에 활기찬 도회의 열기와 매연을 호흡
하는 것이 오히려 기뻤다. 타는 듯한 햇볕 아래 소용돌이치며 정신이
이상해질 듯한 기와의 색이 수십 리나 이어진 경치를 높은 데서 바라
보며 이거야말로 도쿄라고까지 생각했다. 지금의 소스케라면 가무러
칠지도 모르는 사물이 그때는 모조리 그의 뇌리에 장쾌(壯快)라는 두
글자를 깊이 새길 만큼 반사해왔다.

그의 미래는 망울로 맺혀 있는 꽃봉오리처럼 벌어지기 전에는 남도
알 수 없을 뿐 아니라 자신도 확실히 알 수 없었다. 소스케는 그저 양
양(洋洋)이라는 두 글자가 그의 앞길에 길게 뻗쳐 있다고 생각할 뿐이
었다. 이 무더운 방학 중에도 그는 졸업 후의 계획을 소홀히 하지 않
았다. 그는 대학을 졸업하고 나서 관직으로 나아갈지 실업계로 나아
갈지 그것조차 아직 분명히 정하지 못했는데도, 어느 방면이든 상관
없이 지금부터 할 수 있는 만큼 해놓는 것이 이익이라고 생각했다. 그
는 직접 아버지의 소개를 받았다. 아버지를 통해 간접적으로 그 지인
의 소개를 받았다. 그리고 자신의 장래에 영향을 미칠 수 있는 사람을
물색해서 두세 번 찾아가보았다. 그들 중 어떤 사람은 피서라는 명목
으로 이미 도쿄를 떠나고 없었다. 어떤 사람은 집에 없었다. 또 어떤
사람은 너무 바쁘니 시간을 정해 직장에서 만나자고 했다. 소스케는
아직 해가 높이 오르지도 않은 7시경에 엘리베이터를 타고 벽돌 건물
3층[10]으로 안내되어 그곳 응접실에 이미 일고여덟 명이 자신과 마찬
가지로 같은 사람을 기다리고 있는 광경을 보고 놀란 적도 있다. 그는

10 당시 엘리베이터가 있는 3층 '벽돌 건물'이라면 마루노우치의 사무실 건물 중에서도 일본
우선(郵船)이 독점하고 있던 미쓰비시 3호관과 일본은행 건물뿐이다.

이렇게 새로운 곳에 가서 새로운 것을 접하는 것이, 일의 성패와 상관없이 지금까지 보지 않고 지내온 살아 있는 세계의 단편을 머리에 채워 넣는 듯해 왠지 유쾌했다.

아버지의 지시로 예년처럼 서화(書畵)를 꺼내 그늘에서 말리는 일을 거드는 것도 이럴 때는 오히려 무척 흥미로운 일거리였다. 그는 서늘한 바람이 부는 곳간 문 앞의 눅눅한 돌 위에 걸터앉아 옛날부터 집에 있던 『에도명소도회(江戶名所圖會)』[11]와 『에도 스나고(江戶砂子)』[12]라는 책을 진기한 듯 바라보았다. 다다미까지 뜨거워진 객실 한가운데에 책상다리를 하고 앉아 하녀가 사온 장뇌(樟腦)를 작은 종이에 나눠 담고는 의사가 주는 가루약 봉지 같은 모양으로 접었다. 소스케는 어렸을 때부터 이 장뇌의 진한 향기와 땀이 나는 토용(土用)[13]과 호로쿠 뜸[14]과 푸른 하늘을 유유히 날아가는 솔개를 함께 연상했다.

이럭저럭하는 동안 어느덧 입추가 되었다. 이백십일(二百十日)[15] 전에는 바람이 불고 비가 내렸다. 하늘에는 엷은 먹물이 번진 듯한 구름이 끊임없이 움직였다. 이삼일 동안은 온도계가 내려갈 때까지 내려

11 덴포(天保) 연간(1830~1844)에 간행된, 그림이 삽입된 에도의 지지풍속서(地誌風俗書).

12 기쿠오카 센료(菊岡沾涼)가 1732년에 간행한 에도의 지지(地誌)로, 신사나 절, 명소의 내력을 기록한 책이다.

13 입추 전의 18일간으로 삼복 무렵에 해당한다. 일본에서는 이 시기에 대개 장어를 먹는 풍습이 있다.

14 바닥이 얕은 질냄비를 머리에 이고 그 위에다 뜨는 뜸. 두통이나 뇌병에 효과가 있다고 알려서 여름의 토용 때 절 등에서 널리 행해졌다.

15 24절기 이외의 잡절 가운데 하나로 입춘을 기산일로 하여 210일째 되는 날이다. 날짜로는 대체로 9월 1일쯤인데, 이날은 태풍이 오거나 바람이 강해서 농사 등에 액일로 여겨진다. 참고로, 소세키의 소설 중에도 1906년에 발표한 『이백십일(二百十日)』이라는 작품이 있다. 이 작품이 발표된 1906년의 이백십일은 9월 2일이었으나 소세키의 실제 체험을 기초로 한 『이백십일』의 작중 이백십일은 1899년 9월 1일이다.

갔다. 소스케는 다시 고리짝을 삼노끈으로 묶고 교토로 떠날 채비를 해야 했다.

그사이에도 그는 야스이와 약속한 일을 잊지 않았다. 집으로 돌아온 당시에는 아직 두 달 뒤의 일이라 느긋하게 있었지만 날짜가 점점 다가옴에 따라 야스이의 소식이 마음에 걸렸다. 그 후로 야스이는 엽서 한 장 보내오지 않았다. 소스케는 야스이의 고향인 후쿠이로 편지를 보냈다. 하지만 끝내 답장은 오지 않았다. 소스케는 요코하마 쪽에 물어보려고 했으나 그만 번지도 동네 이름도 알아두지 않아서 어떻게 해볼 도리가 없었다.

떠나기 전날 밤 아버지는 소스케를 불러 소스케가 청구한 대로 기본적인 여비 외에 도중에 이삼일 묵을 비용과 교토에 도착하고 나서도 당분간 쓸 수 있는 용돈을 건네며,

"되도록 절약해서 써야 한다" 하고 훈계했다.

소스케는 흔히 부모의 훈계를 듣는 자식들처럼 들었다. 아버지는 다시,

"내년에 다시 돌아올 때까지는 못 볼 테니까 아무쪼록 몸조심해라" 하고 말했다. 돌아갈 그때가 되자 소스케는 이미 돌아갈 수 없는 몸이 되었다. 그리고 돌아왔을 때 아버지의 유해는 이미 싸늘해져 있었다. 소스케는 지금도 아버지의 그때 모습을 떠올리면 죄스럽다.

막 떠나려고 할 때 소스케는 야스이로부터 편지 한 통을 받았다. 뜯어보니 약속한 대로 함께 돌아갈 생각이었으나 사정이 생겨 먼저 떠나지 않을 수 없게 되었다며 양해를 구한 뒤 조만간 교토에서 여유 있게 만나자고 쓰여 있었다. 소스케는 편지를 양복 안주머니에 넣고 기차에 올랐다. 약속했던 오키쓰에 도착하자 그는 혼자 플랫폼에 내려

좁고 긴 외길로 이루어진 동네를 세이켄지 쪽으로 걸었다. 이제 여름도 지난 9월 초여서 피서객은 예전에 대부분 떠났고 여관은 비교적 한산했다. 소스케는 바다가 보이는 방에서 배를 깔고 엎드려 야스이에게 보낼 그림엽서에 두세 줄 끼적였다. 엽서에는 자네가 오지 않아 혼자 이곳에 왔다는 말을 넣었다.

이튿날도 약속대로 혼자 미호와 류게지(龍華寺)를 구경하며 교토에 가서 야스이에게 들려줄 이야깃거리를 되도록 많이 만들었다. 그러나 날씨 탓인지, 믿었던 동행이 없기 때문인지 바다를 봐도, 산에 올라도 별 재미가 없었다. 여관에 죽치고 있는 것은 더욱 따분했다. 소스케는 여관의 유카타를 벗어 허리띠와 함께 난간에 걸쳐놓고 총총히 오키쓰를 떠났다.

교토에 도착한 첫날은 밤기차를 타고 와서 피곤한 데다 짐 정리다 뭐다 해서 거리의 햇빛도 쐬지 못하고 지냈다. 이튿날이 되어서야 드디어 학교에 나가보니 교수들은 아직 다 나오지 않은 상태였다. 학생도 평소보다 수가 적었다. 이상한 일은 자신보다 사나흘 먼저 돌아왔어야 할 야스이가 어디에서도 코빼기를 비치지 않은 것이다. 소스케는 그게 마음에 걸려 돌아가는 길에 일부러 야스이의 하숙에 들러보았다. 야스이가 하숙하는 곳은 나무와 물이 많은 가모(加茂) 신사[16] 옆이었다. 그는 여름방학 전부터 좀 조용한 변두리로 가서 공부할 생각이라며 일부러 불편한 시골이나 다름없는 그곳에 틀어박힌 것이다. 그가 찾아낸 집부터가 두 방향을 한적한 토담으로 둘러싸는 등 고풍스럽게 꾸며져 있었다. 소스케는 야스이로부터 그곳 주인이 전에 가모 신

---

16 교토 시 사쿄(左京) 구에 있는 시모가모(下鴨) 신사를 말한다.

사의 신관 가운데 한 사람이었다는 이야기를 들었다. 교토 말을 쓰며 굉장히 달변인 마흔 살쯤의 부인이 야스이를 보살펴주고 있었다.

"보살피다니, 그냥 하루에 세 번 맛없는 반찬을 방으로 가져다줄 뿐이네" 하며 야스이는 이사하고 나서 그 부인의 험담을 늘어놓았다. 소스케는 이곳으로 두세 번 야스이를 찾아온 연고로 그가 말하는, 맛없는 반찬을 만들어주는 임자를 알고 있었다. 부인도 소스케의 얼굴을 기억하고 있었다. 부인은 소스케를 보자마자 예의 그 부드러운 혀로 정중하고 겸손하게 인사말을 건넨 뒤 이쪽에서 물어보려고 한 야스이의 소식을 오히려 먼저 물어왔다. 부인의 말에 따르면, 그는 고향으로 돌아가고 나서 지금껏 하숙에는 소식 한 번 없었다는 것이다. 소스케는 뜻밖이라고 생각하며 하숙으로 돌아왔다.

그러고 나서 일주일쯤은 학교에 나갈 때마다 오늘은 야스이의 얼굴이 보일까, 내일은 야스이의 목소리가 들릴까 하는 막연한 기대를 품고 매일 강의실 문을 열었다. 그리고 또 매일 막연한 불만을 안고 돌아왔다. 다만 마지막 삼사일 동안 소스케는 얼른 야스이를 만나고 싶다는 생각보다는 사정이 좀 있어 미안하지만 먼저 떠난다는 연락을 일부러 했으면서 아무리 기다려도 얼굴을 비치지 않는 그의 안부를 오히려 걱정하고 있었다. 소스케는 학교 친구들 이 사람 저 사람을 붙잡고 야스이의 동정을 물었다. 하지만 아는 사람은 아무도 없었다. 다만 한 친구가 어젯밤 시조 거리의 인파 속에서 야스이와 꼭 닮은 유카타 차림의 남자를 봤다고 대답했다. 하지만 소스케는 그 사람이 야스이일 거라고는 믿을 수 없었다. 그런데 그 이야기를 들은 다음 날, 즉 소스케가 교토에 온 지 일주일쯤 되었을 때 그 친구가 말한 옷차림 그대로 야스이가 불쑥 소스케를 찾아왔다.

소스케는 평상복 차림 그대로에 밀짚모자를 손에 든 친구의 모습을 오랜만에 봤을 때 여름방학 전에 본 그의 얼굴 위에 새로운 뭔가가 덧붙여진 것 같은 느낌을 받았다. 야스이는 검은 머리에 기름을 바르고 눈에 띌 만큼 단정하게 가르마를 하고 있었다. 그리고 지금 이발소에 다녀오는 길이라고 변명 같은 말을 했다.

그날 밤 그는 소스케와 한 시간 남짓 시간 가는 줄 모르고 잡담을 나눴다. 진중한 말투, 소스케를 의식하고 주저하는 결단력 없는 태도, '그런데'라는 말버릇, 이 모든 것이 평소의 그와 하나도 다르지 않았다. 다만 그는 소스케보다 먼저 요코하마를 떠난 이유를 말하지 않았다. 또한 도중에 어디서 시간을 보내는 바람에 소스케보다 늦게 교토에 도착했는지도 분명히 말하지 않았다. 하지만 그는 삼사일 전에야 교토에 도착한 일만은 분명히 말했다. 그리고 여름방학 전에 있었던 하숙으로는 아직 돌아가지 않았다고 했다.

"그럼 어디에 있나?" 하고 소스케가 물었을 때 그는 자신이 지금 묵고 있는 여관 이름을 소스케에게 알려주었다. 그것은 산조 거리 근처에 있는 삼류쯤 되는 여관이었다. 소스케는 그 이름을 알고 있었다.

"왜 그런 데로 들어갔나? 당분간 거기 있을 생각인가?" 하고 소스케는 거듭 물었다. 야스이는 그저 좀 사정이 있다고만 대답했지만,

"하숙 생활은 이제 그만두고 작은 집이라도 구할까 하네" 하고 생각지도 못한 계획을 털어놓아 소스케를 놀라게 했다.

그로부터 일주일도 지나지 않아 야스이는 결국 소스케에게 이야기한 대로 학교 근처의 조용한 곳에 집을 하나 장만했다. 그곳은 교토에 공통적인 어둡고 음침한 구조에다 기둥이나 격자를 검붉게 칠해 일부러 낡아 보이게 한 작은 셋집이었다. 문간에는 누구의 소유인지 모

르는 버드나무 한 그루가 있었는데 기다란 가지가 거의 처마에 닿을 듯이 바람에 흔들렸다. 뜰도 도쿄와 달리 조금은 가꿔져 있었다. 돌이 많은 곳인 만큼 객실 바로 앞에는 비교적 큰 돌이 놓여 있었다. 그 밑에는 서늘해 보이는 이끼가 잔뜩 끼어 있었다. 뒤란에는 문턱이 썩은 창고가 텅 빈 채 휑하게 서 있고 그 뒤 변소 출입구로는 옆집의 대숲이 내다보였다.

소스케가 그곳을 찾아간 것은 10월을 눈앞에 둔 학기 초[17]였다. 늦더위가 아직 기승을 부려 학교를 오갈 때 양산을 썼던 일을 소스케는 지금도 기억하고 있다. 그는 격자 현관문 앞에서 양산을 접고 안을 들여다보았는데, 언뜻 굵은 줄무늬 유카타를 입은 여자 그림자가 비쳤다. 격자문 안은 회삼물 바닥이고 뒤쪽까지 똑바로 뚫려 있었기 때문에 들어가서 바로 오른쪽의 현관 같은 입구로 가지 않는 이상, 어둡지만 곧장 뒤쪽까지 보이는 구조였다. 소스케는 유카타를 입은 여자의 뒷모습이 뒷문으로 나가 보이지 않을 때까지 그곳에 서 있었다. 그러고 나서 격자문을 열었다. 현관에는 야스이 본인이 나타났다.

객실로 안내되어 잠깐 이야기를 나누었는데, 조금 전의 여자는 전혀 얼굴을 내밀지 않았다. 목소리도 내지 않고 소리도 내지 않았다. 넓은 집이 아니어서 바로 옆방쯤에 있을 텐데도 없는 것이나 다름없었다. 그림자처럼 조용하던 그 여자가 오요네였다.

야스이는 고향에 관한 이야기, 도쿄 이야기, 학교 강의에 관한 이야기 등 이런저런 이야기를 했다. 하지만 오요네에 대해서는 한마디도 하지 않았다. 소스케도 물어볼 용기가 없었다. 그날은 그대로 헤어졌다.

---

17 당시의 학년은 9월에 시작하여 7월에 끝났다.

다음 날 두 사람이 얼굴을 마주했을 때 소스케는 역시 그 여자를 마음속에 기억하고 있었으나 한마디도 입에 담지 않았다. 야스이도 아무렇지 않은 척하고 있었다. 절친한 젊은 청년이 허물없이 나누는 기탄없는 화제는 지금까지 두 사람 사이에 몇 번이고 교환되었는데도 요즘 들어 야스이는 숨 막혀 하는 것처럼 보였다. 소스케도 억지로 입을 열게 할 만큼 강한 호기심을 갖고 있는 것은 아니었다. 따라서 여자는 두 사람의 의식 사이에 끼어 있으면서도 끝내 화제에 오르지 않은 채 다시 일주일이 지나갔다.

일요일에 그는 다시 야스이를 찾아갔다. 두 사람이 관계하고 있는 어떤 모임에 볼일이 생겼기 때문으로, 여자와는 전혀 무관한 동기에서 나온 담백한 방문이었다. 하지만 객실로 올라가 저번과 같은 자리에 앉아 울타리를 따라 심어진 작은 매화나무를 보자 저번에 왔을 때의 일이 또렷이 떠올랐다. 그날도 객실 바깥은 쥐 죽은 듯 조용했다. 소스케는 그 적막함 속에 가만히 있을 젊은 여자의 모습을 상상하지 않을 수 없었다. 동시에 그 젊은 여자는 저번과 마찬가지로 결코 자기 앞에 나타날 염려는 없을 거라고 믿고 있었다.

그런 예상을 하고 있던 소스케는 별안간 오요네를 소개받았다. 그때 오요네는 저번처럼 굵은 줄무늬 유카타를 입고 있지는 않았다. 이제 외출을 하거나 방금 밖에서 돌아온 것 같은 차림을 하고 옆방에서 나왔다. 소스케에게는 그것이 뜻밖이었다. 하지만 대단히 아름다운 옷으로 화려하게 차려입은 것은 아니어서 옷 색깔도 오비의 광택도 특별히 그를 놀라게 할 정도는 아니었다. 게다가 오요네는 초면인 소스케에게 젊은 여자가 흔히 내보이는 요염하게 부끄러워하는 기색도 별로 보이지 않았다. 그저 평범한 사람으로, 조용하고 과묵하게 보일 뿐이었다. 사람 앞에 나와도 옆방에 가만히 있을 때와 그다지 다르지 않을 만큼 차분한 여자임을 알게 된 소스케는, 그것으로 미루어 오요네가 조용히 있었던 것은 사람 앞에 나오는 것을 부끄러워해서 피한 것만은 아니었던 거라고 생각했다.

야스이는 오요네를 소개할 때,

"이쪽은 내 누이네" 하고 말했다. 소스케는 4, 5분 마주 앉아 잠깐 이야기를 나누는 중에 오요네의 말투 어디에도 사투리 같은 억양이 섞여 있지 않다는 것을 알았다.

"지금까지는 고향에?" 하고 물었더니 오요네가 대답하기 전에 야스이가,

"아니, 요코하마에 오랫동안 있었다네" 하고 대답했다.

그날은 둘이서 시내로 뭘 사러 가기로 해서 오요네는 평상복을 갈아입고 더운데도 일부러 새 버선까지 신었다는 것을 알았다. 소스케는 모처럼의 외출을 못 하게 방해한 듯해서 미안한 마음이 들었다.

"뭐, 집을 새로 장만한 거라서 매일 필요한 게 생기는 통에 일주일에 한두 번은 꼭 시내까지 사러 나가야 한다네" 하고 말하면서 야스이는 웃었다.

"큰길까지 함께 나가세" 하고 소스케는 바로 일어섰다. 야스이가 기왕 왔으니 집이라도 둘러보라고 해서 소스케는 그 말대로 했다. 소스케는 옆방에 있는 함석 재받이가 붙어 있는 사각 화로며 누런 싸구려 놋쇠 주전자며 낡은 개수대 옆에 놓인 너무 새것인 들통을 둘러보며 대문으로 나갔다. 야스이는 문간에 자물쇠를 채우고 뒷집에 열쇠를 맡기고 오겠다며 달려갔다. 소스케와 오요네는 기다리는 동안 두세 마디 평범한 말을 나누었다.

소스케는 그 삼사 분 동안 주고받은 말을 아직도 기억하고 있었다. 그것은 보통의 남자가 보통의 여자에게 인간적인 친근함을 표현하기 위해 주고받는 간략한 말에 지나지 않았다. 형용하자면 물처럼 얕고 담담한 말이었다. 그는 오늘날까지 길가에서 우연히 만난 모르는 사람에게 이 정도의 인사를 얼마나 많이 되풀이해왔는지 모른다.

소스케는 아주 짧았던 그때의 대화를 일일이 떠올릴 때마다 그 하나하나가 거의 무색이라고 해도 좋을 만큼 담백했다는 것을 깨달았다. 그리고 그렇게 투명한 목소리가 어떻게 그렇게 두 사람의 미래를 새빨갛게 뒤덮었는지를 신기하게 여겼다. 지금은 그 붉은색도 세월이 흘러 옛날의 선명함을 잃어버렸다. 서로를 불태운 불꽃은 자연스럽게 변색되어 까매졌다. 두 사람의 생활은 이렇게 어둠 속에 가라앉았다. 소스케는 과거를 돌아보며 일의 경과를 거꾸로 되돌아보고는 그 담백한 대화가 자신들의 역사를 얼마나 짙게 채색했는지 가슴속으로 철저하게 음미하면서 평범한 사건을 중대하게 변화시키는 운명의 힘을 두려워했다.

소스케는 둘이서 문 앞에 우두커니 서 있을 때 그들의 그림자가 구부러져 절반쯤 토담에 비친 것을 기억하고 있다.[18] 오요네의 그림자가 양산에 가려 머리 대신 불규칙한 양산 모양이 벽에 비쳤던 것을 기억하고 있었다. 살짝 기울기 시작한 초가을 햇빛이 두 사람을 쨍쨍 내리쬐었던 일을 기억하고 있었다. 오요네는 양산을 쓴 채 그다지 시원하지 않은 버드나무 밑으로 다가갔다. 소스케는 가장자리에 흰 테두리

---

18 『문』이라는 제목을 상징하는 것으로 제21장에 나오는 선사(禪寺)의 문 아래 우두커니 서 있는 소스케의 이미지가 가장 중요하다는 것은 말할 것도 없지만, 여기서 소스케와 오요네의 운명적인 '인력(引力)'의 확인도 무시할 수 없다.

를 붙인 보랏빛 양산의 색깔과 아직 다 바래지 않은 버드나무 잎의 색깔을 한발 물러나 한꺼번에 바라본 일을 기억하고 있다.

지금 생각하면 모든 것이 분명했다. 따라서 이상한 것은 아무것도 없었다. 두 사람은 토담 뒤에서 다시 나타난 야스이와 함께 시내 쪽으로 걸었다. 걸어갈 때는 남자들끼리 어깨를 나란히 했다. 오요네는 조리[19]를 끌며 뒤에 처졌다. 이야기도 대개는 남자들끼리만 했다. 그 이야기도 길지는 않았다. 도중에 헤어져 소스케는 혼자 집으로 돌아왔기 때문이다.

하지만 그의 머리에는 그날의 인상이 길게 남았다. 집으로 돌아와 목욕을 하고 등불 앞에 앉은 뒤에도 이따금 채색된 평평한 그림으로 야스이와 오요네의 모습이 눈앞에 어른거렸다. 그뿐 아니라 잠자리에 들고 나서는 누이라고 소개한 오요네가 과연 진짜 누이일까 하는 의심이 들기 시작했다. 야스이에게 캐묻지 않는 한 그 의구심은 쉽사리 해소되지 않겠지만, 곧바로 억측이 들었다. 소스케는 야스이와 오요네 사이에 그런 억측을 허용할 만한 여지가 충분히 존재할 수 있다는 식으로 생각하자 누워 있으면서도 우스웠다. 게다가 그 억측으로 마음속에 왔다 갔다 하는 생각이 너무 어처구니없다는 것을 알고는 잊고 끄지 않았던 남포등을 그제야 훅 불어 껐다.

이런 기억이 차츰 가라앉아 흔적도 없이 사라질 때까지 서로의 얼굴을 보지 않고 지낼 만큼 소스케와 야스이의 관계는 소원하지 않았다. 두 사람은 날마다 학교에서 만날 뿐 아니라 여름방학 전처럼 여전히 왕래하고 있었다. 하지만 소스케가 갈 때마다 오요네가 꼭 인사하

19 엄지발가락과 둘째 발가락 사이에 끼워 신는 샌들처럼 생긴 신발.

러 나오는 것은 아니었다. 세 번에 한 번꼴로 얼굴을 보이지 않고 이 집에 처음 왔을 때처럼 옆방에서 죽은 듯이 가만히 있었던 적도 있다. 소스케는 그것을 별로 개의치 않았다. 그런데도 두 사람은 점차 가까워졌다. 얼마 안 가서 농담을 나눌 만큼 친해졌다.

그러는 사이에 가을이 왔다. 작년과 같은 사정으로 다시 교토의 가을을 보내는 데 흥미가 없었던 소스케는 야스이와 오요네의 권유로 버섯을 따러 갔을 때 쾌청한 공기 속에서 다시 새로운 향기를 찾아냈다. 단풍놀이도 셋이서 함께 갔다. 사가(嵯峨)에서 산을 빠져나와 다카오(高雄)로 걸어가는 길에서 오요네는 기모노 옷자락을 걷어 올리고 버선 위까지 내려오는 나가주반[20]만 끌며 가느다란 양산을 지팡이 삼아 걸었다. 산 위에서 백 미터쯤 아래로 내려다보이는 계곡물에 해가 비쳐 멀리서도 물속이 훤히 들여다보였을 때 오요네는,

"교토는 좋은 곳이네요" 하고 말하며 두 사람을 돌아보았다. 그 경치를 함께 바라보았던 소스케에게도 교토는 정말 좋은 곳처럼 생각되었다.

이렇게 다 같이 밖으로 나오는 일도 드물지 않았다. 집 안에서 얼굴을 마주하는 일은 더욱 잦았다. 언젠가 소스케가 평소처럼 야스이를 찾아갔더니 야스이는 집에 없고 오요네만 쓸쓸한 가을 속에 혼자 남겨진 것처럼 앉아 있었다. 소스케는 쓸쓸하죠, 하면서 그만 자신도 모르게 객실로 들어가 일단 화로를 마주하고 앉아 손을 쬐면서 생각보다 긴 이야기를 나누고 돌아왔다. 한번은 소스케가 멍하니 하숙방 책상에 기댄 채 희한하게도 시간을 주체하지 못하고 있는데 뜻밖에 오

20 기모노 안에 입는 속옷으로, 모양은 기모노와 비슷하고 무늬가 있으며 색상이 화려하다.

요네가 찾아왔다. 근처에 뭘 사러 나온 김에 들렀다며 소스케가 권하는 대로 차를 마시고 과자를 먹으며 천천히 격의 없는 이야기를 나누다 돌아갔다.

이런 일이 거듭되는 사이에 어느새 나뭇잎이 다 떨어졌다. 그리고 어느 날 아침 높은 산봉우리가 새하얗게 보였다. 다 드러난 강변이 하얗게 되었고, 다리를 건너는 사람의 그림자가 가늘게 움직였다. 그해 교토의 겨울은 소리 없이 살을 엘 만큼 혹독하게 추웠다. 야스이는 그 악성 추위에 심한 독감에 걸렸다. 열이 보통의 감기보다 훨씬 높아서 처음에는 오요네도 깜짝 놀랐는데, 일시적인 증세였는지 곧 열이 내려 이제 다 나은 건가 싶었으나 아무리 시간이 지나도 똑 떨어지지는 않았다. 야스이는 날마다 오르락내리락하며 끈끈이처럼 떨어지지 않는 열에 휘감겨 괴로워했다.

의사는 호흡기가 안 좋아진 것 같다며 진심으로 전지요양을 권했다. 야스이는 어쩔 수 없이 벽장 안에 있던 버들고리짝에 삼노끈을 맸다. 오요네는 손가방에 열쇠를 채웠다. 소스케는 두 사람을 시치조(七条)까지 배웅하러 가서 기차가 떠날 때까지 객실 안으로 들어가 일부러 쾌활하게 이야기를 나누었다. 플랫폼으로 내려섰을 때 차창 안에서,

"놀러 오게" 하고 야스이가 말했다.

"꼭 오세요" 하고 오요네가 말했다.

기차는 혈색 좋은 소스케 앞을 느릿느릿 지나 순식간에 고베 쪽을 향하며 연기를 내뿜었다.

병자는 전지요양을 간 곳에서 해를 보냈다. 도착한 날부터 날마다 그림엽서를 보내왔다. 엽서에도 놀러 오라는 말이 쓰여 있지 않은 적이 없었다. 오요네의 글도 한두 줄 꼭 섞여 있었다. 소스케는 야스이

와 오요네에게서 온 그림엽서를 책상 위에 별도로 쌓아두었다. 밖에서 돌아오면 그게 바로 눈에 띄었다. 때로는 그 엽서들을 한 장 한 장 순서대로 다시 읽기도 하고 바라보기도 했다. 마지막에는 이제 완전히 나아 돌아간다, 그러나 모처럼 여기까지 왔는데 이곳에서 자네의 얼굴을 보지 못하는 것이 유감이니 이 편지를 받는 대로 잠깐이라도 좋으니 꼭 오라는 엽서가 왔다. 무료함과 지루함을 싫어하는 소스케를 움직이기 위해서는 이 열 몇 마디 말로 충분했다. 소스케는 그날 밤 기차를 타고 야스이가 묵고 있는 여관에 도착했다.

환한 등불 아래 세 사람이 기다리고 있던 서로의 얼굴을 마주했을 때 소스케는 무엇보다 먼저 병자의 얼굴에 윤기가 돌아온 것을 알았다. 떠나기 전보다 오히려 좋아 보일 정도였다. 야스이 자신도 그런 기분이 든다며 일부러 셔츠 소매를 걷어 올리고 푸른 힘줄이 도드라진 팔을 어루만져 보였다. 오요네도 기쁜 듯이 눈을 반짝였다. 소스케에게는 활기찬 그 눈매가 특별히 새로워 보였다. 지금까지 소스케의 마음에 비친 오요네는 색과 소리가 어지러운 가운데 서 있을 때조차도 무척 차분했다. 그리고 그 차분함은 대부분 눈을 함부로 움직이지 않는 데서 온 것이라고만 생각되었다.

이튿날 세 사람은 밖으로 나가 멀리 짙은 색으로 흐르는 바다를 바라보았다. 소나무 줄기에서 진이 배어 나오는 공기를 들이마셨다. 겨울 해는 짧은 하늘을 적나라하게 가로질러 서쪽으로 얌전히 떨어졌다. 떨어질 때 낮은 구름을 아궁이의 불길처럼 노랗고 빨갛게 물들였다. 밤이 되어도 바람은 일지 않았다. 그저 이따금 소나무를 울리며 지나갈 뿐이었다. 소스케가 머물렀던 사흘 동안 따뜻하고 좋은 날씨가 이어졌다.

소스케는 좀 더 놀다 가고 싶다고 말했다. 오요네는 좀 더 놀다 가자고 했다. 야스이는 소스케가 놀러 와서 날씨가 좋아진 걸 거라고 말했다. 세 사람은 다시 고리짝과 가방을 들고 교토로 돌아왔다. 겨울은 아무 일도 없이 북풍을 추운 나라로 날려 보냈다. 산 위를 뚜렷하게 했던 군데군데 남아 있던 눈이 점차 사라지고 뒤를 이어 푸른빛이 한꺼번에 움을 틔웠다.

소스케는 당시를 떠올릴 때마다 자연의 흐름이 거기서 뚝 멈추고 자신도 오요네도 순식간에 화석이 되어버렸다면 차라리 괴롭지 않았을 거라고 생각했다. 일은 겨울 밑에서 봄이 머리를 쳐들 무렵에 시작되어 벚꽃이 다 지고 어린잎으로 색을 바꿀 무렵 끝났다. 모든 것이 생사를 건 싸움이었다. 청죽(青竹)을 불에 쬐어 기름을 짜낼 정도의 고통이었다. 아무 준비도 안 된 두 사람에게 돌연 모진 바람이 불어 둘을 쓰러뜨렸던 것이다. 두 사람이 일어났을 때는 이미 어디나 온통 모래뿐이었다. 그들은 모래투성이가 된 자신들을 발견했다. 하지만 언제 바람을 맞고 쓰러졌는지도 몰랐다.

세상은 가차 없이 그들에게 도의상의 죄를 짊어지게 했다. 그러나 그들 자신은 도의상 양심의 가책을 받기 전에 일단 멍한 상태에서 그들의 머리가 멀쩡한지부터 의심했다. 그들은 그들의 눈에 부도덕한 남녀로서 부끄럽게 비치기 이전에 이미 불합리한 남녀로서 불가사의하게 비쳤던 것이다. 거기에 변명다운 변명은 전혀 끼어들 수 없었다. 그러므로 말할 수 없는 고통이 따랐다. 그들은 잔혹한 운명이 변덕을 부려 죄도 없는 두 사람을 급습하여 장난 삼아 함정에 빠뜨린 것을 원통해했다.

폭로의 햇빛이 정통으로 그들의 미간을 비추었을 때 그들은 이미

도의적으로 경련의 고통을 이겨내고 있었다. 그들은 창백한 이마를 순순히 앞으로 내밀고 거기에 불꽃과도 같은 낙인을 받았다. 그리고 무형의 쇠사슬에 묶인 채 손을 잡고 어디까지나 함께 보조를 같이해야 한다는 사실을 깨달았다. 그들은 부모를 버렸다. 친척을 버렸다. 친구를 버렸다. 크게 보면 일반 사회를 버렸다. 혹은 그들로부터 버림을 받았다. 물론 학교로부터도 버림을 받았다.[21] 다만 표면적으로는 자퇴한 것으로 하여 형식상 인간다운 흔적을 남겼다.

이것이 소스케와 오요네의 과거다.

---

21 당시 '타락 학생'이라는 말이 많이 쓰였다. 야스이와 오요네의 동거 형태를 포함하여 소스케가 저지른 '간통' 비슷한 사건은 국가의 유능한 인재를 육성하는 최고학부 학생에게는 있어서는 안 될 스캔들로 비쳤을 것이다. 사람들은 당사자를 사회적으로 추방함으로써 카타르시스를 맛보았던 것이다.

15

이런 과거를 짊어진 두 사람은 히로시마에 가서도 고생했다. 후쿠오카로 가서도 고생했다. 도쿄로 올라와서도 여전히 무거운 짐에 억눌려 있었다. 작은집과는 친한 관계를 맺을 수 없었다. 숙부는 세상을 떠났다. 숙모와 야스노스케는 아직 살아 있지만, 살아 있는 동안 마음을 터놓고 지낼 수 없을 만큼 이미 냉담한 날을 보내왔다. 올해는 세밑에도 아직 가지 않았다. 그쪽에서도 오지 않았다. 집으로 들어온 고로쿠조차 마음속으로는 형에게 경의를 표하지 않았다. 소스케 부부가 도쿄로 올라왔을 때 고로쿠는 사실 단순한 어린애의 마음으로 오요네를 미워했다. 오요네도 소스케도 그것을 잘 알고 있었다. 부부는 해 앞에서 웃고 달 앞에서 생각하며 조용히 해를 보내고 또 맞았다. 올해도 이제 다 저물어가고 있었다.

번화가에서는 세밑부터 집집마다 시메카자리[1]를 장식했다. 길 양쪽으로는 처마보다 높이 늘어선 수십 개의 조릿대가 모두 차가운 바람에 사각사각 소리를 냈다.[2] 소스케도 60센티미터 남짓한 가느다란 소나무 가지를 사서 문기둥에 못을 쳐 달아두었다. 그러고 나서 커다랗고 붉은 등자[3]를 공물로 쓰는 둥그런 찰떡[4] 위에 올려 도코노마에 놓았다. 도코노마에는 매화가 대합 모양의 달을 토해내는 수상쩍은 수묵화가 걸려 있었다. 소스케는 이 이상한 족자 앞에 등자와 둥그런 찰떡을 놓는 의미를 이해할 수 없었다.

"이건 대체 무슨 의미일까?" 하고 자신이 장식한 것을 바라보며 오요네에게 물었다. 오요네도 해마다 이렇게 하는 의미를 통 알 수 없었다.

"몰라요. 그냥 그렇게 해두면 되는 거예요" 하며 부엌으로 사라졌다. 소스케는,

"이렇게 해두었다가 먹으려는 건가?" 하며 고개를 갸우뚱하고는 둥그런 찰떡의 위치를 바로잡았다.

밤에는 도마를 거실로 가져와 다 같이 떡을 긴네모꼴로 잘랐다. 식칼이 부족해서 소스케는 처음부터 끝까지 손도 대지 않았다. 힘이 센만큼 고로쿠가 제일 많이 잘랐다. 그 대신 고르지 않은 것도 제일 많았다. 그중에는 모양이 볼품없는 것도 섞여 있었다. 이상하게 생긴 것이 나올 때마다 기요가 소리 내서 웃었다. 고로쿠는 젖은 행주를 칼등에 대고 굳은 가장자리를 자르면서,

"모양이야 어떻든 먹기만 하면 되는 거죠 뭐" 하며 힘껏 힘을 주는

---

1 정초에 부정한 것이 침범하지 못하도록 현관 앞에 거는 장식. 여러 가지 모양이 있는데 일반적으로 짚을 꼬아 둥글게 만든 시메나와에 장수를 기원하는 풀고사리, 자손 번창을 기원하는 굴거리나무, 가업 번창을 기원하는 등자나무 등을 끼워 장식한다.

2 여기서는 정초에 문 앞에 세우는 소나무 장식에 곁들인 대나무를 말한다. 이를 가도마쓰(門松)라고 하는데 세밑부터 정월 초까지 현관이나 가게 앞에 장식한다.

3 등자나무 열매로 귤처럼 생겼다.

4 여기서의 찰떡은 가가미모치(鏡餅)를 말한다. 신불에게 바치는 설날 장식으로, 크고 둥글게 빚은 찰떡 두 개를 포개어놓고 그 위에 등자나 풀고사리 등을 얹어 도코노마에 올려놓는다.

바람에 귀까지 빨개졌다.

그 외에 새해를 맞이하는 채비로는 멸치를 볶고, 조림을 찬합에 담아놓는 정도였다.[5] 섣달그믐 밤이 되자 소스케는 인사를 겸해서 집세를 갖고 사카이를 찾아갔다. 일부러 조심스럽게 부엌문으로 돌아가자 유리문으로 환한 불빛이 비치고 안은 떠들썩했다. 현관에서 마루로 올라가는 귀틀에 장부를 들고 걸터앉은 외상값 수금원인 듯한 아이가 일어나 소스케에게 인사를 했다. 거실에는 사카이와 부인이 있었다. 한쪽 구석에는 가게 이름이 새겨진 작업복을 입은 단골 상인인 듯한 사람이 고개를 숙이고 조그마한 와카자리[6]를 여러 개 만들고 있었다. 그 옆에는 굴거리나무와 풀고사리, 반지, 가위가 놓여 있었다. 어린 하녀가 부인 앞에 앉아 거스름돈인 듯한 지폐와 은화를 다다미 위에 늘어놓고 있었다. 사카이는 소스케를 보고,

"이야 이거, 들어오시지요" 하고 말했다. "세밑이라 필시 바쁘시겠지요? 보시는 대로 여기도 아주 어수선합니다. 자, 저쪽으로 가시지요. 뭐랄까, 이제 설도 질리지 않습니까? 아무리 재미있는 거라도 마흔 번 이상 되풀이하면 지겨워지는 법이니까요."

사카이는 해를 보내고 맞이하는 일이 번거롭다고 말했지만 그 태도에서는 어디를 봐도 화가 나거나 울적해하는 구석은 찾아볼 수 없었다. 말투도 활기찼다. 얼굴은 윤기가 흘러넘쳤다. 저녁때 반주로 마신 술기운이 아직 볼에 남아 있는 것 같았다. 소스케는 담배를 얻어 피우

---

5 설음식인 오세치를 말한다. 신불에 올리는 공양물인데 대체로 우엉, 어묵, 토란, 연근 등 잘 상하지 않는 재료를 조려 색색으로 찬합에 담아두고 정초 사흘간 끼니때마다 먹는다.

6 정초에 대문이나 실내의 기둥에 달아놓는 장식물. 둥글게 짚을 엮고 굴거리나무와 풀고사리 등을 붙이고 몇 오라기의 지푸라기를 드리운다.

며 2, 30분쯤 이야기를 나누다 돌아왔다.

집에서는 오요네가 기요를 데리고 목욕탕에 간다며 수건으로 비눗갑을 싸 들고 집을 봐줄 남편이 돌아오기를 기다리고 있었다.

"어떻게 된 거예요? 꽤 오래 있었네요" 하며 시계를 봤다. 벌써 10시 가까운 시간이었다. 게다가 기요는 목욕탕에 갔다가 돌아오는 길에 머리방에 들러 머리 손질을 할 거라고 했다. 조용하던 소스케의 생활도 섣달그믐에는 그에 상응하는 사건이 밀려들었다.

"외상값은 이제 다 갚았나?" 하고 소스케가 일어서면서 오요네에게 물었다. 오요네는 장작 파는 가게 한 곳이 아직 남아 있다고 대답했다.

"오면 좀 내주세요" 하고 말한 오요네는 품속에서 지저분한 남자 지갑과 은화 넣는 동전 지갑을 꺼내 소스케에게 건넸다.

"고로쿠는 뭘 하지?" 하고 소스케는 지갑을 받으며 말했다.

"아까 그믐날의 밤경치를 보고 오겠다며 나갔어요. 꽤 고생하겠어요. 이렇게 추운데" 하는 오요네의 말에 기요는 큰 소리를 내며 웃었다. 그러고는 얼마 안 있어,

"젊으니까요" 하면서 부엌으로 가서 오요네의 게다를 가지런히 놓았다.

"어디 야경을 볼 생각인 게지."

"긴자에서 니혼바시로 간대요."

오요네는 그때 이미 마룻귀틀에서 내려서고 있었다. 곧 머름을 댄 장지문 여는 소리가 들렸다. 소스케는 그 소리를 들으며 혼자 화로 앞에 앉아 재가 되는 숯덩이를 바라보고 있었다. 그의 머리에는 내일 있을 행사의 일장기가 비쳤다. 말을 타고 거리를 돌아다니는 번쩍이는 실크해트가 보였다. 서양식의 긴 칼 소리며 말 울음소리며 하네[7] 놀이

를 하는 소리가 들렸다. 그는 앞으로 몇 시간 뒤에 다시 있을 연중행
사에서 가장 사람의 마음을 새롭게 하도록 만들어진 풍물을 만나지
않으면 안 되었다.

쾌활해 보이는 사람, 떠들썩해 보이는 사람 등 여러 쌍이 그의 마음
을 지나쳤지만 그중에 그의 팔꿈치를 붙잡고 같이 가자고 끄는 사람
은 한 사람도 없었다. 그는 그저 잔치에 초대받지 못한 국외자로서 술
에 취하는 걸 금지당한 것처럼 역시 취하는 걸 모면한 사람이었다. 그
는 자신과 오요네가 평범한 파란 속에서 살아가는 것 이상의 커다란
희망을 눈앞에 갖고 있지 않았다. 이렇게 분주한 섣달그믐에 혼자 집
을 지키는 고요함이 바로 그의 평소 현실을 대표하고 있었다.

오요네는 10시가 지나 돌아왔다. 평소보다 윤기가 흐르는 볼을 불
빛에 비추며 목욕 후의 열기가 아직 식지 않은 목덜미의 옷깃을 살짝
느슨하게 한 채 나가주반 위에 기모노를 겹쳐 입고 있었다. 긴 목덜미
가 훤히 들여다보였다.

"어찌나 복작거리던지 씻지도 못하고 물바가지도 차지하지 못할 정
도였어요" 하며 비로소 마음 편히 숨을 토해냈다.

기요가 돌아온 것은 11시가 지나서였다. 기요도 고운 머리를 장지
문 안으로 들이밀며, 다녀왔습니다, 좀 늦어졌어요, 하고 말한 김에 그
뒤로 두 사람인가 세 사람을 더 기다려서 머리를 하고 왔다고 이야기
했다.

고로쿠만은 좀처럼 돌아오지 않았다. 괘종시계가 12시를 쳤을 때
소스케는 이제 자자고 말했다. 오요네는 오늘만은 먼저 자는 것도 이

7 모감주에 구멍을 뚫고 새의 깃털을 꽂아 만든 공을, 손잡이가 달린 직사각형 나무판으로 치
며 노는 배드민턴 비슷한 놀이. 주로 설날에 여자아이들이 한다.

상한 것 같아서 되도록 이야기를 이어가고 있었다. 다행히 고로쿠는 이내 돌아왔다. 니혼바시에서 긴자로 나갔다가 스이텐구(水天宮)[8] 쪽으로 돌아갔는데, 전차가 혼잡해서 몇 대나 기다리는 바람에 늦어졌다는 변명을 했다.

하쿠보탄(白牡丹)[9]에 들어가 경품인 금시계라도 타려고 했으나 살 만한 게 하나도 없어서 어쩔 수 없이 방울 달린 오자미 세트를 하나 사고, 기계로 부풀린 수없이 많은 풍선 중에서 하나를 잡았는데 금시계는 안 뽑히고 이런 게 당첨되었다며 소맷자락에서 클럽 가루비누(俱樂部洗粉)[10] 한 봉지를 꺼냈다. 그것을 오요네 앞에 놓으며,

"형수님께 드리지요" 하고 말했다. 그러고 나서 매화꽃 모양으로 만든 방울 달린 오자미를 소스케 앞에 내놓으며,

"사카이 씨 딸들한테라도 주세요" 하고 말했다.

특별한 일이 없는 단출한 한 가족의 섣달그믐은 이렇게 끝났다.

---

8 도쿄 주오 구에 있는 신사로, 물의 수호신, 안산(安産)의 신을 모신다.
9 긴자 오와리초에 본점이 있던 화장품 가게.
10 하쿠보탄에서 발매하던 상품의 이름.

16

정월 초이튿날은 눈이 내려 시메카자리로 장식된 수도(首都)가 하얗게 뒤덮였다. 눈이 그친 지붕의 색이 원래대로 돌아갈 때까지 부부는 눈덩이가 함석 차양에서 미끄러지며 떨어지는 소리에 몇 번이나 깜짝 놀랐다. 한밤중에는 털썩하는 울림이 특히 심했다. 질척거리는 골목은 비가 그치고 난 뒤와 달리 하루 이틀로는 쉬이 마르지 않았다. 밖에서 지저분해진 구두를 신고 돌아오는 소스케가 오요네의 얼굴을 볼 때마다,

"이거 안 되겠는데" 하며 현관으로 들어오곤 했다. 그 모습은 마치 오요네가 길을 망친 책임자라도 되는 것처럼 받아들여져 오요네는 결국,

"정말 죄송합니다. 참 안되셨습니다" 하며 웃음을 터뜨렸다. 소스케는 특별히 받아칠 만한 농담도 없었다.

"오요네, 여기서 나가려면 어디를 가든 굽이 높은 게다를 신어야 할 것 같지? 그런데 시내로 나가면 전혀 달라. 어느 길이든 다 말라 있거든. 오히려 먼지가 날 정도라서 굽 높은 게다를 신었다가는 멋쩍어서

걸을 수도 없을 거야. 그러니까 이런 곳에 사는 우리는 한 세기나 뒤처진 셈이지."

이런 말을 하는 소스케는 특별히 불만스러운 표정도 아니었다. 오요네도 남편의 콧구멍에서 나오는 담배 연기를 바라보는 정도의 기분으로 그 말을 듣고 있었다.

"사카이 씨 집에 가서 한번 그렇게 말해보세요" 하고 가볍게 대답했다.

"그렇게 말하고 집세라도 깎아달라고 하지 뭐" 하고 대답한 채 소스케는 결국 사카이의 집에 가지 않았다.

사카이에게는 설날 아침 일찍 명함만 던져놓고 일부러 얼굴을 보지 않고 문을 나왔지만, 도리상 찾아뵈어야 할 곳을 하루 동안 대충 돌아보고 저녁에 돌아와보니 집을 비운 사이에 사카이가 다녀갔다고 해서 송구스러웠다. 초이틀에는 눈이 왔을 뿐 아무 일 없이 지나갔다. 초사흘날 저녁 무렵 사카이네 하녀가 심부름을 와서, 한가하시면 어르신과 아주머님, 그리고 젊은 어르신께 오늘 밤 꼭 놀러 오시라고 했다는 말을 전하고 돌아갔다.

"뭘 하려는 거지?" 하고 소스케가 미심쩍어했다.

"아마 우타가루타¹일 거예요. 애들이 많으니까요" 하고 오요네가 말했다. "당신, 다녀오세요."

"모처럼 오라는데 당신도 가야. 나는 가루타를 한 지 아주 오래돼서 잘 못하거든."

"저도 오랫동안 안 해서 못해요."

두 사람은 쉽사리 가려고 하지 않았다. 결국, 그렇다면 젊은 어르신

---

1 읽는 카드에는 와카(和歌) 전체를, 집는 카드에는 그 뒤 구절만 적어놓고 읽는 카드와 일치하는 카드를 집는 카드에서 먼저 찾아내는 것을 겨루는 게임.

이 모두를 대표해서 가는 게 좋겠다는 것으로 이야기가 모아졌다.

"젊은 어르신, 갔다 와" 하고 소스케가 고로쿠에게 말했다. 고로쿠는 쓴웃음을 지으며 일어섰다. 부부는 고로쿠에게 젊은 어르신이라는 이름을 붙여준 것이 아주 우스꽝스럽다고 생각했다. 젊은 어르신이라고 불려 쓴웃음을 짓는 고로쿠의 얼굴을 보고 다 같이 웃음을 터뜨렸다. 고로쿠는 정초다운 분위기 속에서 나갔다. 그리고 백 미터쯤의 추위를 가로질러 다시 정초다운 전등 밑에 앉았다.

그날 밤 고로쿠는 섣달그믐에 사 온 매화꽃 모양의 오자미를 소맷자락에 넣고 가서, 이건 형님이 드리는 거라고 일부러 말하며 사카이의 딸에게 선물로 주었다. 그 대신 돌아올 때는 경품 제비뽑기에 당첨되어 받았다는 작은 나체 인형을 받아 같은 소맷자락에 넣어 왔다. 인형의 이마가 살짝 깨져 있고 그 부분만 먹으로 칠해져 있었다. 고로쿠는 진지한 얼굴로 이것이 소데하기[2]라고 하면서 형 부부 앞에 내놓았다. 왜 소데하기인지 부부는 알 수 없었다. 고로쿠도 물론 알 수 없었는데, 사카이의 부인이 친절하게 설명해주었다고 한다. 그래도 납득을 못 하자 이번에는 사카이가 일부러 편지지로 쓰는 두루마리에 샤레[3]와 본문을 나란히 쓰고는 돌아가면 이걸 형님하고 형수님께 보여드리라며 건넸다는 이야기였다. 고로쿠는 소맷자락에서 그 종잇조각을 꺼내 보여주었다. 거기에는 "고노카키 히토에가 구로가네노(此の垣—重が黑鐵の)[4]"라고 적은 뒤에 괄호 안에는 "고노가키 히타

---

2 지카마쓰 한지(近松半二) 등이 만들어 1762년에 초연한 조루리 〈오슈 아다치가하라(奧州安達原)〉에 나오는 등장인물. 아베 사다토와 결혼했다는 이유로 아버지에게 의절당한 소데하기가 패잔병이 된 남편을 찾아 유랑하는 이야기다.
3 발음은 비슷하나 뜻이 다른 익살스러운 문구.

에가 구로가케노(此の餓鬼額が'黒欠の)[5]"라고 덧붙여 있어 소스케와 오요네는 다시 정초다운 웃음을 터뜨렸다.

"꽤나 정성 들여 짜냈는걸. 대체 누가 생각한 거지?" 하고 형이 물었다.

"누구일까요?" 하며 고로쿠는 역시 시시하다는 표정을 지으며 인형을 거기에 내팽개친 채 자기 방으로 들어갔다.

그로부터 이삼일이 지난, 정확히 7일 저녁 무렵, 전에 왔던 사카이 집의 하녀가 다시 와서, 혹시 한가하시면 이야기나 나누다 가시라는 사카이의 말을 공손하게 전했다. 소스케와 오요네는 남포등을 켜고 마침 저녁을 먹기 시작한 참이었다. 소스케는 그때 밥공기를 들면서,

"정초도 이제 일단락되었군" 하고 말했다. 그때 기요가 사카이의 말을 전해주었기 때문에 오요네는 남편의 얼굴을 보며 미소 지었다. 소스케는 밥공기를 내려놓고,

"또 무슨 모임이라도 있는 건가?" 하고 좀 귀찮다는 듯이 미간을 찌푸렸다. 사카이네 하녀에게 들어보니 특별히 손님이 온 것도 아니고 아무 준비도 하지 않았다고 했다. 게다가 부인은 아이들을 데리고 친척집에 가서 집에 없다는 이야기까지 했다.

"그럼 가볼까" 하고 말하며 소스케는 밖으로 나갔다. 소스케는 일반적인 사교를 싫어했다. 어쩔 수 없는 모임이 아니면 얼굴을 내밀지 않는 사람이었다. 개인적으로 친구도 많이 사귀려고 하지 않았다. 찾아갈 여유도 없었다. 다만 사카이만은 예외였다. 이따금 볼일이 없는데

---

4 '이 담장 한 겹이 무쇠의'라는 뜻. 의절당한 소데하기가 아버지의 집으로 찾아갔으나 들어가지도 못하고 문 앞에서 울며 하는 대사의 한 구절.

5 '이 꼬맹이 이마가 까맣게 깨져'라는 뜻. 이마가 깨져 먹을 까맣게 칠한 인형의 모습을 소데하기의 대사와 발음이 비슷한 글자로 만들어 표현한 것이다.

도 이쪽에서 일부러 찾아가 시간을 보내다 오는 일까지 있었다. 그런데 사카이는 세상에서 가장 사교적인 사람이었다. 이렇게 사교적인 사카이와 고독한 소스케가 서로의 집에 들러 이야기를 나눌 수 있게 된 것은 오요네가 보기에도 묘한 일이었다. 사카이는,

"저쪽으로 가시지요" 하며 거실을 지나 복도를 따라가더니 작은 서재로 들어갔다. 그곳 도코노마에는 종려나무 내피의 털로 만든 붓으로 쓴 것 같은 힘찬 서체의 커다란 글자를 넣은 족자가 걸려 있었다. 선반 위의 꽃병에는 하얀 모란꽃이 멋지게 꽂혀 있었다. 그 외에 책상도 방석도 근사했다. 사카이는 먼저 어두운 입구에 서서,

"자, 들어오시지요" 하면서 어딘가를 딸깍하고 비틀어 전깃불을 켰다. 그러고 나서,

"잠깐만 기다리세요" 하며 성냥으로 가스난로에 불을 붙였다. 가스난로는 방 크기에 맞게 아주 조그마한 것이었다. 그러고 나서 사카이는 방석을 권했다.

"이게 제 동굴인데 성가신 일이 있으면 이곳으로 피난하지요."

소스케도 두툼한 솜 방석 위에서 일종의 고요함을 느꼈다. 가스가 타는 소리가 희미하게 들리더니 등에서부터 차츰 후끈후끈 따뜻해졌다.

"여기에 있으면 그야말로 아무 간섭도 받지 않습니다. 마음이 아주 편하지요. 천천히 놀다 가세요. 정말이지 설이라는 건 예상외로 번거롭지 않습니까? 저도 어제까지는 거의 녹초가 돼서 두 손 두 발 다 들었습니다. 새해가 끈질기게 따라다니는 것은 정말 괴롭지요. 그래서 병이 나서 오늘 오후부터는 결국 속세를 멀리하고 푹 잤습니다. 방금 전에야 막 일어나 목욕을 하고 나서 밥을 먹고 담배를 피우며 정신을

차려보니 아내가 아이들을 데리고 친척집에 가서 아무도 없는 겁니다. 아니나 다를까 조용하다 싶었지요. 그런데 이번에는 갑자기 무료해지는 겁니다. 사람도 참 제멋대로지요. 하지만 아무리 무료해도 더이상 경사스러운 걸 보거나 듣는 것도 힘들고 또 설다운 것을 마시거나 먹는 것도 불쾌해서, 설답지 않다고 하면 실례일지도 모르겠지만, 다시 말해 한마디로 하자면 초연파(超然派)인 사람하고 이야기를 나눠보고 싶어서 일부러 사람을 보낸 겁니다" 하고 사카이는 평소와 같은 어조로 거침없이 말했다. 소스케는 이 낙천가 앞에서는 자신의 과거를 잊어버리곤 했다. 그리고 어떤 경우에는 자신이 만약 순조롭게 살아왔다면 이런 인물이 되지 않았을까 하고 생각했다.

그때 하녀가 90센티미터쯤 되는 좁은 입구를 열고 들어오더니 다시 소스케에게 공손히 고개를 숙이고는 과자가 담긴 나무접시 같은 것을 하나 앞에 놓았다. 그러고 나서 똑같은 것을 사카이 앞에도 놓고는 한마디도 하지 않고 물러갔다. 나무접시에는 고무공만큼 커다란 시골 만두 하나가 담겨 있었다. 게다가 보통의 이쑤시개보다 배는 커 보이는 것이 같이 놓여 있었다.

"식기 전에 드셔보세요" 하고 사카이가 말해서 소스케는 비로소 금방 쪄온 만두라는 것을 알았다. 진기한 듯이 노란색 만두피를 바라보았다.

"이거, 금방 찐 건 아닙니다" 하고 사카이가 다시 말했다. "실은 어젯밤 어디를 갔다가 농담 삼아 칭찬을 해줬더니 선물로 가져가라고 해서 받아온 겁니다. 그때는 아주 따끈따끈했는데 말이지요. 이건 지금 드시게 하려고 다시 데운 겁니다."

사카이는 젓가락인지 이쑤시개인지 알 수 없는 것으로 아무렇게나

만두를 잘라 게걸스럽게 먹기 시작했다. 소스케도 덮어놓고 그대로 따라 했다.

그사이에 사카이는 어젯밤에 간 요릿집에서 만났다는 묘한 게이샤 이야기를 했다. 그 게이샤는 『포켓 논어』[6]를 좋아해서 기차를 타거나 놀러 갈 때는 늘 그 책을 품에 넣고 다닌다는 것이었다.

"그런데 말이오, 공자의 제자 중에서 자로(子路)를 제일 좋아한다더 군요. 그 이유를 물어보니까, 자로라는 사람은 뭔가 하나를 배웠는데 그것을 미처 행하기도 전에 또 새로운 것을 들으면 고민을 할 정도로 정직해서랍니다. 사실 저도 자로에 대해서는 별로 아는 게 없어서 난 처했지만, 아무튼 좋아하는 사람이 생겼는데 그 사람하고 결혼도 하 기 전에 또 새롭게 좋아하는 사람이 생기면 고민되는 거 아니겠느냐 고 물어보았지요."

사카이는 이런 이야기를 아주 스스럼없이 늘어놓았다. 그렇게 이야 기하는 품으로 미루어보아 그는 그런 곳에 뻔질나게 들락거려 진작 그 자극에 마비되었으면서도 습관처럼 여전히 매달 여러 번 같은 일 을 되풀이하고 있는 듯했다. 자세히 캐물어보니 그렇게 태평한 사람 도 때로는 환락의 포만감에 지쳐 서재에서 정신을 쉬게 할 필요가 생 긴다는 것이었다.

소스케도 그런 방면에 전혀 경험이 없는 사람이 아니어서 굳이 흥 미를 가장할 필요도 없이 그저 예사롭게 대응했는데, 그런 점이 오히 려 사카이의 마음에 든 모양이었다. 사카이는 소스케의 평범한 말 속 에서 일종의 이채로운 과거를 들여다본 듯한 눈치였다. 하지만 이야

6 야노 쓰네타(矢野恒太, 1865~1951)가 『논어』를 통속적으로 해석해서 출판한 소형 책으로 1907년 하쿠분칸(博文館)에서 간행되어 서민층이 애독했다.

기를 그쪽으로 끌고 가지 않으려는 기색을 조금이라도 내비치면 바로 화제를 바꿨다. 그것은 정략보다는 오히려 예의에서였다. 따라서 소스케에게는 손톱만큼도 불쾌감을 주지 않았다.

그럭저럭하는 사이에 고로쿠 이야기가 나왔다. 사카이는 그 청년에 대해 육친인 형이 보지 못한 새로운 것을 두세 가지 관찰한 모양이었다. 소스케는 사카이의 평가가 맞든 틀리든 상관없이 재미있게 들었다. 그 가운데는, 고로쿠는 나이에 비해 복잡한 실용에 적합하지 않은 머리를 갖고 있으면서도 나이보다 어리고 단순한 성정을 아무렇지 않게 드러내는 어린애가 아니냐 하는 질문이 있었다. 소스케는 바로 그 말에 수긍했다. 하지만 학교 교육만 받았을 뿐 사회 교육을 받지 않은 사람은 아무리 나이를 먹어도 그런 경향이 있을 거라고 대답했다.

"그렇지요. 그것과 반대로 사회 교육만 받고 학교 교육을 받지 못한 사람은 상당히 복잡한 성정을 발휘하는 대신에 머리는 언제까지고 어린애니까요. 오히려 그게 더 다루기 힘들지도 모르지요."

사카이는 여기서 잠깐 웃었지만, 얼마 안 있어,

"어떻겠소, 우리 집에 서생[7]으로 보내는 건. 조금은 사회 교육이 될지도 모르니 말이오" 하고 말했다. 전에 있던 서생은 사카이의 개가 병이 들어 병원에 입원하기 한 달쯤 전에 징병검사[8]에 합격해서 입영한 터라 지금은 서생이 한 명도 없다는 것이었다.

---

7 다른 사람 집에 얹혀살면서 가사를 도와주며 공부하는 학생.

8 1873년부터 징병령에 의한 국민개병제가 시행되어 만 20세가 된 남자는 신체검사를 받았다. 신장, 체중, 병 유무 등을 검사했는데 즉시 입영될 가능성이 높은 자가 갑종으로 분류되었다. 갑종의 기준은 신장 152센티미터 이상의 신체 건강한 자였는데, 징병령이 시작된 메이지 시대의 합격률은 10~20퍼센트로 극히 낮았다. 참고로, 태평양전쟁 말기에는 병력이 부족하여 을종이나 병종을 불문하고 징병했다.

소스케는 고로쿠 문제를 해결할 좋은 기회가 애써 찾아보기도 전에 새해와 함께 저절로 굴러든 것이 기뻤다. 동시에 지금까지 세상을 향해 적극적으로 호의와 친절을 요구할 용기를 갖지 못했던 그는 돌연 사카이의 제안을 받자 잠깐 갈피를 잡지 못할 만큼 놀랐다. 하지만 가능하다면 하루라도 빨리 동생을 사카이에게 맡기고 그 변화에서 생길 자신의 여윳돈에다 야스노스케의 도움을 더해 본인의 희망대로 고등 교육을 시켜주자는 판단을 했다. 그래서 사카이에게 사정을 숨김없이 다 털어놓자 그는 아, 그렇군요, 그렇군요, 하면서 듣고 있을 뿐이었지만 마지막에는 간단히,

"그거 좋지요" 하고 말해서 의논은 그 자리에서 거의 매듭지어졌다.

소스케는 그쯤에서 물러나 돌아왔으면 좋았을 것이다. 아니, 물러나 돌아오려고 하기는 했다. 그런데 사카이가 천천히 더 놀다 가라며 붙잡았다. 사카이는, 밤은 길다, 아직 초저녁 아니냐며 시계까지 꺼내 보여주었다. 실제로 그는 무료해하는 듯했다. 소스케도 돌아가봐야 그저 자는 것 외에 볼일이 없는 몸이라 그만 다시 엉덩이를 붙이고 눌러앉아 독한 담배를 새로 피우기 시작했다. 나중에는 주인을 따라 부드러운 방석에 편한 자세로 앉았다.

사카이는 고로쿠와 관련하여,

"거 동생이 있으면 꽤 성가시지요. 저도 쓸모없는 놈 하나를 돌봐준 적이 있거든요" 하며 자신의 동생이 대학에 다닐 때 돈이 많이 든 일 등을 자신의 검소한 학창 시절과 비교하며 여러 가지 이야기를 늘어놓았다. 소스케는 화려한 것을 좋아하는 그의 동생이 나중에 어떤 경로를 거쳐 어떻게 되었는지 불길한 운명의 뜻을 엿보는 일환으로 사카이에게 물어보았다. 사카이는 대뜸,

"모험가" 하고 밑도 끝도 없는 한마디를 던지듯이 내뱉었다.

그의 동생은 대학을 졸업한 뒤 사카이의 소개로 어떤 은행에 들어 갔는데, 기어코 돈을 벌어야겠다고 입버릇처럼 말하더니 러일전쟁 후에 곧 사카이의 만류에도 불구하고 크게 성공해 보이겠다며 큰소리치고는 결국 만주로 건너갔다고 한다. 그곳에서 뭘 시작하나 했더니 랴오허 강을 이용하여 콩깻묵과 대두를 배로 운반하는 대규모 운송업을 시작했으나 순식간에 실패했다는 것이다. 물론 그 동생은 출자자가 아니었는데 이제 막 궤도에 오르려고 할 때 결산을 해보니 큰 적자라는 것이 드러나 사업을 계속할 수도 없었고 당연히 지위도 잃고 말았다고 한다.

"그러고 나서는 어떻게 되었는지 저도 몰랐는데, 나중에 가까스로 소식을 듣고 깜짝 놀랐지요. 몽골에 들어가 떠돌아다닌다는 겁니다. 투기적 모험심이 어느 정도인지 몰라서 저도 좀 불안했습니다. 그래도 떨어져 있는 동안은 어떻게든 잘 있겠지 하는 정도로 생각하고 내버려두었습니다. 가끔 소식이 왔는데, 몽골이라는 데는 물이 부족한 곳이라 더울 때는 길에 시궁창 물을 뿌리기도 하고 또 그 시궁창 물이 없어지면 이번에는 말 오줌을 뿌리기도 해서 냄새가 아주 지독하다는 편지가 올 뿐이었지요. 물론 돈 이야기도 했는데, 뭐 도쿄와 몽골이니까 내버려두면 그뿐이었습니다. 그러니 떨어져 있기만 하면 뭐 상관없었는데, 글쎄 작년 연말에 그 녀석이 불쑥 나타난 겁니다."

사카이는 뭔가 생각났다는 듯이 도코노마 기둥에 걸어놓은 멋진 술이 달린 일종의 장식물을 가져왔다.

비단 주머니에 들어 있는 30센티미터쯤 되는 칼이었다. 칼집은 뭔지 모르는 초록색 운모(雲母) 같은 것으로 만들어졌는데 세 군데쯤 은으로 둘러져 있었다. 칼날은 20센티미터도 안 돼 보였다. 따라서 날도 얇았다. 하지만 칼집의 모양은 마치 육각의 떡갈나무 봉처럼 두툼했다. 자세히 보니 칼자루 뒤쪽에 가느다란 막대기 두 개가 나란히 꽂혀 있었다. 결과적으로 칼집과 포개져 서로 떨어지지 않게 되어 있었기 때문에 은으로 된 띠를 맨 것이나 다름없었다. 사카이는,

"선물로 이런 걸 가져왔더군요. 몽골도랍니다" 하면서 바로 칼을 빼서 보여주었다. 뒤쪽에 꽂혀 있던 상아 같은 막대기 두 개도 빼서 보여주었다.

"이건 젓가락입니다. 몽골 사람은 늘 이걸 허리춤에 차고 다니는데, 뭔가를 먹을 때가 되면 이 칼을 빼서 고기를 자르고 이 젓가락으로 바로 먹는답니다."

사카이는 새삼스레 칼과 젓가락을 양손에 들고 자르거나 먹는 시늉을 해 보였다. 소스케는 오로지 그 정교한 만듦새만 바라보았다.

"아직도 몽골 사람이 텐트로 쓰는 펠트도 받았는데, 뭐 옛날 양탄자하고 그리 다르지 않더군요."

사카이는 몽골 사람이 능숙하게 말을 다루는 이야기, 몽골 개가 마르고 몸집이 길쭉해서 서양의 그레이하운드와 닮았다는 이야기, 그들이 중국인 때문에 점점 밀려나고 있다는 이야기 등 모두 최근에 그곳에서 돌아왔다는 동생에게 들은 이야기를 소스케에게 그대로 전해주었다. 소스케도 아직껏 들어본 적이 없는 이야기라 하나하나 적잖은 흥미를 갖고 듣고 있었다. 그러다가 대체 그 동생은 몽골에서 뭘 하고 있을까 하는 호기심이 일었다. 그래서 사카이에게 살짝 물어보았더니 그는,

"모험가" 하고 조금 전에 했던 말을 다시 힘주어 되풀이했다. "뭘 하

는지 모르지요. 저한테는 목축을 하고 있고, 게다가 성공하고 있다고 합니다만 어디 믿을 수가 있어야지요. 지금까지도 허풍을 떨며 저를 속여왔거든요. 게다가 이번에 도쿄에 온 용건이라는 게 아주 수상합니다. 뭐라고 하는 몽골 왕을 위해 돈 2만 엔만 빌리고 싶다, 만약 빌려주지 않으면 자기 신용에 문제가 생긴다며 동분서주하고 있으니까요. 맨 먼저 붙잡힌 게 접니다만 아무리 몽골 왕이라고 해도, 아무리 넓은 땅을 저당 잡힌다고 해도 몽골과 일본이라면 독촉할 수도 없는 거 아닌가요? 그래서 제가 거절하자 뒤에서 아내한테 형님은 저래서 큰일을 할 수 없는 거라고 삐기더랍니다. 어쩔 수 없죠 뭐."

사카이는 여기서 살짝 웃었지만 묘하게 긴장된 소스케의 얼굴을 보고,

"어떻습니까, 한번 만나보는 건? 일부러 모피가 달린 헐렁헐렁한 옷 같은 걸 입고 있는데 꽤 재미있어요. 괜찮으시면 제가 소개하지요. 마침 모레 저녁에 불러서 같이 밥을 먹기로 했거든요. 뭐 걸려들면 안 되지만요. 떠들라고 하고 잠자코 듣고 있기만 하면 전혀 위험하지 않습니다. 그냥 재미있을 뿐이지요" 하고 자꾸 권했다. 소스케는 다소 마음이 움직였다.

"동생분만 오는 겁니까?"

"아니, 몽골에서 같이 왔다는 동생의 친구 한 명도 오기로 했습니다. 야스이라고 하는데 저도 아직 만난 적이 없습니다만, 동생이 자꾸 저한테 소개하고 싶어 해서요. 실은 그래서 두 사람을 부른 거거든요."

소스케는 그날 밤 창백한 얼굴로 사카이의 집에서 나왔다.

17

소스케와 오요네의 일생을 어둡게 채색한 관계는 두 사람의 그림자를 흐릿하게 해 자신들이 어딘가 유령 같다는 생각을 품게 했다. 그들은 마음속 어느 부분에 남에게 보이지 않는 무서운 결핵성 균이 잠복해 있다는 것을 어렴풋이 자각하고 있으면서도 일부러 모른 척하는 얼굴로 서로를 대해왔다.

당초 그들의 머리를 아프게 한 것은 자신들의 도덕적인 과실이 야스이의 앞날에 끼칠 영향이었다. 두 사람의 머릿속에서 끓어오른 굉장한 거품 같은 것이 가까스로 가라앉을 무렵 야스이 역시 도중에 학교를 그만두었다는 소식이 들려왔다. 그들이 야스이의 앞길에 흠집을 낸 원인 제공자였다는 것은 말할 것도 없었다. 이어서 야스이가 고향으로 돌아갔다는 소문이 들려왔다. 그 뒤에는 병에 걸려 집에 누워 있다는 소식이 들려왔다. 두 사람은 그런 소식을 들을 때마다 무척이나 가슴이 아팠다. 마지막으로 야스이가 만주로 갔다는 소식이 들려왔다. 소스케는 마음속으로 병은 이제 나았을까 하고 생각했다. 만주로 갔다는 것은 어쩌면 거짓말일지 모른다고 생각했다. 야스이는 몸으로 보나 성격으로 보나 만주나 타이완으로 갈 사람이 아니었기 때문이다. 소스케는 가능한 한 손을 써서 그 말의 진위 여부를 알아보았다. 그리고 어떤 연고로 야스이가 펑톈(奉天)[1]에 있다는 사실을 확인할 수 있었다. 동시에 그가 건강하고 활발하며 아주 바쁘게 지낸다는 사실도 확인했다. 그때 부부는 얼굴을 마주하고 안도의 한숨을 내쉬었다.

"잘된 거지 뭐" 하고 소스케가 말했다.

"병에 걸린 것보다는요" 하고 오요네가 말했다.

그 이후로 두 사람은 야스이의 이름을 입에 올리는 걸 피했다. 굳이 떠올리려고도 하지 않았다. 야스이가 중도에 학교를 그만두게 하고 고향으로 돌아가게 하고 병에 걸리게 하고 어쩌면 만주로 내몬 죄에 대해 아무리 회한의 고통을 거듭한다고 해도 그들은 어떻게 해볼 도리가 없는 처지에 있었기 때문이다.

"오요네, 신앙심을 느껴본 적 있어?" 하고 어느 날 소스케가 오요네에게 물었다. 오요네는 그저,

"있어요" 하고만 대답하고는 곧바로 "당신은요?" 하고 되물었다.

소스케는 희미하게 웃기만 하고 아무 대답도 하지 않았다. 그렇다고 굳이 오요네의 신앙에 대해 자세히 물어보지도 않았다. 오요네에게는 그것이 다행인지도 몰랐다. 그녀는 그 방면에 대해 이렇다 할 만큼 분명하게 정돈된 뭔가를 갖고 있지 않았기 때문이다. 두 사람은 아무튼 예배당 의자에도 앉지 않고 산문(山門)에도 들어가지 않고 지냈다. 그저 자연의 은혜인 세월이라는 완화제의 힘만으로 간신히 안정

---

1 지금의 선양(瀋陽).

을 찾았다. 이따금 멀리서 별안간 나타나는 호소도 괴로움이나 두려움이라는 잔혹한 이름을 붙이기에는 너무나도 희미하고 약하며 육체와 탐욕을 떠난 것이었다. 결국 그들의 신앙은 하나님을 찾지 않았기 때문에, 부처님을 만나지 않았기 때문에 서로를 표적으로 삼아 움직였다. 서로 껴안고 둥근 원을 그리기 시작했다. 그들의 생활은 쓸쓸한 대로 안정되어갔다. 그 쓸쓸한 안정 속에서 일종의 달콤한 비애를 맛보았다. 문예와도 철학과도 인연이 없는 그들은 그것을 다 맛보았으면서도 스스로 자신의 상태를 자랑스러워하며 자각할 만큼의 지식을 갖지 못했기 때문에 같은 처지에 있는 시인이나 문인보다 한결 순수했다. 이것이 새해 이레째 되는 날 밤에 사카이에게 불려 갔다가 야스이의 소식을 듣기 전까지 부부의 모습이었다.

그날 밤 소스케는 집으로 돌아와 오요네의 얼굴을 보자마자,

"몸이 좀 안 좋아서 바로 자야겠어" 하고 말해, 화로에 기대어 남편이 돌아오기만을 기다리고 있던 오요네를 놀라게 했다.

"무슨 일이에요?" 하고 오요네는 눈을 들어 소스케를 바라보았다. 소스케는 그 자리에 우두커니 서 있었다.

소스케가 밖에서 돌아와 이런 모습을 보인 것은 오요네의 기억에 거의 없을 만큼 드문 일이었다. 오요네는 돌연 뭔지 모를 공포에 휩싸인 것처럼 일어났는데, 거의 기계적으로 벽장에서 이부자리를 꺼내 남편의 말대로 깔기 시작했다. 그사이에 소스케는 여전히 품에 손을 넣고 옆에 서 있었다. 그리고 잠자리가 깔리자마자 대충 옷을 벗어던지고 곧장 이불 속으로 기어들었다. 오요네는 머리맡을 떠날 수 없었다.

"무슨 일이에요?"

"어쩐지 기분이 안 좋아. 이렇게 좀 가만히 누워 있으면 나아질 거야."

소스케의 대답은 반쯤 이불 속에서 나왔다. 그 목소리가 분명하지 않게 오요네의 귀에 울렸을 때, 오요네는 미안한 얼굴로 머리맡에 앉아 움직이지 않았다.

"저쪽에 가 있어도 돼. 볼일 있으면 부를 테니까."

오요네는 그제야 거실로 돌아갔다.

소스케는 이불을 뒤집어쓰고 혼자 굳어진 채 눈을 감고 있었다. 그는 어둠 속에서 사카이로부터 들은 이야기를 몇 번이고 되새겼다. 그는 만주에 있는 야스이의 소식을 집주인 사카이의 입을 통해 들으리라고는 조금 전까지만 해도 상상도 하지 못했다. 오늘 밤 저녁을 마칠 때까지만 해도 자칫하면 야스이와 자신이 사카이의 집에 동시에 초대되어 옆자리에 앉거나 마주 앉을 운명에 놓일 뻔하게 되리라고는 꿈에도 생각하지 못했다. 그는 누워서 지난 두세 시간의 일을 생각하고 그 클라이맥스가 너무나도 갑작스럽게 일어난 것을 기이하게 생각했다. 또한 슬프게도 느꼈다. 그는 자신이 이렇게 우연한 사건을 빌려 뒤에서 예고도 없이 다리를 걸지 않으면 넘어뜨릴 수 없을 만큼 강한 놈이라고는 스스로도 믿지 않았다. 자신처럼 약한 사람을 내팽개치는 데는 좀 더 온건한 수단이 많을 거라고 믿고 있었던 것이다.

고로쿠로부터 사카이의 동생, 그리고 만주, 몽골, 귀경, 야스이, 이런 대화의 흔적을 더듬어가면 갈수록 우연의 정도가 너무 심한 것 같았다. 그가 과거의 통한을 새롭게 하려고 보통 사람이 좀처럼 만날 수 없는 이런 우연을 맞닥뜨리게 하기 위해 수백, 수천 명의 사람 중에서 골라내야 할 정도의 인물이었나 하는 생각을 하니 소스케는 괴로웠다. 또한 화가 났다. 그는 깜깜한 잠자리 안에서 뜨거운 숨을 내쉬었다.

이삼 년의 세월로 겨우 아물어가던 상처가 갑자기 쑤시기 시작했다. 쑤시면서 화끈거렸다. 다시 상처 자리가 터지고 독을 품은 바람이 사정없이 불어닥칠 것 같았다. 소스케는 차라리 오요네에게 모든 것을 털어놓고 고통을 함께 나눌까 하고 생각했다.

"오요네, 오요네" 하고 두 번 불렀다.

곧장 머리맡으로 온 오요네는 위에서 들여다보는 듯이 소스케를 봤다. 소스케는 이불깃에서 얼굴을 다 내밀었다. 옆방의 불빛이 오요네의 뺨을 반쯤 비추고 있었다.

"뜨거운 물 한 잔 줘."

소스케는 결국 하려던 말을 꺼낼 용기를 잃고 거짓말을 내뱉어 얼버무렸다.

이튿날 소스케는 평소처럼 일어나 여느 때와 다름없이 식사를 마쳤다. 그리고 식사 시중을 들고 있는 오요네의 얼굴에 다소 안도의 빛이 보인 것을, 기쁜 것 같기도 하고 애처로운 것 같기도 한 심정으로 바라보았다.

"어젯밤에는 놀랐어요. 어떻게 된 건가 해서요."

소스케는 고개를 숙이고 찻잔에 따른 차를 마실 뿐이었다. 뭐라 답해야 좋을지 적당한 말이 떠오르지 않았기 때문이다.

그날은 아침부터 바람이 휘몰아쳐 이따금 먼지와 함께 길 가는 사람의 모자를 빼앗았다. 열이 있으면 안 좋으니 하루 쉬는 게 어떠냐며 걱정하는 오요네의 말을 흘려듣고 평소대로 전차를 탄 소스케는 바람 소리와 전차 소리 속에서 고개를 움츠리고 그저 한곳만 응시하고 있었다. 내릴 때 휘잉 하는 소리가 들려 머리 위의 전깃줄이 울리고 있다는 것을 알아차리고 하늘을 보니 이 맹렬한 자연의 힘이 날뛰는 동안 여느 때보다 밝은 해가 느릿느릿 떠올라 있었다. 바람은 바짓가랑이를 차갑게 하며 지나갔다. 소스케에게는 모래를 휘감고 건너편 도랑 쪽으로 불어가는 모습이 비스듬히 내리는 빗줄기처럼 또렷이 보였다.

관청에서는 일이 손에 잡히지 않았다. 붓을 들고 팔을 괸 채 뭔가를 생각했다. 때로는 필요하지도 않은 먹을 무턱대고 갈았다. 담배를 마구 피워댔다. 그러고는 무슨 생각이라도 난 듯이 유리창을 통해 바깥을 내다보았다. 바깥은 내다볼 때마다 바람 세상이었다. 소스케는 그저 빨리 집으로 돌아가고 싶을 뿐이었다.

가까스로 퇴근 시간이 되어 집으로 돌아왔을 때 오요네는 불안한 듯 소스케의 얼굴을 보며,

"별일 없었어요?" 하고 물었다. 하는 수 없이 소스케는 별일 없었고 그냥 피곤할 뿐이라고 대답하고는 곧장 고타쓰 안에 발을 넣은 채 저녁을 먹을 때까지 꼼짝도 하지 않았다. 그럭저럭하는 사이에 해가 지는 것과 함께 바람은 멎었다. 낮의 반동으로 갑자기 사방이 쥐 죽은 듯 조용해졌다.

"지금은 좋네요, 바람이 안 불어서. 낮에는 어찌나 불어대던지 집에 앉아 있어도 어쩐지 무서운 느낌이 들어 견딜 수가 없었어요."

오요네의 말에는 바람이 마물(魔物)이라도 되는 양 두려워하는 기색이 있었다. 소스케는 차분하게,

"오늘 밤은 좀 따뜻한 것 같은데. 평온하고 좋은 정월이야" 하고 말했다. 밥을 다 먹고 담배 한 대를 피울 차례가 되었을 때 돌연,

"오요네, 요세에라도 가볼까?" 하고 아내에게 좀처럼 하지 않던 말을 했다. 오요네는 물론 마다할 이유가 없었다. 고로쿠는 기다유(義太夫)² 같은 걸 듣느니 집에서 떡이라도 구워 먹는 게 낫겠다고 해서 집을 보라고 하고 두 사람만 집을 나섰다.

시간에 좀 늦어서 요세는 사람들로 가득 차 있었다. 두 사람은 방석을 깔 자리도 없는 가장 뒤쪽으로 비집고 들어가 한쪽 무릎을 세우고 앉았다.

"사람이 엄청나네요."

"역시 정초라 구경하러 온 걸 거야."

두 사람은 이렇게 소곤거리며 널찍한 실내에 꽉 들어찬 사람들의 머리를 둘러보았다. 그 머리들 중에서 요세 무대에 가까운 앞쪽은 담배 연기로 안개가 낀 것처럼 뿌옇게 보였다. 소스케에게는 겹겹이 늘어선 검은 머리들이 모두 이런 오락장에 와서 재미있게 하룻밤을 보낼 수 있는 여유 있는 사람들처럼 여겨졌다. 어떤 얼굴을 봐도 부러웠다.

그는 무대 쪽을 똑바로 바라보고 열심히 조루리를 들으려고 애썼다. 하지만 아무리 애를 써도 재미있지 않았다. 이따금 눈을 돌려 오요네의 얼굴을 훔쳐봤다. 볼 때마다 오요네의 시선은 똑바로 앞을 향하고 있었다. 옆에 남편이 있다는 것을 거의 잊고 진지하게 듣고 있는 것 같았다. 소스케는 부러운 사람들 중에 오요네까지 넣어야 했다.

중간 휴식 시간에 소스케는 오요네에게,

"어때, 이제 돌아갈까?" 하고 말을 건넸다. 오요네는 뜻밖의 말에 깜짝 놀랐다.

"싫어요?" 하고 물었다. 소스케는 아무 대답도 하지 않았다. 오요네는,

"아무래도 좋아요" 하고 반쯤 남편의 뜻을 거스르지 않는 대답을 했다. 소스케는 모처럼 데려온 오요네에게 오히려 미안한 마음이 들었

2 기다유부시(義太夫節)의 준말. 겐로쿠 시대(1688~1704)에 다케모토 기다유(竹本義太夫)가 시작한 조루리의 한 파로 인형 조루리와 결합하여 발전했다. 대가 굵은 샤미센을 반주로 사용하여 강력하게 낭창하는 것이 특징이다.

다. 결국 끝까지 참고 앉아 있었다.

집으로 돌아오자 고로쿠는 화로 앞에 책상다리를 하고 앉아 책등이 틀어지는 것도 아랑곳하지 않고 손에 든 책을 위로 올린 채 읽고 있었다. 옆에 내려놓은 쇠 주전자는 미지근하게 식어 있었다. 쟁반 위에는 굽다 만 떡 서너 조각이 담겨 있었다. 석쇠 밑으로 작은 접시에 남은 간장 색깔이 보였다.

고로쿠는 자리에서 일어나며,

"재미있었어요?" 하고 물었다. 부부는 10분쯤 고타쓰에서 몸을 녹인 후 곧바로 잠자리에 들었다.

다음 날에도 소스케의 마음이 진정되지 않는 것은 전날과 거의 마찬가지였다. 관청에서 퇴근하여 평소대로 전차를 탔지만, 오늘 밤 자신과 전후하여 야스이가 사카이의 집에 손님으로 찾아올 것을 생각하면 아무래도 일부러 그 사람과 접근하기 위해 이런 속력으로 집으로 돌아가는 것은 불합리한 것 같았다. 동시에 야스이는 그 후 어떻게 변했을까, 하고 생각하니 멀리서나마 그의 모습을 한번 보고 싶기도 했다.

사카이가 그제 밤 자신의 동생을 한마디로 '모험가'라고 평했던 소리가 지금 소스케의 귀에 크게 울려 퍼졌다. 소스케는 이 한마디에서 모든 자포자기, 불평과 증오, 패륜과 패덕, 망단(妄斷)과 결행을 상상하며 이런 말들의 한 귀퉁이에 닿지 않으면 안 될 만한 사카이의 동생, 그리고 그와 이해(利害)를 같이하기 위해 만주에서 귀국한 야스이가 어느 정도의 인물이 되었는가를 머릿속에 그려보았다. 그려진 그림은 물론 모험가라는 뜻이 허락하는 범위 안에서 가장 강한 색채를 띤 것이었다.

이렇게 타락의 방면으로 특별히 과장한 모험가를 머릿속에 만들어낸 소스케는 그 책임을 전적으로 자기 혼자 져야 할 것 같았다. 그는 그저 사카이의 손님으로 오는 야스이의 모습을 한번 보고 그 모습에서 현재의 인격을 생생하게 떠올리고 싶었다. 그리하여 자신이 상상한 것만큼 그가 타락하지 않았다는 위로를 받고 싶었다.

그는 사카이의 집 옆에 상대에게 들키지 않고 엿볼 수 있는 적당한 장소가 없는지 생각했다. 불행히도 몸을 숨길 만한 데가 떠오르지 않았다. 만약 날이 저물고 나서 간다면 이쪽이 들키지 않는 편리함은 있지만 동시에 어두운 곳을 지나는 사람의 얼굴을 알아볼 수 없는 문제가 있다.

그러는 사이에 전차가 간다에 도착했다. 소스케는 여느 때와 마찬가지로 거기서 전차를 갈아타고 집 쪽으로 가는 게 고통스러웠다. 그의 신경은 한 발짝이라도 야스이가 오는 방향으로 다가가는 것을 견딜 수 없었다. 야스이를 멀리서나마 보고 싶은 호기심은 처음부터 그다지 강하지 않았던 만큼 갈아탈 전차가 오기 직전에 완전히 꺾이고 말았다. 그는 수많은 사람들처럼 추운 거리를 걸었다. 하지만 수많은 사람들처럼 확실한 목적이 있는 것은 아니었다. 그러는 사이에 가게에 불이 켜졌다. 소스케는 어느 쇠고깃집으로 들어가 술을 마시기 시작했다. 한 병은 정신없이 마셨다. 두 병째는 억지로 마셨다. 세 병을 마셔도 취하지 않았다. 소스케는 벽에 등을 기댄 채, 술에 취해 상대 없는 사람 같은 눈으로 멍하니 어딘가를 응시하고 있었다.

때가 때이니만큼 저녁을 먹으러 오는 손님이 자꾸만 들락거렸다. 손님들 대부분은 볼일만 마치면 된다는 식으로 식사가 끝나면 곧바로 계산을 하고 나가기 바빴다. 소스케는 주변이 소란스러운 가운데서도 말없이 다른 사람의 두 배, 세 배의 시간을 보낸 것처럼 느껴지자 더 이상 앉아 있지 못하고 자리에서 일어났다.

밖은 좌우에서 비치는 상점의 불빛으로 환했다. 처마 밑을 지나는 사람은 모자도 복장도 똑똑히 알아볼 수 있었다. 하지만 넓은 추위를 비추기에는 너무 미약했다. 밤은 문마다 달린 가스등과 전등을 등한 시한 채 여전히 어둡고 크게 보였다. 소스케는 이 세계와 조화를 이룰 만큼 거무스름한 외투에 싸인 채 걸었다. 그때 그는 자신이 호흡하는 공기조차 회색이 되어 폐 속의 혈관에 닿는 것 같았다.

그는 이날 밤만은 벨을 울리며 바쁜 듯이 눈앞을 왕래하는 전차를 이용할 생각이 들지 않았다. 목적을 갖고 길을 걷는 사람들과 함께 빈틈없이 발길을 옮기는 일을 잊었다. 게다가 그는 천성이 야무지지 못한 사람으로서 이렇게 방랑자 흉내나 내고 있는 자신을 돌이켜보며, 만약 이런 상태가 오래 지속되면 어떡하나 하고 남몰래 자신의 미래를 걱정했다. 오늘까지의 경과로 미루어보아 모든 상처를 아물게 하는 것은 세월이라는 격언을 그는 자신의 경험으로 이끌어내 가슴 깊이 새기고 있었다. 그것이 그제 밤에 완전히 무너졌던 것이다.

그는 깜깜한 밤길을 걸으며 어떻게든 이런 마음에서 벗어나고만 싶었다. 그 마음은 너무나도 약하고 불안하며 배짱이 없어 초라해 보였다. 그는 가슴을 짓누르는 압박감에서 어떻게 하면 지금의 자신을 구할 수 있을까 하는 실제적인 방법만을 생각할 뿐 그 압박의 원인이 된 자신의 죄나 과실을 그 결과에서 완전히 분리해버렸다. 그때의 그는 남의 일을 생각할 여유를 잃고 모든 것이 자기 본위였다. 지금까지는 인내로 세상을 살아왔다. 앞으로는 인생관을 적극적으로 다시 만들어가야만 했다. 그리고 그 인생관은 입으로 말하는 것, 머리로 듣는 것이어서는 안 되었다. 마음의 실제 내용이 커지는 것이 아니면 안 되었다.

그는 길을 가며 입속으로 몇 번이고 종교라는 두 글자를 되뇌었다. 하지만 그 울림은 되뇌자마자 사라졌다. 잡았다 싶은 연기가 손을 펴면 어느새 사라져버리는 것처럼 종교란 덧없는 글자였다.

종교와 관련하여 소스케는 좌선이라는 기억을 떠올렸다. 예전에 교토에 살던 시절 학교 친구 중에 쇼코쿠지(相國寺)에 가서 좌선을 하던 친구가 있었다. 그는 당시 세상 물정을 모른다며 그 친구를 비웃었다. '요즘 세상에……' 하고 생각했다. 그 친구의 행동이 특별히 자신과 다르지 않은 것을 보고 그는 더욱 우습게 여겼다.

새삼스러운 말 같지만 소스케는 그 친구가 그의 모멸을 감수하는 것 이상의 동기가 있어 귀중한 시간을 아끼지 않고 쇼코쿠지에 갔던 게 아닐까 하는 생각에 자신의 경박함이 몹시 부끄러웠다. 만약 옛날부터 세속에서 말하는 대로 좌선의 힘으로 안심이라든가 입명(立命)이라는 경지에 도달할 수 있다면 열흘이나 이십 일쯤 관청을 쉬어도 좋으니 해보고 싶었다. 하지만 그는 그 방면에는 완전히 문외한이었다. 따라서 그 이상의 명료한 생각도 떠오르지 않았다.

드디어 집에 도착했을 때 그는 여느 때와 다름없는 오요네, 여느 때와 다름없는 고로쿠, 여느 때와 다름없는 거실과 객실과 남포등과 옷장을 보고 자신만이 여느 때와 다른 상태에서 네댓 시간을 보냈다는 사실을 뼈저리게 느꼈다. 화로에는 작은 냄비가 올려져 있고 그 뚜껑 틈새로 모락모락 김이 피어오르고 있었다. 그가 늘 앉는 화로 옆에는 여느 때와 같은 방석이 깔려 있고 그 앞에는 정갈한 밥상이 차려져 있었다.

소스케는 일부러 공기의 실굽을 위로 해서 덮어놓은 자신의 밥그릇과 지난 2, 3년간 아침저녁으로 늘 써서 손에 익은 젓가락을 바라보며,

"밥은 먹고 왔어" 하고 말했다. 오요네는 다소 뜻밖이라는 표정을 지었다.

"어머, 그래요? 너무 늦는 것 같아서 대충 어디서 드셨을 거라고는 생각했지만, 혹시라도 안 드시고 올지도 몰라서" 하고 말하면서 행주로 냄비 족자리를 잡아 질주전자 받침대에 내려놓았다. 그러고 나서 기요를 불러 밥상을 부엌으로 물리라고 했다.

소스케는 이렇게 무슨 일이 생겨 관청에서 퇴근하고 다른 데에 들렀다가 오느라 늦어졌을 때는 집으로 돌아오자마자 늘 그 대략적인 전말을 오요네에게 말해주는 것이 상례였다. 오요네도 그 이야기를 듣지 않으면 마음이 놓이지 않았다. 하지만 오늘 밤에는 간다에서 전차를 내린 일도, 쇠고깃집에 들른 일도, 억지로 술을 마신 일도 전혀 이야기하고 싶지 않았다. 아무것도 모르는 오요네는 또 평소처럼 순진하게 차근차근 듣고 싶어 했다.

"뭐 특별히 이렇다 할 이유도 없었는데, 그냥 그 근방에서 쇠고기가 먹고 싶어졌을 뿐이야."

"그리고 소화시키려고 일부러 여기까지 걸어온 거예요?"

"뭐 그렇지."

오요네는 우습다는 듯이 웃었다. 소스케는 오히려 괴로웠다. 잠시 후, "내가 없을 때 사카이 씨가 부르러 오지 않았어?" 하고 물었다.

"아뇨, 그건 왜요?"

"그제 밤에 갔을 때 식사 대접을 하겠다고 했거든."

"또요?"

오요네는 다소 질렸다는 표정을 지었다. 소스케는 그것으로 이야기를 끝내고 잠자리에 들었다. 머릿속을 뭔가가 와글거리며 지나갔다.

이따금 눈을 떠보면 평소처럼 도코노마 위에 남포등이 희미하게 놓여 있었다. 오요네는 자못 기분 좋게 자고 있었다. 바로 얼마 전까지만 해도 자신이 잘 자고 오요네는 며칠 밤이나 수면 부족에 시달렸다. 소스케는 눈을 감으면서 옆방의 시계 소리를 들어야 하는 지금의 자신이 더욱 고통스러웠다. 시계는 처음에 몇 번 연속해서 종을 쳤다. 그 것이 지나가자 댕 하고 한 번만 울렸다. 그 둔탁한 소리가 혜성의 꼬리처럼 앵 하고 한동안 소스케의 귓가에 울렸다. 다음에는 두 번 울렸다. 무척이나 쓸쓸한 소리였다. 그사이에 소스케는 어떻게든 좀 더 대범하게 살아갈 생각을 해야 한다고 결심했다. 3시는 몽롱하게 들린 것 같기도 하고 들리지 않은 것 같기도 하는 사이에 지나갔다. 4시, 5시, 6시는 전혀 알지 못했다. 그저 세상이 부풀어 올랐다. 하늘이 파도를 치며 늘어났다가 줄어들었다. 지구가 실에 매단 공처럼 커다란 원호를 그리며 허공에서 움직였다. 모든 것이 무서운 악마가 지배하는 꿈이었다. 7시가 지나 그는 화들짝 놀라며 꿈에서 깨어났다. 오요네가 여느 때와 마찬가지로 머리맡에서 미소를 지으며 몸을 구부리고 내려다보고 있었다. 맑은 해는 까만 세상을 일찌감치 어딘가로 내몰아버렸다.

18

소스케는 소개장 한 통을 품에 넣고 산문(山門)으로 들어섰다.[1] 그
는 그 소개장을 동료의 지인인 아무개로부터 받았다. 그 동료는 전차
를 타고 관청으로 출퇴근할 때 양복 안주머니에서 『채근담(菜根譚)[2]』
을 꺼내 읽었다. 그런 방면에 취미가 없는 소스케는 물론 『채근담』이
어떤 책인지 알지 못했다. 어느 날 같은 전차에 무릎을 나란히 하고
앉게 되었을 때 그게 뭐냐고 물어보았다. 동료는 조그만 노란색 표지
를 소스케 앞으로 내밀며 이런 묘한 책이라고 대답했다. 소스케는 거
듭 어떤 게 쓰여 있느냐고 물었다. 그때 동료는 한마디로 설명할 수
있는 멋진 말이 없었는지, 선학 책이지 뭐, 하는 묘한 대답을 했다. 소

1 1894년 12월 23일(또는 24일)부터 이듬해 1월 7일까지 소세키는 도쿄제대 영문학과 2년 선
배이자 친구인 스가 도라오(菅虎雄, 1864~1943)의 소개로 가마쿠라 엔가쿠지(円覺寺)에서 참선을
했다.
2 중국 명나라 말기에 홍자성(洪自誠)이 지은 어록집. 유교를 중심으로 불교와 도교를 가미
한 어록풍의 수필로 임관(任官) 중 보신(保身)의 도(道)나 벼슬에서 물러난 후에 산림에 한거하는
즐거움을 설파한 책이다.

스케는 동료에게 들은 이 대답을 또렷이 기억하고 있었다.

소개장을 받기 사오일 전에 그는 그 동료 옆으로 가서 자네는 선학을 하나, 하고 느닷없는 질문을 던졌다. 동료는 몹시 긴장한 소스케의 얼굴을 보고 굉장히 놀란 모양이었는데 아니, 하지 않네, 그냥 심심풀이로 그런 책을 읽을 뿐이야, 하며 곧바로 발뺌을 했다. 소스케는 실망감에 다소 풀어진 아랫입술을 늘어뜨리며 자기 자리로 돌아왔다.

그날 퇴근길에 그들은 다시 같은 전차를 탔다. 조금 전 소스케의 모습을 딱하다는 듯이 관찰했던 동료는 그의 질문 속에 잡담 이상의 의미가 있다는 것을 알았는지 전보다 더 친절하게 그 방면의 이야기를 해주었다. 그러나 자신은 여태껏 참선이라는 것을 해본 경험이 없다고 고백했다. 만약 자세한 이야기가 듣고 싶으면 다행히 자기가 아는 사람 중에 자주 가마쿠라에 가는 사람이 있으니 소개해주겠다고 했다. 소스케는 전차 안에서 그 사람의 이름과 주소를 수첩에 적어두었다. 그리고 다음 날 동료의 편지를 들고 일부러 길을 돌아 그 집을 찾아 나섰다. 소스케의 품에 넣어둔 소개장은 그날 찾아가서 받아둔 것이었다.

관청은 열흘쯤 병가를 내기로 했다. 오요네 앞에서도 역시 병이라고 얼버무렸다.

"머리가 좀 아파서 일주일쯤 일을 쉬고 놀다 올게" 하고 말했다. 오요네는 요즘 남편의 모습이 어딘가 이상하다는 생각이 들어 속으로 늘 걱정하고 있던 터라 평소 미적지근하던 소스케의 과감한 결단을 기뻐했다. 하지만 그 갑작스러움에는 정말 놀랐다.

"놀다 오겠다니, 어디로 가는데요?" 하고 놀라지도 않는 듯이 물었다.

"역시 가마쿠라가 좋겠지" 하고 소스케는 차분히 대답했다. 수수한 소스케와 하이칼라[3]한 가마쿠라는 아주 인연이 먼 곳이었다. 갑자기 그 둘을 결부시키는 것은 우스꽝스러웠다. 오요네도 배어 나오는 웃음을 참을 수 없었다.

"어머, 부자네요. 저도 같이 데려가요" 하고 말했다. 소스케는 사랑스러운 아내의 농담을 즐길 만한 여유가 없었다. 진지한 얼굴로,

"그렇게 사치스러운 데 가는 게 아니야. 선사에 머물면서 일주일이나 열흘쯤 그냥 조용히 머리나 식히고 올 거거든. 그것도 생각처럼 좋아질지 아닐지 모르지만, 공기 좋은 데로 가면 머리에는 아주 좋을 거라고들 하니까" 하고 변명했다.

"그야 좋겠지요. 그러니 다녀오세요. 지금 한 말은 진짜 농담이에요."

오요네는 선량한 남편을 놀린 것이 다소 미안했다. 바로 이튿날 소스케는 받아둔 소개장을 품에 넣고 신바시에서 기차를 탔다.

그 소개장 겉봉에는 기도(宜道) 스님[4]이라고 쓰여 있었다.

"얼마 전까지는 시자(侍者)[5]를 하고 있었는데 요즘에는 탑두(塔頭)[6]

3 문명개화의 시대인 메이지 시대에 유행한 말이다. 서양에서 귀국한 사람 또는 서양풍의 문화를 좋아하는 사람이 주로 높이 세운 옷깃(high collar)의 셔츠를 입은 데서 유래한 말이다. 서양물이 들었다는 의미의 속어로 탄생했다가 나중에는 일반적으로 널리 사용하는 말이 되었다. 서양물이 들거나 유행을 좇으며 새로운 것을 좋아하는 것 또는 그런 사람이나 모습, 요컨대 서양식의 머리 모양이나 복장, 사고방식을 의미했다가 나중에는 새롭고 세련된 것이라는 일반적인 의미로도 쓰였다.

4 소카쓰(宗活) 스님이 모델이다. 소세키는 젊었을 때 했던 참선 체험을 회상하며 "무슨 인연인지 (중략) 소카쓰라는 중과 친해졌고 여러 가지를 배웠다. (중략) 소카쓰는 소탈하고 익살스러운 중이라고 생각했다"(談話「色氣を去れよ」)라고 말했다.

5 큰스님 옆에서 시중을 들며 잡일을 하는 중.

6 선종(禪宗)에서 조사(祖師)가 죽은 뒤 그 덕을 기리며 탑 근처에 암자를 지어 지냈던 데서 나온 말이다. 여기서는 큰 절 경내에 있는 작은 절을 말한다.

에 있는 오래된 암자를 손봐서 거기에 살고 있다고 들었습니다. 어떻습니까, 도착하면 찾아가보시는 게. 암자 이름은 아마 잇소안(一窓庵)[7]일 겁니다" 하며 소개장을 써줄 때 일부러 알려줘서 소스케는 고맙다고 말하고 편지를 받으면서 시자라는 둥 탑두라는 둥 생전 처음 접하는 말을 듣고 돌아왔다.

산문으로 들어서자 좌우로 커다란 삼나무가 높이 하늘을 가리고 있어 길이 갑자기 어두워졌다. 그 음침한 공기를 접했을 때 소스케는 불현듯 세상과 절 안이 단절되었음을 느꼈다. 조용한 경내의 입구에 선 그는 비로소 감기 기운 비슷한 일종의 오한을 느꼈다.

그는 일단 똑바로 걷기 시작했다. 좌우에도 전방에도 불당이나 작은 절 같은 건물이 이따금 보였다. 하지만 드나드는 사람은 전혀 없었다. 온통 적막하고 극도로 한적했다. 소스케는 어디로 가야 기도 스님이 있는 곳을 물어볼 수 있을까 생각하면서 아무도 지나지 않는 길 한가운데에 서서 사방을 둘러보았다.

산자락을 잘라 일이백 미터쯤 안으로 올라가도록 세워진 절인 모양으로 뒤쪽은 키가 큰 나무들로 막혀 있었다. 길의 좌우도 산으로 이어지거나 언덕으로 이어진 지세여서 결코 평평하지 않은 것 같았다. 좀 높은 곳마다 아래에 돌계단을 쌓아 절답게 문을 높게 만든 건물 두세 채가 눈에 들어왔다. 평지에 울타리를 친 건물들도 여기저기 얼마든지 흩어져 있었다. 다가가서 보니 모두 기와문 밑에 절 이름이나 암자 이름이 쓰인 현판이 걸려 있었다.

소스케는 박이 벗겨진 낡은 현판을 한두 개 읽으며 걸었는데 문득

---

7 가마쿠라 엔가쿠지의 탑두 기겐인(歸源院)이 모델이다.

잇소안부터 먼저 찾아가 만약 거기에 편지 겉봉에 쓰인 스님이 없다면 좀 더 안쪽으로 들어가 물어보는 것이 낫겠다고 생각했다. 그래서 오던 길을 되돌아가 탑두를 하나하나 살펴보니 잇소안은 산문을 들어서자마자 바로 오른쪽의 높은 돌계단 위에 있었다. 언덕에서 떨어져 있어 양지바르고 활짝 트인 현관이 뒷산의 품에 포근하게 안긴 자리라 겨울을 나기 위한 의도로 지은 것 같았다. 소스케는 현관을 지나 부엌 쪽에서 봉당에 발을 들여놓았다. 방으로 들어가는 장지문 앞까지 가서 실례합니다, 하고 두세 번 불렀다. 하지만 나오는 사람은 아무도 없었다. 소스케는 잠시 그곳에 서서 안쪽을 기웃거렸다. 아무리 서 있어도 인기척이 없자 소스케는 이상하다 싶어 다시 부엌을 나가 문 쪽으로 되돌아 나왔다. 그러자 돌계단 아래에서 빡빡 깎은 머리가 파르라니 빛나는 승려가 올라왔다. 나이는 아직 스물네다섯으로밖에 보이지 않는 살갗이 희고 젊은 얼굴의 승려였다. 소스케는 문짝 옆에서 기다리고 있다가,

"기도 스님이라는 분이 여기 계신지요?" 하고 물었다.

"제가 기도입니다" 하고 젊은 승려가 대답했다. 소스케는 약간 놀라기는 했으나 기쁘기도 했다. 곧장 품속에서 예의 소개장을 꺼내 건네자 기도 스님은 일어나면서 봉투를 뜯고 그 자리에서 읽어 내려갔다. 얼마 후 두루마리 편지를 말아 다시 봉투에 넣었다.

"잘 오셨습니다" 하고 말하며 공손히 고개를 숙여 인사를 하고는 앞장서서 소스케를 안내했다. 부엌에 게다를 벗어놓은 두 사람은 장지문을 열고 안으로 들어갔다. 안에는 커다란 이로리[8]가 있었다. 기도

8 일본의 전통적인 난방 장치로, 방바닥의 일부를 네모나게 잘라내고 난방이나 취사를 위해 재를 깔아 불을 피웠다.

스님은 쥐색의 무명옷 위에 걸치고 있던 얇고 허름한 법의를 벗어 못에 걸고는,

"추우시지요?" 하고 말하며 이로리의 재 속 깊숙이 묻어둔 숯을 파냈다.

이 승려는 젊은 나이에 어울리지 않게 말하는 투가 무척 차분했다. 나직한 목소리로 뭔가 응수를 한 뒤에 빙긋 웃는 모습은 마치 여자 같은 느낌을 주었다. 소스케는 마음속으로 이 청년이 어떤 인연으로 과감히 머리를 깎았을까 하는 생각에 단아한 모습이 어쩐지 안쓰러웠다.

"아주 조용한 것 같은데, 오늘은 아무도 안 계십니까?"

"아니요, 오늘만이 아니라 늘 저 혼자입니다. 그러니 볼일이 있을 때는 그냥 비워둔 채 나갑니다. 지금도 아래에 잠깐 볼일이 있어 다녀오는 길입니다. 그 때문에 애써 찾아오셨는데 실례를 했습니다."

그러면서 기도 스님은 멀리서 사람이 찾아왔는데 자리를 비운 일을 새삼 사과했다. 이 커다란 암자를 혼자 맡고 있는 것도 그만큼 힘이 들 텐데, 게다가 귀찮은 사람이 늘면 더욱 폐가 될 거라는 생각에 소스케는 약간 미안한 기색을 겉으로 드러냈다. 그러자 기도 스님은,

"아닙니다. 전혀 거리껴하실 필요 없습니다. 도를 닦기 위한 것이니까요" 하고 기품 있게 말했다. 그리고 지금 이곳에는 소스케 외에도 신세를 지고 있는 거사(居士)[9]가 있다고 알려주었다. 그 거사는 산에 온 지 벌써 2년이 된다고 했다. 소스케는 그로부터 이삼일 지나 비로소 그 거사를 봤는데, 익살스러운 나한 같은 얼굴을 한 무사태평해 보이는 사람이었다. 가느다란 무를 서너 개 들고 와서는 오늘은 맛있

---

9 출가하지 않고 속인의 모습 그대로 불문에 귀의한 사람.

는 걸 사왔다며 그걸 기도 스님에게 조려달라고 해서 먹었다. 기도 스님도 같이 먹었다. 얼굴이 스님 같은 이 거사는 이따금 스님들 사이에 끼어 마을로 가서 장례식이나 법사(法事)를 하고 밥을 얻어먹고 오는 일이 있다며 기도 스님이 웃었다.

그 밖에도 속인이면서 산에 수행하러 와 있는 사람의 이런저런 이야기를 들었다. 그중에 필묵을 팔러 다니는 사람이 있었다. 등에 짐을 잔뜩 짊어지고 이십 일이든 삼십 일이든 이 근방을 돌아다니고 거의 다 팔면 산으로 돌아와 좌선을 한다. 그러다가 먹을 것이 다 떨어지면 다시 필묵을 등에 짊어지고 행상을 나간다. 그는 이 양면 생활을 거의 순환소수(循環小數)처럼 되풀이하며 질릴 줄을 모른다고 한다.

소스케는 언뜻 보기에 아무런 구애도 받지 않는 듯한 그 사람들의 나날과 자신의 내면에 존재하는 지금의 생활을 비교하고 그 현격한 차이에 깜짝 놀랐다. 그렇게 속 편한 신분이라 좌선을 할 수 있는 것인지, 아니면 좌선을 한 결과 그렇게 마음이 편해지는 것인지 갈피를 잡을 수 없었다.

"마음이 편해서는 안 됩니다. 도락으로 할 수 있는 거라면 이십 년이고 삼십 년이고 행각승으로 고생할 사람은 아마 없을 겁니다" 하고 기도 스님이 말했다.

그는 좌선을 할 때의 일반적인 마음가짐, 큰스님으로부터 공안(公案)을 받는다는 것, 그 공안에 열심히 매달려 아침이고 저녁이고 밤이고 낮이고 계속 매달리지 않으면 안 된다는 것 등 모두 지금의 소스케에게는 어쩐지 불안해 보이는 조언을 한 뒤,

"방으로 안내해드리겠습니다" 하며 일어섰다.

이로리가 있는 방을 나와 불당 옆을 지나서는 그 끄트머리에 있는

툇마루의 장지문을 열고 다다미 여섯 장짜리 방 안으로 안내되었을 때 소스케는 비로소 혼자 멀리 떠나왔다는 것을 실감했다. 하지만 머릿속은 그윽하고 고요한 주위 분위기의 반동 때문인지 오히려 도회에 있을 때보다 혼란스러웠다.

한 시간쯤 지났을 때 기도 스님의 발소리가 다시 불당 쪽에서 들려왔다.

"큰스님께서 상견하시겠답니다. 괜찮으시면 뵈러 가시지요?" 하고 말하며 공손하게 문지방 앞에 무릎을 꿇었다.

두 사람은 다시 절을 비워두고 함께 나왔다. 산문에서 거의 백 미터쯤 안쪽으로 들어가자 왼쪽에 연못이 있었다. 추운 계절이라 연못에는 그저 흐릿한 물만 고여 있을 뿐 청정한 느낌은 전혀 없었는데, 건너편에 보이는 높다란 암벽 끝까지 툇마루에 난간이 달린 방이 튀어나와 있는 모습은 문인화(文人畵)에라도 나옴직한 풍치를 더했다.

"저곳이 큰스님께서 거처하시는 곳입니다" 하고 기도 스님은 비교적 새 건물을 가리켰다.

두 사람은 연못 앞을 지나 대여섯 개의 돌계단을 올라 그 정면에 있는 커다란 가람의 지붕을 올려다보면서 바로 왼쪽으로 꺾었다. 현관에 이르렀을 때 기도 스님은,

"잠깐 실례하겠습니다" 하며 자신만 뒷문 쪽으로 돌아갔는데 잠시 뒤 안에서 나오며,

"자, 들어가시지요" 하고 안내하며 큰스님이 있는 곳으로 데려갔다.

큰스님이라는 사람은 쉰 살쯤으로 보였다. 윤기 있는 검붉은 얼굴이었다. 피부도 근육도 모두 탄탄하고 어디 한 군데도 빈틈이 없는 점이 소스케의 가슴에 동상 같다는 인상을 심어주었다. 다만 입술이 너

무 두툼해 거기에서 얼마간 느슨함이 엿보였다. 그 대신 그의 눈에서는 보통 사람에게서는 도저히 볼 수 없는 어떤 정채(精彩)가 번뜩였다. 소스케가 처음으로 그 시선을 접했을 때는 어둠 속에서 돌연 시퍼런 칼날을 보는 듯했다.

"뭐 어디서 들어가든 마찬가지지만" 하고 큰스님은 소스케에게 말했다. "부모미생전면목(父母未生前面目)[10]은 무엇인가, 그것을 한번 생각해보면 좋겠지."

소스케는 부모미생전이라는 의미를 잘 알 수 없었지만 아무튼 자신은 결국 어떤 사람인지, 그 본체를 파악해보라는 의미일 거라고 판단했다. 그 이상 말을 하기에는 선에 대한 지식이 너무 부족해서 잠자코 기도 스님을 따라 다시 잇소안으로 돌아왔다.

저녁 공양 때 기도 스님은 소스케에게 입실[11] 시간은 아침저녁으로 두 번이라는 것, 제창(提唱)[12] 시간은 오전이라는 것 등을 이야기한 후,

"오늘 밤에는 아직 답을 못 할지도 모르니까 내일 아침이나 저녁에 모시러 오지요" 하고 친절하게 말해주었다. 그러고 나서 처음에는 계속 앉아 있기 힘들 테니 향을 피워서 그것으로 시간을 재가며 조금씩 쉬는 게 좋을 거라는 조언도 해주었다.

소스케는 향을 들고 불당 앞을 지나 자신의 거처로 정해진 다다미 여섯 장짜리 방으로 들어가 멍하니 앉았다. 소스케는 이른바 공안이라는 것의 성질이 자신의 현재와 인연이 너무 먼 것 같다는 생각을 하

---

10 부모가 태어나기 이전, 즉 자기가 존재하지 않았을 때 그런 상대적인 세계를 넘어선 절대적이고 무차별적인 세계에서 사람들이 본래 갖추고 있는 심성이라는 뜻이다.

11 큰스님 방으로 혼자 들어가 공안을 받거나 받은 공안에 대해 이야기하는 것.

12 선종에서 큰스님이 제자들을 모아놓고 종지(宗旨)의 요강을 제시하며 설법하는 것, 또는 어록 등의 선서(禪書)를 강의하는 것.

지 않을 수 없었다. 자신은 지금 복통으로 괴로워하고 있다. 복통을 호소하며 왔는데, 어찌 생각이나 했겠는가. 그 대중요법으로 어려운 수학 문제를 내주면서 자, 이거라도 풀어보면 좋을 거다, 라는 말을 들은 것이나 마찬가지 아닌가. 생각해보라고 하면 생각하지 못할 것도 없지만, 그것은 일단 복통이 멎은 다음의 일이 아니면 안 되었다.

동시에 그는 직장을 쉬고 일부러 여기까지 온 사람이다. 소개장을 써준 사람이나 매사에 신경을 써주는 기도 스님을 봐서라도 너무 경솔한 짓은 할 수 없었다. 그는 우선 현재 자신이 낼 수 있는 용기를 최대한 끌어내 공안에 맞서자고 결심했다. 그것이 그를 어딘가로 이끌어 그의 마음에 어떤 결과를 가져올지는 그 자신도 전혀 알 수 없었다. 그는 깨달음이라는 미명에 속아 평소의 그에게 어울리지 않는 모험을 시도하려고 한 것이다. 그리고 만약 이 모험에 성공하면 불안하고 불안정한 지금의 나약한 자신을 구할 수 있지 않을까, 하는 허망한 희망을 품었다.

그는 차갑게 식은 화로의 재 속에 가느다란 향을 피우고 기도 스님이 가르쳐준 대로 방석 위에 반가부좌를 틀고 앉았다. 낮 동안은 그렇게까지 생각하지 않았던 방이 해가 지자 갑자기 추워졌다. 그는 앉아 있으면서 등이 오싹할 정도로 차가운 공기가 견딜 수 없었다.

그는 생각했다. 하지만 생각하는 방향도, 생각할 문제의 실제 내용도 거의 이해할 수 없는 막막한 것이었다. 그는 생각하면서도 자신이 굉장히 세상 물정에 어두운 짓을 하고 있는 게 아닐까 하는 의구심을 떨칠 수 없었다. 불난 집에 위로하러 가기 직전에 세밀한 지도를 꺼내 동네 이름과 번지수를 자세하게 알아보는 것보다도 훨씬 못한, 엉뚱한 짓을 하고 있는 것 같았다.

그의 머릿속에 여러 가지 것들이 스쳐 지나갔다. 어떤 것은 눈에 분명히 보였다. 어떤 것은 혼돈 속에서 구름처럼 움직였다. 어디서 와서 어디로 가는지도 알 수 없었다. 그저 앞의 것이 사라지고 곧바로 다음 것이 나타났다. 그리고 경계도 없이 차례로 이어졌다. 머릿속의 거리를 지나는 것은 무한하고 무수하며 무진장해서 결코 소스케의 명령으로 멈추는 일도 쉬는 일도 없었다. 끊으려고 하면 할수록 용솟음쳐 나왔다.

소스케는 무서워서 급히 일상의 자신을 불러내 방 안을 바라보았다. 방은 희미한 불빛에 어둑어둑했다. 재 안에 세워둔 향은 아직 절반쯤밖에 타지 않았다. 소스케는 시간이 지독하게 길다는 것을 처음으로 실감했다.

소스케는 또 생각하기 시작했다. 그러자 곧 색깔 있는 것, 형태 있는 것이 머릿속을 지나가기 시작했다. 줄줄이 떼를 지어 가는 개미처럼 움직여가고, 뒤에서 또 줄줄이 떼를 지어 가는 개미처럼 나타났다. 가만히 있는 것은 오직 소스케의 몸뿐이었다. 마음은 애달플 만큼, 고통스러울 만큼, 견디기 힘들 만큼 움직였다.

그러는 사이에 가만히 있는 몸도 무릎에서부터 아파오기 시작했다. 똑바로 뻗고 있던 척추가 점차 앞쪽으로 구부러졌다. 소스케는 양손으로 왼발 발등을 안듯이 하며 내려놓았다. 그는 뭘 하겠다는 목적도 없이 방 안에서 일어났다. 장지문을 열고 밖으로 나가 문 앞을 이리저리 빙빙 돌며 걷고 싶어졌다. 밤은 쥐 죽은 듯이 고요했다. 자고 있는 사람이건 깨어 있는 사람이건 어디에도 사람이 있을 것 같지 않았다. 소스케는 밖으로 나갈 용기를 잃었다. 가만히 있으면서 망상에 시달리는 것은 더욱 무서웠다.

그는 과감히 다시 향을 피웠다. 그리고 또 전과 거의 같은 과정을 되풀이했다. 마지막으로, 만약 생각하는 것이 목적이라면 앉아서 생각하나 누워서 생각하나 같을 거라는 판단이 들었다. 그는 방구석에 개켜져 있는 지저분한 이불을 깔고 그 속으로 기어들었다. 그러자 조금 전의 피로로 뭘 생각할 틈도 없이 깊은 잠에 빠져들고 말았다.

눈을 뜨자 머리맡의 장지문이 어느새 환해져 있고 하얀 종이에 이윽고 해가 떠오를 기색이 보였다. 낮에도 지키는 사람이 없어도 되는 산사는 밤이 되어도 문 잠그는 소리가 들리지 않았다. 소스케는 자신이 사카이의 집 벼랑 밑의 어두운 방에 누워 있는 게 아니라는 것을 의식하자마자 벌떡 일어났다. 툇마루로 나가자 처마 끝에 키가 큰 선인장 그림자가 눈에 비쳤다. 소스케는 다시 불당의 불단 앞을 지나 이로리가 있는, 어제 들렀던 방으로 갔다. 그곳에는 어제와 마찬가지로 기도 스님의 법의가 못에 걸려 있었다. 그리고 기도 스님은 부엌 아궁이 앞에 쭈그리고 앉아 불을 때고 있었다. 소스케를 보고는,

"잘 주무셨습니까?" 하며 정중하게 인사했다. "조금 전에 모시고 가려고 했습니다만 곤히 주무시고 있는 것 같아서 실례를 무릅쓰고 혼자 갔습니다."

소스케는 이 젊은 승려가 오늘 아침 새벽에 이미 참선을 끝내고 돌아와 밥을 짓고 있다는 것을 알았다.

가만히 보고 있으니 그는 왼손으로 연달아 장작을 넣으면서도 오른손에는 검은 표지의 책을 들고 틈틈이 읽고 있는 것 같았다. 소스케는 기도 스님에게 책 제목을 물어보았다. 『벽암집(碧巖集)』[13]이라는 어려운 이름의 책이었다. 소스케는 마음속으로 어젯밤처럼 종잡을 수 없는 생각에 빠져 뇌를 지치게 하는 것보다 차라리 그 방면의 책이라도 빌

려 읽는 것이 요령을 터득하는 지름길이 아닐까 하고 생각했다. 기도 스님에게 그렇게 말했더니 그 자리에서 소스케의 생각을 배척했다.

"책을 읽는 것은 아주 해롭습니다. 사실대로 말하자면 독서만큼 수행에 방해되는 것은 없는 것 같습니다. 저희도 이렇게 『벽암집』 같은 걸 읽고 있습니다만, 자기 수준 이상의 것은 짐작조차 할 수 없습니다. 그것을 적당히 어림짐작하는 버릇이 붙으면 좌선할 때 방해가 되어 자기 이상의 경계를 예상해보거나 깨달음을 기다려보거나 해서 충분히 파고들어야 하는 데서 좌절할 수 있습니다. 무척 해가 되니 그만두는 게 좋을 겁니다. 만약 굳이 뭔가 읽고 싶으시면 『선관책진(禪關策進)』[14]처럼 사람에게 용기를 주거나 격려해주는 것이 좋겠지요. 그것도 그냥 자극의 방편으로 읽을 뿐이지 깨달음 자체와는 무관합니다."

소스케는 기도 스님이 한 말의 의미를 제대로 이해할 수 없었다. 그는 파르스름한 머리의 새파란 스님 앞에 서서 자신이 마치 저능아인 것 같은 기분이 들었다. 그의 자만심은 교토 시절 이래 이미 다 닳아 버렸다. 그는 평범함을 자신의 분수로 여기며 오늘날까지 살아왔다. 명성을 날리는 것만큼 그의 마음과 거리가 먼 것은 없었다. 그는 그저 있는 그대로의 자신으로서 기도 스님 앞에 섰던 것이다. 게다가 자신을 평소의 자신보다 훨씬 무력하고 무능한 갓난아이라고 인정하지 않을 수 없었다. 그에게는 새로운 발견이었다. 동시에 자존심을 근절할

13 『벽암록(碧巖錄)』이라고도 하며 본래의 명칭은 『불과원오선사벽암록(佛果圓悟禪師碧巖錄)』이다. 송나라의 원오 선사가 쓴 것으로 임제종의 공안집 중 하나이며 최고의 지침서로 간주된다. 소세키의 장서에 두 권이 있다.

14 중국 명나라의 주굉(袾宏)이 선문(禪門) 조사(祖師)의 전기, 어록 등에서 참선자가 모범으로 삼아야 할 글을 모은 책으로, 선에 뜻을 둔 초심자가 제일 먼저 읽어야 할 것으로 유포했다.

만큼의 발견이었다.

　기도 스님이 아궁이의 불을 끄고 밥 뜸을 들이고 있는 동안 소스케는 부엌에서 뜰의 우물가로 나가 세수를 했다. 바로 코앞에 잡목림이 보였다. 그 산자락의 평퍼짐한 곳을 개간하여 채소밭을 가꾸고 있었다. 소스케는 젖은 머리에 차가운 공기를 쐬며 일부러 채소밭까지 내려갔다. 그리고 거기에서 절벽을 옆으로 파 들어간 큼직한 굴을 발견했다. 소스케는 잠시 그 앞에 서서 어두운 안쪽을 바라보았다. 얼마 후 기도 스님의 방으로 돌아가자 이로리에는 따뜻한 불이 지펴져 있고 쇠 주전자에서는 물 끓는 소리가 들렸다.

　"일손이 없어서 그만 늦어졌습니다. 미안합니다. 곧 상을 차리지요. 하지만 이런 곳이다 보니 올릴 게 없어 난처하군요. 대신에 내일쯤엔 손님 대접으로 목욕물이라도 데워드리지요" 하고 기도 스님이 말했다. 소스케는 고마워하며 이로리 건너편에 앉았다.

　얼마 후 식사를 끝내고 자신의 방으로 돌아온 소스케는 다시 부모미생전이라는 흔치 않은 문제를 눈앞에 두고 가만히 바라보았다. 하지만 원래부터 이치에 맞지 않은, 따라서 더 이상 진전시킬 수 없는 문제이기 때문에 아무리 생각해도 어디서부터도 손을 댈 수 없었다. 그리하여 생각하는 일이 금세 싫어졌다. 소스케는 문득 오요네에게 이곳에 도착했다는 소식을 전해야 한다는 생각이 들었다. 그는 속세에 볼일이 생긴 게 반갑다는 듯이 바로 가방에서 두루마리 편지지와 봉투를 꺼내 오요네에게 보낼 편지를 쓰기 시작했다. 먼저 이곳이 아주 조용하다는 것, 바다에서 가까운 탓인지 도쿄보다 훨씬 따뜻하다는 것, 공기가 무척 맑다는 것, 소개받은 스님이 친절하다는 것, 음식이 맛없다는 것, 이부자리가 깨끗하지 않다는 것 등을 쭉 써 내려가다보니 벌써 1미터가 가까워졌기 때문에 거기서 붓을 놓았는데, 공안에 시달리고 있다는 것, 좌선을 해서 무릎 관절이 아프다는 것, 생각을 하기 때문에 점점 신경쇠약이 심해질 것 같다는 것 등은 내색도 하지 않았다. 그는 이 편지에 우표를 붙이고 우체통에 넣어야 한다는 구실로 곧장 산을 내려갔다. 그리고 부모미생전, 오요네, 야스이에게 위협을 당하면서 마을을 돌아다니다 돌아왔다.

점심때에는 기도 스님이 이야기했던 거사를 만났다. 자신이 내미는 밥그릇에 기도 스님이 밥을 담아주어도 그는 거리끼는 기색이 없을 뿐더러 아무 말 없이 그저 합장을 하며 예를 표하거나 신호만 보냈다. 이렇게 조용히 행동하는 것이 예의라고 했다. 말을 하지 않고 소리를 내지 않는 것은 생각을 방해하지 않겠다는 마음가짐 때문이라고 했다. 그만큼 진지하게 해야 하는 것을, 하고 소스케는 어젯밤부터의 자신이 어쩐지 부끄러워졌다.

식사를 마친 후 세 사람은 이로리 옆에서 잠시 이야기를 나누었다. 그때 거사는 자신이 좌선을 하면서 어느 순간 자신도 모르게 꾸벅꾸벅 졸고 말았는데 퍼뜩 정신을 차리기 직전에 아, 깨달았구나, 하고 기뻐한 일이 있는데 이윽고 눈을 떠보니 역시 원래 그대로의 자신이어서 실망했다며 소스케를 웃겼다. 이렇게 태평한 마음으로 참선하고 있는 사람도 있구나, 하고 생각하니 소스케도 다소 마음이 느긋해졌다. 하지만 세 사람이 각자 자신의 방으로 돌아갈 때 기도 스님이,

"오늘 밤에 모시러 갈 테니 지금부터 저녁때까지 견실하게 좌선하십시오" 하고 진지하게 권하자 소스케는 다시 일종의 책임감을 느꼈다. 소화되지 않은 딱딱한 경단이 위에 걸려 있는 것 같은 불안한 마음을 안고 자신의 방으로 돌아왔다. 그리고 다시 향을 피우고 좌선을

시작했다. 그런데도 저녁때까지 계속 앉아 있을 수 없었다. 어떤 답이든 일단 만들어두어야 한다고 생각하면서도 결국에는 끈기가 부족해서 어서 기도 스님이 불당을 지나 저녁 먹을 시간이라고 알리러 오면 좋겠다, 하며 그것에만 신경을 썼다.

해는 오뇌와 고달픔 속에 기울었다. 장지문에 비치는 시간의 그림자가 점차 멀리 물러가고 절의 공기가 마룻바닥 밑에서부터 차가워지기 시작했다. 바람은 아침부터 나뭇가지를 흔들지 않았다. 툇마루로 나가 높다란 차양을 올려다보니 까만 기와의 횡단면만이 일렬로 나란히 길게 보이는 것 외에 온화한 하늘이 파란빛을 자기 속으로 가라앉히면서 스스로 엷어져가는 참이었다.

19

"위험합니다" 하며 기도 스님은 한발 먼저 어둑한 계단을 내려갔다. 소스케는 뒤를 따라갔다. 시내와 달리 밤이 되자 발밑이 안 보여서 기도 스님은 초롱을 밝히고 백 미터밖에 안 되는 길을 비추었다. 돌계단을 다 내려가자 커다란 나뭇가지가 좌우에서 두 사람의 머리를 뒤덮듯이 하늘을 가로막았다. 어두웠지만 잎의 푸른빛이 두 사람의 옷에 스며들 만큼 소스케를 춥게 했다. 초롱불에도 다소 그 푸른빛이 비치는 것 같았다. 한쪽의 커다란 나뭇가지를 상상한 탓인지 초롱은 무척 작아 보였다. 빛이 지면에 닿는 부분도 아주 적었다. 비춰진 부분은 밝은 회색 조각이 되어 어둠 속에 어슴푸레하게 떨어졌다. 그리고 두 사람의 그림자가 움직이면 같이 따라 움직였다.

연못을 지나 왼쪽으로 올라가는 곳은 소스케로서는 밤에 처음 가는 길이라 막힘없이 척척 갈 수는 없었다. 땅속에 뿌리를 박고 있는 돌에게다가 걸린 게 한두 번이 아니었다. 연못 바로 앞에서 옆으로 질러갈 수도 있지만 그 길은 가까워도 울퉁불퉁한 곳이 많아 익숙지 않은 소스케에게는 불편할 거라며 기도 스님은 일부러 넓은 길로 안내한 것이다.

현관으로 들어가니 어둑한 토방에 게다가 늘어서 있었다. 소스케는 몸을 구부리고 남의 신발을 밟지 않도록 조심하며 안으로 들어갔다. 방은 다다미 여덟 장 크기의 넓이였다. 그 벽을 따라 한쪽에 예닐곱 명의 사내가 줄지어 앉아 있었다. 그중에는 머리를 빛내며 까만 법의를 입은 승려도 있었다. 그 밖의 사람은 대체로 하카마를 입고 있었다. 예닐곱 명의 사내는 입구와 안쪽으로 통하는 1미터가 안 되는 복도 입구를 남겨놓고 예의 바르게 ㄱ자 모양으로 앉아 있었다. 그리고 한마디도 하지 않았다. 소스케는 그 사람들의 얼굴을 한번 둘러보고 일단 그 준엄함에 마음을 빼앗겼다. 그들은 모두 입을 굳게 다물고 있었다. 무슨 일이 있기라도 한 듯 눈썹을 잔뜩 찌푸리고 있었다. 옆에 어떤 사람이 있는지 눈길 한 번 주지 않았다. 밖에서 어떤 사람이 들어오든 전혀 신경 쓰지 않았다. 그들은 살아 있는 조각처럼 자기 자신을 삼가고 불기 없는 방에 숙연히 앉아 있었다. 소스케의 감각에는 산사의 추위 이상으로 일종의 엄숙한 기운이 더해졌다.

이윽고 적막한 가운데 사람 발소리가 들려왔다. 처음에는 희미하게 울렸으나 점차 세게 마룻바닥을 밟고 소스케가 앉아 있는 쪽으로 다가왔다. 마침내 한 승려가 복도 입구에 불쑥 나타났다. 그리고 소스케 옆을 지나 묵묵히 밖의 어둠 속으로 빠져나갔다. 그리고 멀리 안쪽에서 방울 흔드는 소리가 들렸다.

그때 소스케와 나란히 엄숙하게 기다리고 있던 사내들 중 고쿠라(小倉)산의 두꺼운 무명 하카마를 입은 사람이 역시 말없이 일어나 방 귀퉁이의 복도 입구 정면으로 가서 앉았다. 거기에는 높이 60센티미터

폭 30센티미터의 나무로 만든 틀 안에 징 같은 모양이지만 징보다는 훨씬 무겁고 두툼해 보이는 것이 걸려 있었다. 검푸른 색이 희미한 불빛을 받고 있었다. 하카마를 입은 사내는 받침대 위에 있는 당목을 들고 징 비슷한 종 한가운데를 두어 번 쳤다. 그러고는 훌쩍 일어나 복도 입구를 떠나 안쪽으로 나아갔다. 이번에는 조금 전과 반대로 발소리가 점점 멀어짐에 따라 희미해졌다. 그리고 맨 마지막에는 어딘가에서 뚝 그쳤다. 소스케는 앉아 있으면서 가슴이 덜컥했다. 그는 하카마를 입은 그 사내에게 지금 무슨 일이 일어나고 있는지를 상상하고 있었던 것이다. 하지만 안쪽은 쥐 죽은 듯 조용했다. 소스케와 나란히 앉아 있는 사람들도 얼굴 근육 하나 움직이지 않았다. 다만 소스케는 마음속으로 안쪽에서 일어날 뭔가를 기다리고 있었다. 그러자 홀연히 방울 흔드는 소리가 그의 귀에 들려왔다. 동시에 긴 복도를 밟고 이쪽으로 다가오는 발소리가 들렸다. 하카마를 입은 사내는 다시 복도 입구에 나타나 묵묵히 현관으로 내려가 서리 속으로 사라졌다. 교대로 또 다른 사내가 일어나 조금 전의 그 종을 쳤다. 그리고 또 복도를 밟으며 안쪽으로 갔다. 소스케는 침묵 속에 이루어지는 이 수순을 보면서 무릎 위에 손을 올리고 자신의 차례가 오기를 기다렸다.

한 사람 건너 앞에 있던 사내가 일어나 갔을 때는 잠시 후 안쪽에서 악 하는 큰 소리가 들렸다. 그 목소리는 거리가 멀어 소스케의 고막을 심하게 때릴 만큼 세게 울리지는 않았지만 분명히 최대한의 위세를 보여준 것이었다. 그리고 단 한 사람의 목구멍에서 나온 개인의 특색을 띠고 있었다. 자기 바로 앞의 사람이 일어났을 때는 드디어 내 차례가 돌아왔다는 의식에 압도되어 한층 불안해졌다.

소스케는 얼마 전에 받은 공안에 대해 자신만의 답을 준비해놓고 있었다. 하지만 그것은 심히 미덥지 못한 얄팍한 것에 지나지 않았다. 큰스님 방으로 들어가는 이상 뭔가 견해를 밝히지 않을 수 없으므로 어쩔 수 없이 정리되지 않은 것을 일부러 정리된 것처럼 꾸민, 어떻게든 그때만 넘겨보겠다는 답이었다. 그는 이 불안한 답으로 요행히 난관을 통과하고 싶다는 생각은 꿈에도 하지 않았다. 큰스님을 속일 생각도 물론 없었다. 그때의 소스케는 조금 진지했다. 단지 머리에서 꺼낸, 마치 그림의 떡 같은 것을 갖고 체면상으로라도 큰스님의 방으로 들어가야 하는 공허한 자신이 부끄러웠던 것이다.

소스케는 남들이 하던 것처럼 종을 쳤다. 하지만 종을 치면서도 자신은 남들처럼 당목으로 이 종을 칠 만한 자격이 없다는 것을 알고 있었다. 그런데도 남들처럼 종을 쳐보는 원숭이 같은 자신을 깊이 혐오했다.

그는 약점이 있는 자신에게 두려움을 안고 입구를 나가 차가운 복도에 발을 내디뎠다. 복도는 길게 이어져 있었다. 오른쪽에 있는 방은 하나같이 어두웠다. 모퉁이를 두 번 돌자 맞은편 끝 방의 장지문에 불빛이 비쳤다. 소스케는 그 방 문지방 앞으로 가서 멈춰 섰다.

그 방으로 들어가는 사람은 큰스님에게 세 번 절하는 것이 예의였다. 절하는 방법은 보통의 절처럼 머리를 방바닥 가까이 조아리고 동시에 머리 좌우에서 양손의 손바닥을 위로 향하게 펼치고 살짝 물건을 드는 심정으로 귀 언저리까지 올리는 것이다. 소스케는 문지방 앞에 무릎을 꿇고 관례대로 절을 했다. 그러자 방 안에서,

"절은 한 번으로 됐네" 하는 배려의 말이 들렸다. 소스케는 나머지를 생략하고 안으로 들어갔다.

방 안은 그저 어슴푸레한 등불이 비치고 있을 뿐이었다. 그 희미한

빛은 아무리 글자가 큰 책이라도 읽을 수 없을 정도였다. 소스케는 지금까지의 경험에 비춰볼 때 이렇게 희미한 등불로 밤을 지내는 사람을 떠올릴 수 없었다. 그 빛은 물론 달빛보다는 밝았다. 또한 달처럼 창백한 색도 아니었다. 하지만 좀 더 몽롱한 경계에 잠길 만한 성질의 불빛이었다.

이 조용하고 어슴푸레한 등불의 힘으로 소스케는 자신의 1.2미터나 1.5미터 앞에, 기도 스님이 말한 큰스님이 있는 것을 봤다. 그의 얼굴은 늘 그렇듯 주물처럼 움직이지 않았다. 얼굴빛은 구릿빛이었다. 그는 온몸에 감물을 들인 듯한 갈색 비슷한 색의 법의를 걸치고 있었다. 손도 발도 보이지 않았다. 목 위만 보였다. 그 목 위의 모습이 엄숙과 긴장을 극도로 안심시켰고, 아무리 시간이 지나도 변할 염려가 없을 것 같아 사람을 매료시켰다. 그리고 머리에는 머리카락이 한 올도 없었다.

그 면전에 기력 없이 앉은 소스케가 입에 올린 말은 단 한마디로 그쳤다.

"좀 더 번뜩이는 것을 가져와야지" 하는 말을 순식간에 듣고 말았다. "학문을 좀 한 사람이라면 그 정도의 말은 누구나 할 수 있다네."

소스케는 초상집 개처럼 방에서 물러났다. 뒤에서 방울 소리가 세차게 울렸다.

20

장지문 밖에서 노나카 씨, 노나카 씨 하고 부르는 소리가 두 번쯤
들렸다. 소스케는 반수면 상태에서 예, 하고 대답할 생각이었으나 대
답을 하기도 전에 먼저 의식을 잃고 다시 정신없이 잠에 빠져들고 말
았다.

두 번째로 눈을 떴을 때 그는 깜짝 놀라 벌떡 일어났다. 툇마루로
나가보니 기도 스님이 쥐색 무명옷에 다스키를 걸치고 부지런히 그
주위를 닦고 있었다. 벌겋게 곱은 손으로 걸레를 짜면서 늘 그렇듯이
부드럽고 상냥한 얼굴로,

"잘 주무셨어요?" 하고 인사했다. 그는 오늘 아침에도 이미 참선을
끝내고 이렇게 암자로 돌아와 일을 하고 있었던 것이다. 소스케는 일
부러 깨워주었는데도 일어날 수 없었던 자신의 태만을 돌이켜보니 무
척 창피했다.

"오늘 아침에도 그만 늦잠을 자서 실례했습니다."

그는 슬그머니 부엌문을 통해 우물가로 나갔다. 그리고 찬물을 떠

서 되도록 빨리 세수를 했다. 길게 자란 수염이 볼 언저리에서 손을 찌를 듯이 까칠까칠했지만, 지금 소스케는 그런 것에 신경 쓸 여유가 없었다. 그는 자꾸만 기도 스님과 자신을 비교했다.

소개장을 받을 때 도쿄에서 들은 바에 따르면 기도라는 스님은 성품이 아주 좋은 사람으로 지금은 수행도 거의 끝나갈 거라는 이야기였는데, 만나보니 마치 일자무식인 하인처럼 공손했다. 이렇게 다스키를 걸치고 일하는 것을 보면 아무리 봐도 독립된 암자의 주인 같지 않았다. 잡무를 보는 중이나 행자라고도 할 수 있었다.

이 왜소한 젊은 승려는 출가하기 전에 속인으로 수행하러 이곳에 왔을 때 이레 동안 가부좌를 튼 채 꼼짝하지 않았다고 한다. 나중에는 다리가 아파 일어날 수도 없어서 변소에 갈 때는 벽을 짚고 간신히 몸을 움직였다는 것이다. 그때의 그는 조각가였다. 수행을 통해 깨달음을 얻은 날 너무 기쁜 나머지 뒷산으로 뛰어올라가 초목국토실개성불(草木國土悉皆成佛)[1]이라고 큰 소리로 외쳤다. 그러고는 결국 머리를 깎고 말았다.

이 암자를 떠맡은 지도 벌써 2년이 되었는데, 아직 이부자리를 펴고 발을 쭉 뻗고 제대로 자본 적이 없다고 했다. 겨울에도 옷을 입은 채 벽에 기대어 앉아서 잔다고 했다. 시자를 하던 무렵에는 큰스님의 훈도시[2]까지 빨았다고 한다. 게다가 잠깐 짬을 보아 앉기라도 하면 큰스님이 뒤에 와 심술궂은 방해를 하거나 욕설을 퍼붓는 바람에 무슨 업보로 머리를 깎고 중이 되었나 하며 후회하는 일이 많았다고 한다.

"요즘에 와서야 겨우 좀 편해졌습니다. 하지만 아직 갈 길이 멀지

1 초목이나 국토와 같은 비정(非情)한 것 역시 모두 성불할 수 있다는 뜻.
2 남자의 속옷으로 겨우 음부만을 가리던 폭이 좁고 긴 천.

요. 수행은 사실 힘듭니다. 그렇게 쉽게 할 수 있다면 우리가 아무리 바보라도 이렇게 10년이고 20년이고 고생할 까닭이 없겠지요."

소스케는 망연자실할 뿐이었다. 자신의 끈기와 정력이 부족한 것도 속이 타는데 그만큼의 세월이 걸려야 성취할 수 있는 것이라면 자신은 뭐하러 이 산속까지 찾아온 것인지, 우선 그것부터가 모순이었다.

"결코 손해가 날 염려는 없습니다. 10분을 앉아 있으면 10분의 공(功)이 쌓이고 20분을 앉아 있으면 20분의 덕(德)이 쌓이는 것은 물론입니다. 게다가 일단 처음만 깨끗이 뚫어놓으면 나중에는 이렇게 늘 여기까지 오지 않아도 되니까요."

소스케는 체면상으로도 다시 자신의 방으로 돌아가 앉아 있어야만 했다.

그때 기도 스님이 와서,

"노나카 씨, 제창 시간입니다" 하고 데리러 와서 소스케는 진심으로 기뻤다. 그는 대머리를 붙잡는 것처럼 손대기 어려운 난제에 시달리며 가만히 앉아서 번민하는 것이 너무나도 고달팠다. 아무리 정력을 소모하는 일이라도 좋으니 좀 더 적극적으로 몸을 움직이고 싶었다.

제창을 하는 곳 역시 잇소안에서 백 미터도 떨어져 있지 않았다. 연못 앞을 지나 왼쪽으로 꺾지 않고 끝까지 똑바로 가니 기와지붕을 위엄 있게 쌓아올린 높은 처마가 소나무 사이로 올려다보였다. 기도 스님은 품에 표지가 까만 책을 넣고 있었다. 물론 소스케는 빈손이었다. 제창이라는 것이 학교에서 말하는 강의를 의미한다는 것조차 이곳에 와서야 알았다.

방은 천장이 높고 그에 비례하여 넓고 또 추웠다. 빛바랜 다다미의 색깔은 낡은 기둥과 대응하여 옛날을 이야기해주는 것처럼 아주 한

적한 정취를 풍겼다. 거기에 앉아 있는 사람들도 모두 수수해 보였다. 자리가 정해져 있지 않아 각자 자기 좋을 대로 자리를 차지하고 있었는데 소리 높여 이야기하거나 웃는 사람은 단 한 사람도 없었다. 승려는 모두 감색 삼베 법의를 입고 정면의 곡록[3] 좌우에 마주 보고 줄을 지어 앉았다. 그 곡록은 주황색으로 칠해져 있었다.

이윽고 큰스님이 나타났다. 방바닥을 바라보고 있던 소스케는 그가 어디를 통해 어떻게 이곳으로 나왔는지 도통 알 수가 없었다. 다만 그가 태연자약하게 곡록에 기대앉는 위엄 있는 모습만 봤다. 한 젊은 승려가 일어나 보라색 비단 보자기를 풀고 안에서 꺼낸 책을 공손히 탁자 위에 놓는 것을 보았다. 또한 합장하며 절을 하고 물러나는 모습을 보았다.

그때 방 안에 있던 승려들은 일제히 합장을 하고 무소(夢窓) 국사[4]의 유훈을 낭송하기 시작했다. 소스케의 앞뒤로 제각각 자리를 잡고 앉은 거사들도 모두 한목소리로 장단을 맞췄다. 듣고 있으니 경문 같기도 하고 보통의 말 같기도 한 일종의 가락이 있는 문장이었다.

"내게는 세 등급의 제자가 있다. 이른바 모든 인연을 끊고 무아의 경지에 이르러 오로지 자기 본래의 면목을 맹렬히 구명하는 자, 이를 상등이라 한다. 수행에 전념하지 않고 어수선하며 순수하지 않는 것을 좋아하는 자, 이를 중등이라 한다" 운운하는 그다지 길지 않은 것이었다. 소스케는 처음에 무소 국사가 어떤 사람인지 몰랐다. 기도 스님이 이 무소 국사와 다이토(大燈) 국사[5]가 선종을 중흥시킨 개조(開

---

3 승려가 쓰는 의자. 두 다리는 엇갈리고 등받이는 뒤쪽으로 굽었으며 앉는 자리는 가죽이고 앞다리에 발을 놓을 수 있는 나무를 대었다.

4 무소 소세키(夢窓疎石, 1275~1351). 임제종의 승려로 교토의 덴류지(天龍寺)를 창건했다.

祖)라고 가르쳐주었다. 평소에 다리를 절어 제대로 가부좌를 틀지 못하는 것을 분하게 여겨 죽기 직전에 오늘이야말로 내 뜻대로 해 보이겠다며 불편한 다리로 억지로 가부좌를 틀다가 법의를 피로 물들였다는 다이토 국사의 이야기도 그때 기도 스님에게 들었다.

드디어 제창이 시작되었다. 기도 스님은 품에서 예의 그 책을 꺼내 바닥에 거의 미끄러지게 하면서 소스케 앞에 놓았다. 『종문무진등론(宗門無盡燈論)』[6]이라는 책이었다. 처음으로 제창을 들으러 갔을 때 기도 스님은,

"참 고맙고 훌륭한 책입니다" 하고 소스케에게 가르쳐주었다. 하쿠인(白隱) 스님[7]의 제자인 도레이 스님이 편집한 것으로, 주로 선을 수행하는 자가 얕은 데서 깊은 곳으로 나아가는 경로며 그에 따르는 심경의 변화를 조리 있게 쓴 책인 것 같았다.

중간에 얼굴을 내민 소스케는 제대로 이해할 수 없었지만 설법하는 사람이 능변이어서 가만히 듣고 있으니 무척 재미있는 점도 있었다. 게다가 참선하는 사람을 고무하기 위해서인지 예로부터 이 길에서 고생한 사람들의 경험담을 섞어가며 한층 활기를 불어넣는 것이 관례였다. 이날도 그랬는데, 어떤 대목에 이르자 갑자기 어조를 바꾸더니,

"요즘 큰스님 방에 가서는 아무래도 망상이 생겨 안 되겠다고 호소하는 자가 있는데" 하며 갑자기 참선하러 온 사람의 열성이 부족하다

5 슈호 묘초(宗峰妙超, 1282~1337). 가마쿠라 시대 임제종의 승려로 다이토쿠지(大德寺)를 창건했다.

6 임제종의 승려 도레이 엔지(東嶺円慈, 1721~1792)의 저서로 스승인 하쿠인 선사에게 헌정한 것이라고 한다. 소세키의 장서에도 이 책이 있다.

7 하쿠인 에카쿠(白隱慧鶴, 1685~1768). 에도 시대 임제종의 승려. 명리를 구하지 않고 여러 곳을 편력하여 서민, 특히 농민의 존경을 받았다.

고 훈계하기 시작해서 소스케는 자기도 모르게 그만 움찔하고 말았다. 큰스님의 방으로 들어가 그런 호소를 한 사람은 사실 자신이었던 것이다.

한 시간 후 기도 스님과 소스케는 나란히 다시 잇소안으로 돌아왔다. 돌아오는 길에 기도 스님은,

"저렇게 제창할 때 곧잘 참선자들의 좋지 못한 마음가짐을 에둘러 비판하십니다" 하고 말했다. 소스케는 아무런 대꾸도 하지 못했다.

21

그러는 사이에 산속의 시간은 하루하루 지나갔다. 오요네로부터 꽤 긴 편지가 벌써 두 통이나 왔다. 하지만 두 통 다 소스케의 마음을 어지럽힐 만한 새로운 걱정거리는 쓰여 있지 않았다. 소스케는 평소의 애처가답지 않게 답장 보내는 것을 게을리하고 있었다. 그는 산을 떠나기 전에 어떻게든 저번의 문제를 정리하지 않으면 모처럼 찾아온 보람이 없는 것 같고 또 기도 스님에게 송구할 것 같았다. 깨어 있을 때는 그 문제 때문에 뭐라 말할 수 없는 압박감을 받았다. 따라서 해가 지고 날이 밝아 절에서 보는 태양의 수가 거듭됨에 따라 마치 뒤에서 누가 쫓아오기라도 하는 것처럼 마음이 초조했다. 하지만 그는 맨 처음의 해결책 외에 그 문제에 한 발짝이라도 다가갈 방법을 깨닫지 못했다. 또한 그는 아무리 생각해도 처음의 해결책이 확실한 답인 것 같았다. 다만 이론에서 이끌어낸 것이라 요깃거리도 되지 않았다. 그는 그 확실한 것을 내팽개치고 다른 확실한 것을 찾으려고 했다. 그러나 그런 것은 전혀 나오지 않았다.

그는 자신의 방에서 혼자 생각했다. 피곤하면 부엌으로 내려가 뒤쪽의 채소밭으로 나갔다. 그리고 절벽 밑에 파놓은 굴속으로 들어가 움직이지 않고 가만히 있었다. 기도 스님은 마음이 흐트러지면 안 된다고 했다. 점차 집중하여 몰두하고 마지막에는 철봉처럼 되지 않으면 안 된다고 했다. 그런 이야기를 들으면 들을수록 실제로 그렇게 되는 것이 어려웠다.

"머릿속에 이미 그렇게 하자는 속셈이 있어서 안 되는 겁니다" 하고 기도 스님이 또 말했다. 소스케는 점점 더 막혔다. 홀연 야스이가 떠올랐다. 야스이가 만약 사카이의 집에 빈번히 출입하게 되고 당분간 만주로 돌아가지 않는다면 지금 당장 셋집을 정리하고 어딘가로 이사하는 것이 상책일 것이다. 이런 데서 우물쭈물하고 있는 것보다 빨리 도쿄로 돌아가 그 일을 처리하는 것이 더 현실적일지도 모른다. 여유를 부리다가 오요네라도 알게 되면 걱정만 늘어날 뿐이라는 생각이 들었다.

"저 같은 사람은 도저히 깨달음을 얻을 수 없을 것 같습니다" 하고 골똘히 생각한 끝에 결심한 듯이 기도 스님을 붙잡고 말했다. 돌아가기 이삼일 전의 일이었다.

"아니요, 신념만 있으면 누구나 깨달을 수 있습니다" 하고 기도 스님은 망설이지 않고 대답했다. "법화종 신자들이 정신없이 북을 두드리며 염불하는 것처럼 해보세요. 머리끝에서 발끝까지 온통 공안으로 가득 찼을 때 갑자기 신천지가 눈앞에 나타납니다."

소스케는 자신의 처지나 성격이 굳이 그렇게 맹목적이고 맹렬하게 기능하는 데 적합하지 않다는 것을 깊이 슬퍼했다. 더군다나 자신이 이 산에 머물 날은 이미 정해져 있었다. 그는 직접적으로 생활의 갈등을 해결할 요량으로 오히려 경솔하게 산속으로 기어든 어리석은 사람이었다.

그는 마음속으로 이렇게 생각하면서도 기도 스님의 면전에서 그런 말을 꺼낼 힘이 없었다. 그는 진심으로 이 젊은 선승의 용기와 열성과 성실함과 친절에 경의를 갖고 있었던 것이다.

"길은 가까운 데 있는데 오히려 멀리서 찾는다는 말[1]이 있는데 실제로 그렇습니다. 바로 코앞에 있는데도 도무지 알아채지 못하지요" 하며 기도 스님은 자못 안타까워하는 것 같았다. 소스케는 다시 자신의 방으로 물러나 향을 피웠다.

이런 상태는 불행히도 소스케가 산을 떠나야 하는 날까지 눈에 띌 만큼 새로운 국면을 열 기회도 없이 계속되었다. 드디어 떠나는 날 아침이 되어 소스케는 깨끗하게 미련을 떨쳐버렸다.

"오랫동안 신세 많았습니다. 아쉽지만 아무래도 어쩔 수가 없습니다. 이제 당분간 뵐 수 없을 것 같으니 부디 건강하십시오" 하고 기도 스님에게 인사를 했다. 기도 스님은 딱해하는 것 같았다.

"신세는 무슨, 모든 게 소홀해서 무척 답답하셨을 겁니다. 하지만 그만큼만 앉아 있어도 상당히 다릅니다. 일부러 찾아오신 만큼의 보람은 충분히 있을 겁니다" 하고 말했다. 하지만 소스케는 마치 시간을 죽이러 온 것 같은 자각이 분명히 있었다. 그런 것을 이렇게 감싸주며 말해주는 것도 자신에게 기개가 없기 때문이라고 혼자 몹시 부끄러워했다.

"깨달음을 늦게 얻고 빨리 얻고 하는 것은 전적으로 그 사람의 성격

---

1 『맹자』 「이루장(離婁章)」에 "길은 가까운 데 있는데 왜 먼 데서 구하며(道在爾而求諸遠) 해야 할 일은 쉬운 데 있는데 왜 어려운 데서 구하느냐(事在易而求諸難)"라는 구절이 나온다.

에 달린 문제라 그것만으로 우열이 정해지는 것은 아닙니다. 들어가기 쉬워도 나중에 막혀서 꼼짝하지 못하는 사람이 있는가 하면, 처음에는 오래 걸려도 마지막에는 굉장히 통쾌하게 해내는 사람도 있습니다. 절대 실망할 일이 아닙니다. 그저 열성이 중요하지요. 돌아가신 고센(洪川) 스님[2]은 원래 유학을 하시다가 중년에 들어 수행을 시작했습니다만, 승려가 되고 나서 3년간 한 발짝도 나아가지 못했습니다. 그래서 자신은 업이 많아서 깨닫지 못하는 거라며 매일 아침 해우소를 향해 합장을 하고 절을 하셨을 정도였지요. 그런데 나중에는 그런 고승(高僧)이 되셨습니다. 이건 아주 좋은 예지요."

기도 스님의 이런 이야기는 암암리에 소스케가 도쿄로 돌아가고 나서도 이 길을 완전히 단념하지 않도록 미리 간접적으로 조언하는 것으로 들렸다. 소스케는 기도 스님이 하는 말에 삼가 귀를 기울였다.

하지만 마음속으로는 이미 큰일이 절반쯤 끝난 것처럼 느꼈다. 자신은 문을 열어달라고 하기 위해 왔다. 하지만 문지기는 문 너머에 있으면서 아무리 두드려도 끝내 코빼기도 비치지 않았다. 다만,

"두드려도 소용없다. 혼자 열고 들어오너라" 하는 목소리가 들렸을 뿐이다. 그는 어떻게 해야 이 문의 빗장을 열 수 있을지를 생각했다. 그리고 그 수단과 방법을 머릿속에서 분명히 마련했다. 하지만 실제로 그것을 열 힘은 조금도 키울 수 없었다. 따라서 자신이 서 있는 장소는 이 문제를 생각하기 이전과 손톱만큼도 달라지지 않았다. 그는 여전히 닫힌 문 앞에 무능하고 무력하게 남겨졌다. 그는 평소 자신의 분별력을 믿고 살아왔다. 그 분별력이 지금은 그에게 탈이 되고 있음

2 이마키타 고센(今北洪川, 1816~1892). 메이지 초기 임제종의 승려로 처음에는 유학을 하다가 나중에 불문에 들어갔다. 각고의 수행을 거쳐 가마쿠라 엔가쿠지의 종정(宗正)이 되었다.

을 분하게 생각했다. 그래서 처음부터 취사선택도, 비교 검토도 허용하지 않는 어리석은 외골수를 부러워했다. 또는 신념이 강한 선남선녀가 지혜도 잊고 여러 가지로 생각도 하지 않는 정진의 경지를 숭고한 것이라며 우러러보았다. 그 자신은 오랫동안 문 밖에 서 있어야 할 운명으로 태어난 사람 같았다. 그것은 어쩔 수 없었다. 하지만 어차피 지날 수 없는 문이라면 일부러 거기까지 가는 것은 모순이었다. 그는 뒤를 돌아보았다. 도저히 원래의 길로 다시 돌아갈 용기가 나지 않았다. 그는 앞을 바라보았다. 그곳에는 견고한 문이 언제까지고 앞을 가로막고 있었다. 그는 문을 지나는 사람이 아니었다. 또한 문을 지나지 않아도 되는 사람도 아니었다. 요컨대 그는 문 아래에 옴짝달싹 못하고 서서 해가 지는 것을 기다려야 하는 불행한 사람이었다.

소스케는 떠나기 전에 기도 스님과 함께 큰스님에게 잠깐 작별 인사를 하러 갔다. 큰스님은 두 사람을 가장자리에 굽은 난간이 달려 있는, 연못 위의 객실로 안내했다. 기도 스님은 스스로 옆방으로 가서 차를 끓여왔다.

"도쿄는 아직 춥겠지요?" 하고 큰스님이 말했다. "조금이라도 실마리를 찾았다면 돌아가고 나서도 좀 편할 텐데, 애석한 일이군요."

소스케는 큰스님의 이런 인사말에 정중하게 예를 표하고 다시 열흘 전에 들어온 산문을 나섰다. 기와지붕을 압도하는 거무스름한 삼나무가 겨울을 막으며 그의 뒤에 우뚝 솟아 있었다.

22

집의 문턱을 넘어선 소스케는 자신이 보기에도 가련한 모습이었다. 그는 지난 열흘간 아침마다 머리를 냉수로 적시기만 하고 아직까지 빗질을 한 번도 하지 않았다. 물론 수염도 깎을 틈이 없었다. 기도 스님의 호의로 세 번 쌀밥을 먹기는 했으나 반찬이라고는 나물 무침이나 무 조림 정도였다. 그의 얼굴은 저절로 창백해졌다. 떠나기 전보다 조금 수척해 보였다. 게다가 그는 잇소안에서 생각에 생각을 거듭하던 습관에서 아직 완전히 벗어나지 못했다. 어딘가 달걀을 품은 암탉 같은 기분이 남아 있어 머리가 평소대로 자유롭게 돌아가지 않았다. 그런데도 한편으로는 사카이가 마음에 걸렸다. 사카이라기보다는 사카이가 소스케에게 모험가라고 말한 그의 동생과 그 동생의 친구로서 그의 마음을 뒤숭숭하게 한 야스이의 소식이 마음에 걸렸다. 하지만 그는 사카이를 찾아가 그것을 캐물을 용기가 없었다. 간접적으로 오요네에게 물어보는 것은 더더욱 할 수 없었다. 그는 산에 있는 동안에도 오요네가 이 사건에 대해 아무런 말도 듣지 않았으면 좋을 텐데,

하며 걱정하지 않은 날이 없을 정도였다. 소스케는 몇 해 전부터 살아서 익숙한 집의 객실에 앉아,

"기차를 타면 짧은 거리라도 왠지 피곤한걸. 내가 없는 동안 별일 없었어?" 하고 물었다. 실제로 그는 짧은 기차 여행조차 견디기 힘든 것 같은 표정을 짓고 있었다.

오요네는 어떤 경우에도 남편 앞에서 잊지 않았던 웃음조차 지을 수 없었다. 그렇다고 모처럼 요양을 갔다가 지금 막 돌아온 남편에게 노골적으로 떠나기 전보다 오히려 건강이 안 좋아진 것 같다고는 딱해서 차마 말하기 힘들었다. 일부러 활달하게,

"아무리 요양이라고 해도 집에 돌아오면 조금은 피곤해지는 거예요. 하지만 당신은 너무 늙은이 같아졌어요. 한숨 돌리고 나면 제발 목욕탕에 가서 머리도 깎고 수염도 밀고 오세요" 하면서 일부러 책상 서랍에서 조그만 거울을 꺼내 보여주었다.

소스케는 오요네의 말을 듣고 비로소 잇소안의 공기를 바람으로 털어낸 듯한 마음이 들었다. 일단 산에서 내려와 집으로 돌아오면 역시 원래의 소스케였다.

"사카이 씨한테서는 그 뒤로 무슨 말 없었어?"

"아뇨, 아무 말도."

"고로쿠에 대해서도?"

"네."

고로쿠는 도서관에 가고 집에 없었다. 소스케는 수건과 비누를 들고 밖으로 나갔다.

이튿날 관청에 나가니 모두들 병은 좀 어떠냐고 물었다. 그중에는 조금 수척해진 것 같다는 사람도 있었다. 소스케에게는 무의식적인

냉담한 평가로 들렸다. 『채근담』을 보던 사람은 그저 어땠나, 잘되었느냐고 물었다. 소스케는 이 질문에도 상당한 아픔을 느꼈다.

그날 밤에는 다시 오요네와 고로쿠가 교대로 가마쿠라에서 있었던 일을 꼬치꼬치 캐물었다.

"마음 편하겠네요. 집 보는 사람이 없어도 나갈 수 있다면요" 하고 오요네가 말했다.

"그런데 하루에 얼마를 내면 있을 수 있어요?" 하고 고로쿠가 물었다. "총이라도 메고 가서 사냥을 하면 재미있겠는데요" 하고도 말했다.

"하지만 심심했겠어요. 그렇게 적막해선 말이에요. 아침부터 밤까지 누워 있을 수도 없고" 하고 오요네가 다시 말했다.

"좀 더 영양가 있는 걸 먹을 수 있는 곳이 아니면 역시 몸에 좋지 않겠지요" 하고 고로쿠가 또 말했다.

소스케는 그날 밤 잠자리에 들고 나서 내일은 큰맘 먹고 사카이에게 가서 넌지시 야스이의 소식을 물어보고, 만약 그가 아직 도쿄에 있고 여전히 사카이의 집에 종종 들른다면 먼 곳으로 이사를 가리라 생각했다.

다음 날 해는 평범하게 소스케의 머리를 비추고 별일 없는 빛을 서쪽에 떨어뜨렸다. 밤이 되자 그는,

"잠깐 사카이 씨한테 갔다 올게" 하는 말을 남기고 문을 나섰다. 달빛 없는 고개를 오르고 가스등에 비친 자갈 밟는 소리를 내며 쪽문을 열었을 때 그는 오늘 밤 여기서 야스이와 맞닥뜨리는 만일의 사태는 우선 일어나지 않을 거라고 배짱을 부렸다. 그래도 일부러 부엌문으로 돌아가 손님이 온 건 아니냐고 묻는 일은 잊지 않았다.

"잘 오셨습니다. 정말 여전히 춥지 않습니까?" 하며 평소대로 활기

찬 사카이는, 여러 명의 아이들을 자기 앞에 앉혀놓고 그중 한 아이와 함께 소리를 지르며 가위바위보를 하고 있었다. 상대인 여자아이의 나이는 여섯쯤으로 보였다. 빨간색의 넓은 리본을 나비처럼 머리 위에 붙이고 아빠에게 지지 않을 만한 기세로 꼭 쥔 조그만 손을 앞으로 날렵하게 내밀었다. 그 결연한 태도와 조그만 주먹에 비해 엄청나게 큰 사카이의 주먹이 대조되자 모두들 웃음을 터뜨렸다. 화로 옆에서 보고 있던 부인이,

"이야, 이번에는 유키코가 이겼네" 하며 유쾌하다는 듯이 고운 이를 드러냈다. 아이의 무릎 옆에는 하얗고 빨갛고 파란 유리구슬이 잔뜩 있었다. 사카이는,

"드디어 유키코한테 졌다" 하며 자리를 떠나 소스케를 향하고는 "어떻습니까? 또 제 동굴로 들어가시겠습니까?" 하며 일어났다.

서재의 기둥에는 여느 때처럼 비단 주머니에 넣어진 몽골도가 걸려 있었다. 꽃병에는 어디서 핀 것인지 벌써 노란 유채꽃이 꽂혀 있었다. 소스케는 도코노마 기둥 중간을 화려하게 채색하고 있는 주머니에 눈길을 주며,

"여전히 걸려 있네요" 하고 말했다. 그렇게 하며 머릿속으로 사카이의 기색을 살폈다. 사카이는,

"예, 몽골도는 너무 유별나지요" 하고 대답했다. "그런데 동생 녀석은 그런 장난감을 가져와서 형을 농락하려 드니 난처한 거 아니겠습니까?"

"동생분은 그 뒤로 어떻게 되었습니까?" 하고 소스케는 아무렇지 않은 듯이 물었다.

"예, 사오일 전에 드디어 돌아갔습니다. 그 녀석은 완전히 몽골 취

향이지요. 너 같은 야만인은 도쿄와는 어울리지 않으니까 얼른 돌아가, 라고 했더니 자기도 그렇게 생각한다며 돌아갔습니다. 아무래도 그 녀석은 만리장성 너머에서 살아야 할 사람이지요. 고비 사막에서 다이아몬드라도 찾고 있으면 되는 겁니다."

"같이 온 또 한 사람은요?"

"야스이 말인가요? 그 사람도 물론 같이 갔습니다. 한번 그렇게 되면 한군데 눌러 있지 못하는 모양입니다. 잘은 몰라도 원래는 교토 대학에 다닌 적도 있다고 합니다만, 무슨 일로 그렇게 변해버린 건지 원."

소스케는 겨드랑이 밑에서 땀이 났다. 야스이가 어떻게 변하고, 어떻게 한군데에 눌러 있지 못하는지는 전혀 물어볼 생각이 들지 않았다. 다만 자신이 야스이와 같은 대학에 다녔다는 사실을 사카이에게 아직 털어놓지 않은 것을 천우신조로 여겼다. 하지만 사카이는 동생과 야스이를 저녁식사에 초대했을 때 자신을 그 두 사람에게 소개하겠다고 한 사람이다. 극구 거절해서 그 자리에 얼굴을 내미는 면목 없는 일만은 간신히 피한 것 같지만, 그날 밤 사카이가 무슨 이야기를 하다가 두 사람에게 그만 자신의 이름을 발설하지 않았으리라는 보장도 없다. 소스케는 뒤가 구린 사람이 가명으로 세상을 살아가는 편리함을 절실히 느꼈다. 그는 사카이에게 '혹시 야스이 앞에서 제 이름을 거론하지는 않았습니까?' 하고 물어보고 싶어 견딜 수가 없었다. 하지만 무슨 일이 있어도 그것만은 물어볼 수 없었다.

하녀가 납작하고 커다란 과자 접시에 묘한 과자를 담아왔다. 두부 한 모 크기의 긴쿄쿠토(金玉糖)[1] 안에 금붕어 두 마리 모양이 비쳐 보

---

1 우뭇가사리에 설탕과 물엿을 넣고 반죽하여 틀에 찍어 식힌 다음 굵은 설탕을 뿌린 투명한 과자.

이게 만든 것을, 그대로 밑바닥에 식칼 날을 넣어 원래의 형태를 흐트러뜨리지 않고 접시에 담아온 것이다. 소스케는 언뜻 보고 그저 신기하다고 생각했다. 하지만 그의 머리는 오히려 다른 것에 정신을 빼앗기고 있었다. 그러자 사카이가,

"어떻습니까? 하나 드셔보시지요" 하며 여느 때처럼 자신부터 먼저 손을 내밀었다.

"이건 말이죠, 어제 어떤 사람 은혼식에 갔다가 받아온 거라 굉장히 경사스러운 겁니다. 당신도 한 쪽 정도는 덕을 봐도 좋겠지요."

사카이는 덕을 입고 싶다는 명목으로 달콤한 긴교쿠토를 몇 조각 입에 넣었다. 이 사람은 술도 잘 마시고 차도 잘 마시고 밥도 잘 먹고 과자도 잘 먹게 생긴 유능하고 건강한 남자였다.

"사실 뭐 20년이고 30년이고 부부가 주름투성이가 되어 살아간다고 해봐야 그리 경사스러울 것도 없는 일이지만 문제는 비교적인 데 있거든요. 저는 언젠가 시미즈다니 공원 앞을 지나다가 깜짝 놀란 일이 있습니다" 하며 이야기를 이상한 쪽으로 이끌어갔다. 이런 식으로 손님이 지루하지 않게 이야기를 꼬리에 꼬리를 물고 이어가는 것이 사교에 능숙한 사카이의 평소 모습이었다.

그의 말에 따르면 시미즈다니 공원에서 벤케이바시(弁慶橋) 다리로 통하는 시궁창 같은 좁은 개울에 초봄이 되면 무수한 개구리가 태어난다고 한다. 그 개구리가 밀치락달치락 서로 울며 자라는 동안 수백 쌍이나 수천 쌍의 사랑이 시궁창에서 이루어진다. 그렇게 해서 사랑으로 살아가는 개구리들이 포개지기라도 할 듯이 시미즈다니 공원에서 벤케이바시까지 빈틈없이 이어져 사이좋게 떠 있으면 지나가던 꼬맹이들이나 할 일 없는 사람들이 돌을 던져 개구리 부부를 잔인하게

죽이고 가는 터라 죽은 개구리 수가 헤아릴 수 없을 만큼 많아진다는 것이다.

"사체가 겹겹이 쌓인다는 말은 그런 걸 두고 하는 말일 겁니다. 그들 모두가 부부라 정말 불쌍하지요. 다시 말해 그곳을 2백 미터나 3백 미터쯤 가는 사이에 우리는 얼마나 많은 비극과 마주치는지 모릅니다. 그걸 생각하면 우리는 정말 행복한 거지요. 부부가 된 것이 밉다며 던진 돌에 맞아 머리가 깨질 염려는 없으니까요. 게다가 둘 다 20년이고 30년이고 안전하다면 정말 경사스러운 일인 게 분명합니다. 그러니까 한 조각 정도는 덕을 입을 필요도 있겠지요" 하며 사카이는 일부러 젓가락으로 긴쿄쿠토를 집어 소스케 앞으로 내밀었다. 소스케는 쓴웃음을 지으며 그것을 받았다.

사카이는 이런 농담 섞인 이야기를 얼마든지 계속할 수 있기 때문에 소스케는 어쩔 수 없이 어느 정도까지는 끌려다녔다. 하지만 마음속은 결코 사카이처럼 태평할 수가 없었다. 사카이의 집에서 나와 다시 달 없는 하늘을 바라보았을 때는 깊고 까만 색 아래에서 뭐라 말할 수 없는 비애와 두려움을 느꼈다.

그는 그저 만약의 일을 모면할 요량으로 사카이의 집에 갔다. 그래서 그 목적을 달성하기 위해 수치심과 불쾌감을 견디며 호의와 진솔한 마음이 가득 찬 사카이를 정략적인 대화로 몰고 갔다. 하지만 알아보려는 일을 죄다 알 수는 없었다. 사카이에게는 자신의 약점에 대해 한마디도 고백할 용기나 필요를 느끼지 못했다.

그의 머리를 스쳐 가려던 비구름은 간신히 머리에 닿지 않고 지나간 듯했다. 하지만 이와 유사한 불안이 앞으로도 몇 번이고 여러 가지 수준으로 되풀이될 것만 같은 불길한 예감이 어딘가에 있었다. 그것을 되풀이하게 하는 것은 하늘의 일이다. 그것을 피해 다니는 것은 소스케의 일이다.

23

달이 바뀌고 나서 추위도 제법 누그러졌다. 관리의 봉급 인상 문제
에 따라 필연적으로 생기는 이런저런 입소문에 오르내리던 국원(局
員)과 과원(課員)의 감원 문제도 월말까지는 거의 매듭지어졌다. 그사
이 목이 뚝뚝 잘리는, 아는 사람이나 모르는 사람의 이름을 계속해서
들어온 소스케는 때때로 집에 돌아와 오요네에게,

"다음에는 내 차례일지도 몰라" 하고 말하는 일이 있었다. 오요네는
그 말을 농담으로도 듣고 진담으로도 들었다. 드물게는 숨은 미래를
고의로 불러내는 불길한 말이라고도 해석했다. 그 말을 입에 올리는
소스케의 가슴속에도 오요네와 똑같은 구름이 오갔다.

달이 바뀌고 관청의 동요도 이것으로 일단락되었다는 소식을 들었
을 때 소스케는 살아남은 자신의 운명을 돌아보며 당연한 것처럼 생
각했다. 또 우연한 것처럼도 생각했다. 자리에서 일어나 오요네를 내
려다보며,

"어쨌든 살았어" 하고 심각한 표정으로 말했다. 기뻐하지도 슬퍼하

지도 않는 모습이 오요네에게는 하늘에서 떨어진 우스꽝스러움으로 보였다.

이삼일 지나 소스케의 월급이 5엔 올랐다.

"원칙대로 25퍼센트 올려주지 않아도 어쩔 수 없지 뭐. 잘린 사람도 있고 월급이 그대로인 사람도 많으니까"라고 말한 소스케는 그 5엔이 자기 이상의 가치를 가져다준 것처럼 만족스러운 모습을 보였다. 물론 오요네는 마음속으로 부족함을 호소할 만한 여지를 찾지 못했다.

이튿날 저녁 소스케는 밥상 위에 대가리가 붙은 생선[1]이 꼬리를 접시 밖으로 내민 모습을 바라보았다. 팥색으로 물든 밥[2] 냄새를 맡았다. 오요네는 일부러 기요를 시켜 사카이의 집으로 옮겨간 고로쿠를 불렀다. 고로쿠는,

"이야, 이거 진수성찬이네요" 하며 부엌을 통해 들어왔다.

매화가 하나둘씩 눈에 띄었다. 빠른 것은 변색하여 이미 떨어지고 있었다. 비가 연기처럼 내리기 시작했다. 비가 그치고 햇빛에 덥혀지자 지면에서도 지붕에서도 봄의 기억을 새로이 할 습기가 모락모락 피어올랐다. 집 뒷문에 펴서 말려놓은 우산을 가지고 강아지가 장난을 치고 있고 지우산 색[3]이 반짝반짝 빛나는 곳에서는 아지랑이가 피어오르는 것처럼 한가해 보이는 날도 있었다.

"이제 겨울도 다 지나갔나 봐요. 여보, 이번 토요일에 작은집에 가

---

1 여기서의 생선은 도미일 것이다. 일본에서는 축하할 일이 있을 때 밥상에 도미를 올리는데, 이는 도미(다이)가 축하할 만하다는 뜻의 '메데타이'와 발음이 비슷하기 때문이다.

2 일본에서는 축하할 일이 있을 때 팥밥을 먹는 풍습이 있다. 예컨대 여자아이가 초경을 했을 때도 팥밥을 짓는다.

3 당시 지우산은 펼치면 뱀눈 모양이 나타나도록 중앙과 바깥 테두리를 검정색, 파란색, 빨간색 등으로 둥글게 칠하고 그 중간을 하얗게 칠했다.

서 도련님 일을 매듭짓고 오세요. 마냥 내버려두면 야스노스케 도련님도 또 잊어버릴 테니까요" 하고 오요네가 재촉했다. 소스케는,

"응, 큰맘 먹고 갔다 와야지" 하고 대답했다. 고로쿠는 사카이의 호의로 그 집의 서생으로 들어갔다. 게다가 소스케와 야스노스케가 부족한 것을 분담할 수 있다면, 하고 고로쿠에게 말한 것은 소스케 자신이었다. 고로쿠는 형이 나서는 것을 기다리지 않고 바로 야스노스케와 직접 담판을 했다. 그리하여 형식적으로 소스케가 의뢰하기만 하면 바로 야스노스케가 받아들이도록 하는 데까지 스스로 매듭을 지어 놓은 것이다.

이렇게 하여 무슨 일이 일어나는 것을 좋아하지 않는 부부에게 잠잠한 상태가 찾아왔다. 어느 일요일 오후 소스케가 오랜만에 나흘째의 때를 벗기기 위해 골목 목욕탕에 갔더니 쉰 살쯤 되어 보이는 머리를 빡빡 민 사내와 삼십 대의 장사치 같은 사내가 이제 봄이 완연하다며 계절 인사를 나누고 있었다. 젊은 쪽이 오늘 아침에 처음으로 휘파람새가 우는 소리를 들었다고 하자 중머리가 자기는 이삼일 전에도 한 번 들은 적이 있다고 대답했다.

"이제 울기 시작해서 그런지 아직은 좀 어설프더군."

"예, 아직은 혀가 잘 안 돌 테니까요."

소스케는 집으로 돌아와 오요네에게 이 휘파람새 이야기를 들려주었다. 오요네는 장지문 유리로 비쳐드는 화창한 햇살을 바라보며,

"정말 다행이에요. 드디어 봄이 돼서" 하며 눈썹을 환하게 폈다. 소스케는 툇마루로 나가 길게 자란 손톱을 자르면서,

"응, 하지만 또 금방 겨울이 오겠지" 하고 대답하며 고개를 숙인 채 가위를 움직였다.

문 앞의 소스케와 소세키

이현우(서평가)

간단한 사실부터 확인하자면, 『문』은 나쓰메 소세키가 1910년 3월 1일부터 6월 12일까지 《아사히 신문》에 연재한 소설이다. 43세 때의 일로, 소세키는 전해인 1909년 『그 후』를 같은 신문에 연재하고 만주와 한국 여행을 다녀와서 『만한 이곳저곳』이란 기행문을 싣기도 했다. 위궤양 증세가 점차 악화되어가고 있었고 1910년 봄에는 다섯째 딸이 태어났다. 아사히 신문사의 전속 작가로서 그는 어떻게든 작품을 써야 하는 처지였으며 수년간 이 과제를 묵묵히 수행한다. 『산시로』와 『그 후』를 거쳐서 『문』으로 마무리되는 '전기 3부작'은 소세키의 연재소설이 제 궤도에 올라섰다는 것을 말해준다. 하지만 모든 일이 영속적일 수는 없다. 『문』의 연재 이후에 소세키는 위궤양 요양차 들른 온천에서 다량의 피를 토하고 위독한 상태에 빠지며 이후 1916년 세상을 떠날 때까지 고통받는다. 이러한 전기적 사실을 배경으로 두게 되면, 『문』은 소세키라는 '소설 기계'의 정상적인 작동과 이상 징후를 동시에 보여주는 소설로 읽힌다. 소세키 스스로가 '문' 앞에 서 있는 형국이라고 할까.

어두운 과거를 지닌 채 도쿄의 변두리 셋집에서 살아가는 소스케 부부의 이야기를 다룬 새 연재소설의 제목이 '문'인 것은 여러모로 상징적인데, 놀랍게도 이 제목 자체는 소세키의 작명이 아니다. 전작 『그 후』를 마무리 짓고 신문사에서 다음 작품의 제목을 알려달라고 독촉하자 소세키는 아사히 문예란을 담당하던 제자에게 적당한 제목을 붙여달라고 부탁했고, 이 제자가 친구와 상의해서 정한 제목이 '문'이었다. 작가가 어떤 내용의 소설을 구상하고 있는지 정확히 모르는 상태에서 고른 제목이었으니, 소세키로선 '문'이란 제목의 소설을 주문받은 것과 같은 사정이 되었다. 제목의 강한 상징성에도 불구하고 정작 소세키 자신은 제목에 별로 신경을 쓰지 않았다는 뜻도 된다.

그런 무신경함은 이미 『그 후』에서도 확인할 수 있다. 전작인 『산시로』에서 도쿄의 대학 생활을 다룬 데 대해 이 소설은 그 후의 일을 이야기한다는 의미에서 '그 후'이고, 또 소설의 주인공이 『산시로』 이후 성숙한 남자가 되었다는 의미에서도 '그 후'이며, 주인공의 결말이 어떻게 되는지 이야기하지 않았다는 점에서도 '그 후'라고 했다. 『산시로』의 주인공 산시로와 『그 후』의 주인공 다이스케가 동일 인물이 아님에도 불구하고 소세키에게는 두 인물이 동일선상에 놓여 있는 연속적인 인물로 간주되었던 것이다. 그런 의도에 의해 『산시로』와 『그 후』가 연작으로 묶인다면 『그 후』와 『문』의 관계도 마찬가지다. 소스케를 다이스케의 연장선상에서 읽을 수 있다면 『문』은 『그 후』의 '그 후' 이야기다. 그런데 이번의 '그 후'는 미래의 시간으로 뻗어나가는 '그 후'가 아니라 과거의 붙박이인 채로 한 치도 더 나아가지 못하는 '그 후'다. 그런 의미에서 보자면 '닫힌 그 후'라고 할 수 있을까.

『문』의 시간적 배경은 1909년 9월부터 1910년 2월 말(내지 3월 초)까지다. 대략『그 후』의 연재 기간과『문』의 연재 기간 사이다. 정확하게 '현재 시간'을 배경으로 한 실시간 소설인 셈이다. 그렇지만 이 현재의 시간은 소스케와 오요네 부부에게 살아 있는 시간이라고 하기 어렵다. 그것은 생동하는 시간이라기보다는 정체된 시간 혹은 동결된 시간에 가깝다. 예컨대 쾌청한 가을날 툇마루에 드러누운 소스케가 바느질을 하고 있는 오요네와 무심하게 주고받는 소설 앞머리의 대화는 날씨 얘기를 거쳐서 근래(近來)의 '근' 자를 어떻게 쓰는지 잊어먹었다는 얘기로 넘어간다. 아주 쉬운 글자이지만 소스케는 잘 떠올릴 수 없다는 것이다. 금일(今日)의 '금' 자도 마찬가지다. 종이에 써놓고도 어쩐지 아닌 것 같다는 느낌이 든다고 말한다. 근래나 금일은 모두 현재 또는 현재와 가까운 시간을 가리키는 단어들이다. 소스케의 이런 무심한 고백에서 현재에 대한 무의식적 억압 혹은 망각을 읽을 수 있다. "자신의 과거로부터 질질 끌고 온 운명이나 또 그 연속으로서 앞으로 자신의 눈앞에 전개될 미래"(42쪽)가 소스케의 시간이다.

이런 관점에서 보자면『문』의 핵심적인 관심사는 소스케에게 새로운 시간의 문이 열릴 것인가의 여부다. 그리고 그것이 '문'이라는 제목이 상징하는 바이다. 그 가능성을 살피자면 거꾸로 무엇이 소스케 부부의 운명을 거세게 거머쥐고 있는지 확인할 필요가 있겠다. 결혼한 지 6년차에 접어든 소스케와 오요네는 그 기간 동안 단 한 번도 말다툼을 한 적이 없는 금실 좋은 부부다. 생활이 넉넉지는 않지만 다른 사정이 없다면 굳이 궁핍하다고 느끼지도 않는다. 매일 밤 식후에 서로 한 시간씩 대화를 나누면서도 어려운 살림살이는 입에 담지 않는다. 물질에 별로 연연하지 않기 때문이다. "그들에게 절대적으로 필요한 것은 서로의 존재뿐이고, 그들은 또 그 서로의 존재만으로 족했다."(168쪽) 그렇기 때문에 일부러 절벽 아래 셋집을 구해서 마치 모든 사교적 삶과 단절한 채 은둔하듯 단조롭게 살아간다. 대도시 도쿄에서 살면서도 마치 산속에서 사는 것처럼. 문제는 이러한 삶의 방식이 그들의 자발적 선택이 아니라는 데 있다.

> 그들이 매일 같은 도장을 가슴에 찍으며 긴 세월을 질리지도 않고 살아 온 것은 그들이 처음부터 일반 사회에 흥미를 잃어서가 아니었다. 사회가 그들 둘만을 떼어내고 차갑게 등을 돌린 결과였을 뿐이었다. 외부를 향해 성장할 여지를 발견할 수 없었던 두 사람은 내부를 향해 깊이 뻗어가기 시작한 것이다. (169쪽)

소스케와 오요네의 이례적일 정도의 금실은 이러한 외부적 조건의 결과다. 세상에서 분리된 채 이들은 서로만을 의지할 수밖에 없었고 결과적으로는 마치 하나의 유기체와 같은 상태가 되었다. "두 사람의 정신을 구성하는 신경계는 최후의 섬유에 이르기까지 서로 껴안고 있었다."(169쪽) 자연스레 묻게 되는 것은 이러한 사태를 가져온 원인이다. 그것은 달리 이 소설의 '기원'이 되는 장면이기도 한데, 흥미롭게도 소세키는 이를 "그들은 자연이 자신들에게 초래한 가공할 만한 복수 앞에 부들부들 떨면서 무릎을 꿇었다"(170쪽)에서 보듯이 '자연이 초래한 복수'라고 부른다. 무엇에 대한 복수인가.

사실 복잡한 얘기가 아니다. 두 사람은 첫째, 친구를 배신했고, 둘째 부모가 반대하는 결혼을 했다. 오요네는 소스케의 친구인 야스이의 동거녀였다. 한데 야스이는 둘의 관계를 사실대로 밝히지 않고 오요네를 누이라고만 소개한다. 소스케와 오요네는 자연스레 가까워지면서 결국에는 사랑하는 사이가 된다. 소세키는 두 사람의 관계 진전과 그에 이어지는 복잡한 상황을 자세히 묘사하는 대신에 비유적으로만 처리한다(약간 변형되긴 했지만 한 여자를 사이에 둔 두 남자의 이야기는 이미 『그 후』에서 다뤘기 때문에 반복을 피하기 위한 의도도 있지 않을까. 『문』의 독자는 『그 후』를 읽은 독자라는 걸 염두에 두었을 법하다). 이 대목에서 소세키는 다시 '자연'을 등장시킨다.

소스케는 당시를 떠올릴 때마다 자연의 흐름이 거기서 뚝 멈추고 자신도 오요네도 순식간에 화석이 되어버렸다면 차라리 괴롭지 않았을 거라고 생각했다. 일은 겨울 밑에서 봄이 머리를 쳐들 무렵에 시작되어 벚꽃이 다 지고 어린잎으로 색을 바꿀 무렵 끝났다. 모든 것이 생사를 건 싸움이었다. 청죽(靑竹)을 불에 쬐어 기름을 짜낼 정도의 고통이었다. 아무 준비도 안 된 두 사람에게 돌연 모진 바람이 불어 둘을 쓰러뜨렸던 것이다.
(189쪽)

여기서 '자연의 흐름'은 '운명'이란 말로도 대체해볼 수 있지만 더 단순하게는 '마음의 흐름'으로서의 '감정'이다. 마음이나 감정 대신에 소세키는 '자연'이란 단어를 고르는데, 이 자연은 소스케와 오요네에게 양가적인 의미를 갖는다. 두 사람이 사랑에 빠진 건 '자연의 흐름'이지만 이 자연은 동시에 파괴적이어서 모진 바람이 되어 그들을 쓰러뜨린다. 자연의 흐름 혹은 순리에 따라 사랑에 빠지고 다시 자연에 의해 재앙이 초래되는 형국이다. 이것은 모순 아닌가. 실제로 두 사람은 그들 스스로를 '부도덕한 남녀' 이전에 '불합리한 남녀'로 바라본다. 다르게 말하면 부조리한 사랑, 혹은 사랑의 부조리다. 이 사랑의 결과 소스케와 오요네는 '불꽃과도 같은 낙인'을 받는다. 두 사람의 결혼이 불법은 아니기에 '도의상의 죄'를 짊어졌을 뿐이지만 마치 아담과 이브가 에덴동산에서 추방당하는 것과 같은 엄중한 징벌을 받는다. 부모와 친척, 친구들, 그리고 학교와 사회에서 버림받으며, 결과적으로 사회라는 좌표계에서 이들의 존재는 지워진다.

전작 『그 후』에서 다이스케는 아버지가 주선한 신붓감들을 거부하고 대신에 친구의 아내를 선택한다. 하지만 도덕적 비난을 감수하면서 부도덕을 선택하는 게 아니다. 다이스케는 자신의 선택을 '자연의 순리'라고 부른다. 그리고 그 대가로 자신의 모든 것을 포기하고 반사회적 탐미주의자로 남는다. 하지만 『그 후』는 열린 결말을 선택함으로써 다이스케의 '그 후' 이야기를 미지수로 남겨놓았다. 『그 후』의 '그 후' 이야기로 읽히는 『문』은 다이스케와 비슷한 처지, 아니 그보다 더 가혹한 상황에 놓인 소스케의 모습을 등장시킴으로써 비관적인 인식을 드러낸다.

상당한 자산가의 아들로 낙천가로서 젊은 시절을 보낸 소스케이지만 대학 시절 단 한 번의 사랑이 그의 운명을 송두리째 바꿔놓는다. 친구의 도움으로 얻은 직장은 간신히 생계를 유지할 정도임에도 삶에 대한 기대나 야망을 다 소진시킨다. 그럼에도 그가 바라는 것은 그나마 직장에서 감원을 피하는 것이다. 5엔의 월급 인상에도 흡족해하는 게 소심한 생활인으로 전락한 소스케의 모습이다. 동생 고로쿠의 대학 학비 문제가 내내 마음을 불편하게 하지만 동생과 숙부네 가족 사이에 끼여서 마땅한 해결책을 찾지 못한다. 고로쿠를 서생으로 받아주겠다는 집주인 사카이의 호의로 겨우 곤란한 처지를 면할 따름이다. 이런 상황에서도 소스케와 오요네, 두 사람이 행복감을 느낀다면 그것은 어떤 행복일까. "그들은 채찍질을 당하면서 죽음을 향해 가는 사람들이었다. 다만 그 채찍 끝에 모든 것을 치유해주는 달콤한 꿀이 발라져 있다는 것을 깨달았던 것이다."(170쪽) 과연 그 꿀은 모든 채찍질을 감내하게 할 정도로 대단한가.

아마도 두 가지 '그림자'가 제거된다면 가능할지도 모르겠다. 하나는 세 번이나 아이를 잃은 경험이다. 첫아이는 힘든 생활 때문에 유산하고, 둘째 아이는 조산하지만 일주일 만에 세상을 떠난다. 셋째 아이까지 들어서지만 출산 중에 아이가 탯줄이 목에 감겨 죽고 만다. 간절한 마음에 오요네는 점쟁이까지 찾아가지만 남한테 몹쓸 짓을 한 죄 때문에 더는 아이를 가질 수 없다는 저주만 듣는다. 이런 상황에서도 두 사람이 행복하다면 그것은 매우 쓸쓸하고 가련한 행복이다. 그리고 다른 하나는 야스이의 존재다. 사카이의 동생이 몽골에서 우연히 알게 된 야스이와 집을 찾아오기로 했다는 이야기를 접한 소스케는 대경실색한다. 야스이에 대한 죄책감은 여전히 두 사람의 일상을 뒤흔들 만큼 강력하다. 이 충격은 결국 '신앙'을 요청하게끔 만든다. 자력으로는 극복할 수 없다는 한계를 자각한 때문이다.

이제까지 "두 사람은 아무튼 예배당 의자에도 앉지 않고 산문(山門)에도 들어가지 않고 지냈다. 그저 자연의 은혜인 세월이라는 완화제의 힘만으로 간신히 안정을 찾았다."(210~211쪽) 하지만 야스이의 등장은 그 안정을 산산조각 내버릴 운명의 짓궂은 장난이다. 절박한 마음에 소스케가 찾는 것은 산문(山門)이다. 야스이와의 만남을 피하고자 하는 도피행이지만 동시에 좌선을 통해서 출구를 찾고자 하는 갈구행이다. 소스케가 큰스님에게 받은 공안은 부모미생전면목(父母未

生前面目)이다. 부모가 태어나기 전의 자기 모습이라면, 우연적인 자기가 아니라 절대적인 자기일 것이다. 그런 자기라면 인연의 사슬로 엮인 인간관계를 초과할 수 있을 테지만, 소스케는 깨달음에 도달하지 못하고 다시 귀가한다. 그에게 닫힌 문은 열리지 않는다.

> "두드려도 소용없다. 혼자 열고 들어오너라" 하는 목소리가 들렸을 뿐이다. 그는 어떻게 해야 이 문의 빗장을 열 수 있을지를 생각했다. 그리고 그 수단과 방법을 머릿속에서 분명히 마련했다. 하지만 실제로 그것을 열 힘은 조금도 키울 수 없었다. 따라서 자신이 서 있는 장소는 이 문제를 생각하기 이전과 손톱만큼도 달라지지 않았다. 그는 여전히 닫힌 문 앞에 무능하고 무력하게 남겨졌다. (252쪽)

"그는 여전히 닫힌 문 앞에 무능하고 무력하게 남겨졌다"야말로 『문』의 결론이다. 그것이 봄이 다시 오더라도 금방 겨울이 올 거라는 소스케의 체념적인 인식으로 이어진다. 따라서 『문』은 『산시로』와 『그 후』를 잇는 3부작의 마지막 작품이면서 '그 후' 이야기를 봉쇄하는 작품이다. 무엇이 소스케의 문제였던가(특이하게도 소세키는 오요네에 대한 서술에는 인색하다. 그녀의 출신과 성장 과정은 물론 야스이와의 동거 생활 등에 대해 우리는 알지 못한다. 소세키의 초점은 소스케에게 맞춰져 있다). 그의 '약한 자아'다. 프로이트의 용어를 빌리자면, 이드(자연)와 초자아(부모/사회) 사이에 끼여 스스로를 정립하지 못하는 자아다. 소스케는 대타자로서의 사회가 주입하는 도덕과 규범을 넘어서지만, 그럼으로써 스스로 사회적 좌표계에서 퇴거하지만, 그 파괴적인 결과를 감당할 만큼 강하지 않다. 그는 문을 열 만한 힘이 없다. 이것이 전근

대적 전통에서도, 근대 문명에서도 출구를 찾지 못했던 소세키 자신
의 모습은 아닐까. 그런 상황에서 소세키는 어떤 소설을 더 쓸 수 있
었을까.

나쓰메 소세키 연보

1867년 0세

2월 9일(음력 1월 5일) 현재의 도쿄 신주쿠[구 에도(江戸) 우시고메바바시타(牛込馬場下)]에서 출생. 나쓰메 나오카쓰(夏目直克)와 후처 나쓰메 지에(夏目千枝) 사이에서 5남 3녀 중 막내로 태어남. 본명은 나쓰메 긴노스케(夏目金之助). 태어나자마자 요쓰야(四谷)의 만물상에 양자로 보내졌다가 곧 돌아옴.

1868년 1세

11월, 요쓰야의 시오바라 쇼노스케(鹽原昌之助)와 시오바라 야스(鹽原やす) 부부에게 다시 입양됨.

1870년 3세

천연두에 걸려 얼굴에 흉터가 약간 생김. 흉터는 평생 고민거리가 됨.

1872년 5세

시오바라가의 장남으로 호적에 오름.

1874년 7세

4월, 양부모의 불화로 양모와 함께 잠시 친가로 감.

11월, 아사쿠사(淺草)의 도다 소학교에 입학.

1876년 9세

양아버지가 아사쿠사의 동장에서 면직되어, 소세키는 시오바라가에

적을 둔 채 생가로 돌아옴.

5월, 이치가야(市ヶ谷) 소학교로 전학.

1878년 11세

2월, 친구들과 만든 잡지에 「마사시게론(正成論)」을 발표.

4월, 이치가야 소학교 졸업. 긴카(錦華) 학교 소학심상과(小學尋常科)

　　로 전학하고 11월에 졸업.

1879년 12세

3월, 간다(神田)의 도쿄 부립 제1중학교에 입학.

1881년 14세

1월 21일, 생모 나쓰메 지에 사망.

봄에 도쿄 부립 제1중학교 중퇴.

4월경, 한학을 전문으로 가르치는 니쇼(二松) 학사로 전학.

1882년 15세

봄에 니쇼 학사 중퇴.

1883년 16세

봄에 도쿄 대학 예비문(현재의 도쿄 대학 전신 중 하나) 시험 준비를 위해
세이리쓰(成立) 학사에 입학.

1884년 17세

9월, 도쿄 대학 예비문 예과에 입학. 입학 직후 맹장염을 앓음.

1885년 18세

9월, 도쿄 대학 예비문 예과 3급으로 진급.

1886년 19세

7월, 복막염 때문에 학년 말 시험을 치르지 못하고 낙제.
9월, 에토(江東) 의숙 교사가 되어 의숙 기숙사에서 제1고등중학교(도
　쿄 대학 예비문의 후신)에 다님.

1887년 20세

3월에 맏형이, 6월에 둘째 형이 폐결핵으로 사망.
9월, 제1고등중학교 예과에 진급. 이 시기에 과민성 결막염을 앓음.

1888년 21세

1월, 성을 시오바라에서 나쓰메로 복적.

9월, 제1고등중학교 본과에 진학해서 영문학을 전공.

1889년 22세

1월부터 마사오카 시키(正岡子規)와 친해짐.

5월, 시키의 한시 문집인 『나나쿠사슈(七草集)』에 대해 한문으로 평을 씀. 9편의 칠언절구를 덧붙이면서 처음으로 '소세키'라는 호를 사용.

9월, 한문체의 기행문집 『보쿠세쓰로쿠(木屑錄)』 탈고.

1890년 23세

7월, 제1고등중학교 본과 졸업.

9월, 도쿄제국대학 영문학과 입학. 문부성 대비생(貸費生)이 됨.

1891년 24세

7월, 문부성 특대생이 됨. 셋째 형의 부인 도세(登世)가 입덧 때문에 죽자 큰 충격을 받음. 딕슨 교수의 부탁으로 『호조키(方丈記)』를 영역.

1892년 25세

4월 5일, 병역을 피할 목적으로 친가로부터 분가하여 본적을 홋카이도(北海道)로 옮김.

5월, 도쿄 전문학교(현재의 와세다 대학)의 강사가 됨.

8월, 마사오카 시키가 그의 고향인 시코쿠(四國) 마쓰야마(松山)에서 요양 중일 때 방문하여 다카하마 교시(高浜虛子)를 처음 만남.

1893년 26세

7월, 도쿄제국대학을 졸업하고 대학원에 진학.

10월, 도쿄 고등사범학교의 영어 촉탁 교사가 됨.

1894년 27세

12월 말~1895년 1월, 폐결핵에 걸려 가마쿠라(鎌倉)의 엔카쿠지(園覺寺)에서 참선을 하며 치료에 임함. 일본인이 영문학을 한다는 것에 위화감을 느끼며 이즈음 신경쇠약 증세가 심해짐.

1895년 28세

4월, 시코쿠 에히메(愛媛) 현에 있는 보통중학교에 부임(월급 80엔).

8월~10월, 시키가 마쓰야마로 돌아와 소세키의 하숙집에서 함께 생활. 하이쿠에 열중하며 많은 가작(佳作)을 남김. 이곳에서의 경험은 『도련님(坊っちゃん)』의 소재가 됨.

12월, 귀족원 서기관장(현재의 참의원 사무총장) 나카네 시게카즈(中根重一)의 장녀 나카네 교코(中根鏡子)와 맞선을 보고 약혼.

1896년 29세

4월, 구마모토(熊本)의 제5고등학교 강사로 부임(월급 100엔).

6월 9일, 나카네 교코와 결혼. 구마모토에서 신혼 생활을 시작.

7월, 제5고등학교의 교수가 됨.

1897년 30세

4월, 교사를 그만두고 문학에 전념하고 싶다는 뜻을 시키에게 편지로 알림.

6월 29일, 아버지 나쓰메 나오카쓰 사망.

7월, 교코와 함께 도쿄로 감. 구마모토에서 도쿄까지의 장거리 여행이 원인이 되어 교코가 유산.

12월, 오아마(小天) 온천을 여행하며 『풀베개(草枕)』의 소재를 얻음.

1898년 31세

6월, 제5고등학교 학생으로 문하생이 된 데라다 도라히코(寺田寅彦) 등에게 하이쿠를 지도. 도라히코는 『나는 고양이로소이다(吾輩は猫である)』에 나오는 이학사 간게쓰의 모델로 알려짐.

7월, 교코가 히스테리 증세를 보이며 구마모토 현의 자택 가까이에 흐르는 시라카와(白川)의 이가와부치(井川淵) 하천에 뛰어들어 자살을 기도했지만 근처에 있던 어부가 구함.

1899년 32세

5월, 맏딸 후데코(筆子)가 태어남.

6월, 영어과 주임이 됨.

9월, 구마모토 주위에 있는 아소(阿蘇) 산을 여행하며 『이백십일(二百十日)』의 소재를 얻음.

1900년 33세

6월, 문부성으로부터 영문학 연구를 위해 2년 동안 영국 유학을 다녀오라는 명을 받음(유학비 연 1,800엔).

9월 8일, 요코하마에서 출항.

10월 28일, 런던 도착.

1901년 34세

1월 26일, 둘째 딸 쓰네코(恒子)가 태어남.

5~6월 화학자 이케다 기쿠나에(池田菊苗)가 런던을 방문해서 함께 하숙. 이케다의 영향으로 『문학론』 구상을 결심하고 귀국할 때까지 저술에 몰두.

7월, 신경쇠약 재발.

1902년 35세

3월, 장인 나카네 시게카즈에게 편지를 보내 영일동맹 체결에 들뜬 일본인들을 비판하고 대규모 저술 구상을 언급.

9월, 신경쇠약이 극도로 악화되고, 일본에도 나쓰메 소세키의 증세가 전해짐. 문부성은 독일 유학생 후지시로 데이스케(藤代禎輔)에게 소세키를 데리고 귀국하도록 지시.

11월, 마사오카 시키가 7년 동안 앓던 결핵으로 사망했다는 소식을 다카하마 교시의 편지를 받고 알게 됨.

12월 5일, 일본 우편선에 승선해서 귀국길에 오름.

1903년 36세

1월 24일, 도쿄 도착.

3월, 도쿄 혼고(本鄕) 구(현재의 분쿄 구) 센다기(千駄木)로 이사.

4월, 제1고등학교 강사가 됨(연봉 700엔). 또한 도쿄제국대학 영문과 교수를 겸함(연봉 800엔).

9월, 제1고등학교의 제자인 후지무라 미사오(藤村操)가 게곤(華嚴) 폭포에 몸을 던져 자살하는 사건이 발생. 다시 신경쇠약이 악화됨. 교코와 불화가 심해져 임신 중인 부인을 친정으로 보내고 별거.

10월, 셋째 딸 에이코(榮子)가 태어남.

1904년 37세

2월, 러일전쟁 발발.

7월, 어린 고양이 한 마리가 집에 들어오고, 교코가 귀여워함.

9월, 메이지(明治) 대학 고등예과 강사를 겸함(월급 30엔).

12월, 당시 《호토토기스(ホトトギス)》를 주재하고 있던 다카하마 교시로부터 작품 집필을 권유받고, 『나는 고양이로소이다』 1장을 문학 모임에서 낭독.

1905년 38세

1월~1906년 8월, 『나는 고양이로소이다』를 《호토토기스》에 발표. 1회분으로 끝날 예정이었지만 호평을 받아 11회에 걸쳐 장편으로 연재. 이때부터 작가로 살아갈 뜻을 굳힘.

1월, 「런던탑(倫敦塔)」을 《데이코쿠분가쿠(帝國文學)》에, 「칼라일 박물관(カーライル博物館)」을 《가쿠토(學燈)》에 발표.

4월, 「환영의 방패(幻影の盾)」를 《호토토기스》에 발표.

5월, 「고토노소라네(琴のそら音)」를 《시치닌(七人)》에 발표.

9월, 「하룻밤(一夜)」을 《주오코론(中央公論)》에 발표.

11월, 「해로행(薤露行)」을 《주오코론》에 발표.

12월 14일, 넷째 딸 아이코(愛子)가 태어남.

1906년 39세

1월, 「취미의 유전(趣味の遺伝)」을 《데이코쿠분가쿠》에 발표.

4월, 『도련님』을 《호토토기스》에 발표.

9월, 『풀베개』를 《신쇼세쓰(新小說)》에 발표.

10월, 『이백십일』을 《주오코론》에 발표. 평소에 그의 자택에 출입이 잦은 문하생들의 방문을 매주 목요일 오후 3시 이후로 정해서 '목요회'라고 불리게 됨.

11월, 요미우리(讀賣) 신문사에서 입사 의뢰가 왔으나 거절.

1907년 40세

1월, 『태풍(野分)』을 《호토토기스》에 발표.

4월, 제1고등학교와 도쿄제국대학 강사를 사직. 아사히(朝日) 신문사에 소설을 쓰는 전속작가로 입사.

5월, 『문학론』(大倉書店) 출간.

6월 5일, 장남 준이치(純一)가 태어남.

9월, 도쿄 우시고메 구 와세다미나미초(早稻田南町)로 이사. 이후 죽을 때까지 소세키 산방(漱石山房)이라고 불린 이 집에서 거주.

6~10월, 『우미인초(虞美人草)』를 《아사히 신문》에 연재.

1908년 41세

1~4월, 『갱부(坑夫)』 연재.

6월, 「문조(文鳥)」 연재(오사카 《아사히 신문》).

7~8월, 「열흘 밤의 꿈(夢十夜)」 발표.

9~12월, 『산시로(三四郎)』 연재.

12월 16일, 차남 신로쿠(伸六)가 태어남.

1909년 42세

1~3월, 「긴 봄날의 소품(永日小品)」 연재.

3월, 『문학평론』(春陽堂) 출간.

6~10월, 『그 후(それから)』 연재.

9월, 남만주철도주식회사 총재인 친구 나카무라 제코의 초대로 만주
　　와 한국을 여행. 이때 신의주, 평양, 서울, 인천, 부산을 방문함.

10~12월, 기행문 『만한 이곳저곳(滿韓ところどころ)』 연재.

11월, '아사히 문예란'을 새로 만들고 주재함. 위경련으로 고통받음.

1910년 43세

3월 2일, 다섯째 딸 히나코(ひな子)가 태어남.

3~6월, 『문(門)』 연재.

6~7월, 위궤양 때문에 나가요(長与) 위장병원에 입원.

8월, 슈젠지(修善寺) 온천에서 다량의 피를 토하고 위독한 상태에 빠
　　짐. 이를 '슈젠지의 대환'이라 부름.

10월~1911년 3월, 슈젠지의 체험을 바탕으로 『생각나는 일들(思い出
　　す事など)』을 32회에 걸쳐 연재.

1911년 44세

2월, 위궤양으로 입원 중에 문부성으로부터 문학박사 학위 수여를 통
　　지받지만 거절함.

8월, 오사카 《아사히 신문》의 의뢰로 간사이(關西) 지방에서 순회 강
　　연을 함.

10월, '아사히 문예란'이 폐지됨. 아사히 신문사에 사표를 내지만 반

려됨. 다섯째 딸 히나코가 급사함.

1912년 45세

1~4월, 『춘분 지나고까지(彼岸過迄)』 연재. 신경쇠약과 위궤양이 재발
　하여 고통받음.

7월, 메이지 천황 사망. 연호가 다이쇼(大正)로 바뀜.

10월경, 남화풍의 그림을 그림.

12월, 자택에 전화가 들어옴.

12월~1913년 11월, 『행인(行人)』 연재.

1913년 46세

4월, 위궤양이 재발하고 신경쇠약이 심해져 『행인』 연재 중단(9월부터
　재개).

1914년 47세

4~8월, 『마음(こころ)』 연재.

11월, '나의 개인주의'라는 주제로 가쿠슈인(學習院)에서 강연함.

1915년 48세

1월, 제자 데라다 도라히코에게 보낸 연하장에 금년에 죽을지도 모른
　다고 씀.

1~2월, 『유리문 안에서(硝子戶の中)』 연재.

3~4월, 교토(京都) 여행. 위통으로 쓰러짐.

6~9월, 『한눈팔기(道草)』 연재.

12월, 아쿠타가와 류노스케(芥川龍之介), 구메 마사오(久米正雄)가 처음으로 목요회에 참가. 이들은 마지막 문하생이 됨.

1916년 49세

1월, 「점두록(點頭錄)」 연재.

2월, 아쿠타가와 류노스케에게 보낸 편지에서 그의 작품 『코(鼻)』를 격찬함.

4월, 당뇨병 진단을 받고 치료에 들어감.

5~12월, 『명암(明暗)』 연재.

8월, 오전에는 소설을 쓰고 오후에는 한시를 쓰고 그림을 그림.

11월 초, 목요회에서 만년의 사상으로 알려진 칙천거사(則天去私)에 대해 처음 언급함.

11월 16일, 마지막 목요회가 열리고 모리타 소헤이, 아베 요시시게, 아쿠타가와 류노스케, 구메 마사오 등이 출석함.

11월 21일, 위궤양 악화로 쓰러짐.

12월 2일, 내출혈로 다시 위독한 상태에 빠짐.

12월 9일 오후 6시 45분 사망.

12월 14일, 도쿄 《아사히 신문》에 연재되던 『명암』이 제188회를 마지막으로 연재 중단됨.

　장례식 접수는 아쿠타가와 류노스케가 담당했으며 모리 오가이를 비롯한 많은 명사들이 조문함.

12월 28일, 도쿄 도시마(豊島) 구에 있는 조시가야(雜司ヶ谷) 묘원에 안장됨. 조시가야 묘원은 『마음』의 주인공 K가 자살 후 묻힌 장소임.

■ 『문』 번역을 마치고

당장이라도 무너져 내릴 것만 같은 벼랑 아래의 불안한, 그러나 소소한 일상이 한가한 듯이 펼쳐진다. 벼랑 아래의 셋집에서 벼랑 위의 주인집을 찾아가는 소스케의 복잡한 심사, 밤길에 드러누운 자신의 긴 그림자. 결국 아무 일도 일어나지 않고 아무것도 해결되지 않는다. 모든 것은 그냥 미뤄질 뿐이다. 비 냄새를 풍기며 언젠가 쏟아져 내릴 것 같은 먹구름이 낮게 드리운 벼랑 아래의 삶은 아슬아슬해서 한가롭다. 우리의 삶이 꼭 그러해서 먹먹하다. 우산이 없는.

옮긴이 **송태욱**

연세대학교 국문과를 졸업하고 같은 대학 대학원에서 문학박사 학위를 받았다. 도쿄외국어대학원 연구원을 지냈으며, 현재 대학에서 강의하며 전문번역가로 활동하고 있다.

지은 책으로 『르네상스인 김승옥』(공저)이 있고, 옮긴 책으로 『사랑의 갈증』, 『세설』, 『만년』, 『환상의 빛』, 『형태의 탄생』, 『책으로 찾아가는 유토피아』, 『일본 정신의 기원』, 『트랜스크리틱』, 『소리의 자본주의』, 『포스트콜로니얼』, 『천천히 읽기를 권함』, 『번역과 번역가들』, 『연애의 불가능성에 대하여』, 『매혹의 인문학 사전』, 『안도 다다오』, 『빈곤론』, 『해적판 스캔들』, 『오늘의 일본 문학』, 『문명개화와 일본 근대 문학』, 『유럽 근대 문학의 태동』, 『현대 일본 사상』, 『십자군 이야기』(전3권), 『잘라라, 기도하는 그 손을』 등 다수가 있다. 현암사에서 기획한 나쓰메 소세키 소설 전집 번역으로 한국출판문화상 번역상을 수상했다.